Cómo me enamoré de Nicolas Cage

Cómo me enamoré de Nicolas Cage

Carla Quevedo

Papel certificado por el Forest Stewardship Council®

MIXTO
Papel procedente de fuentes responsables
FSC® C117695

Penguin
Random House
Grupo Editorial

Primera edición: abril de 2023

Printed in Spain – Impreso en España

ISBN: 978-84-666-7567-3
Depósito legal: B-2.914-2023

Compuesto en Llibresimes

Impreso en Rodesa
Villatuerta (Navarra)

BS 7 5 6 7 3

Aviso legal: la publicación de nombres, mensajes de texto, emails,
cartas, o declaraciones en esta historia bajo ningún aspecto,
y de ninguna manera o forma, implica,
o de otro modo necesariamente expresa, sugiere,
o confirma la autenticidad de estos.

El aviso legal también es parte de esta historia.

A la nena que fui.
Y a Ramón.

Una vida, a falta de poder retenerla, podemos reinventarla.

Serge Doubrovsky

Fan de todo lo que nos pasó, del día en que te conocí, el día en que hubo onda. Fan.

Emmanuel Horvilleur

1

Era jueves a las dos de la mañana y estaba borracha. No ciega pero lo suficientemente en pedo como para ir sola a una fiesta. Había cenado con varias amigas; aunque nunca fui del tipo que tiene un millón, a esas alturas, llevaba dos años viviendo en Nueva York y había logrado cotidianidad con un grupo bastante numeroso de chicas argentinas. Todas tenían «trabajos de verdad» o novio, y estaban obligadas a levantarse temprano y a volver temprano. Cuando yo trabajo, también trabajo de verdad, pero solo pasa dos, tres o cuatro veces por año, y el único esperándome en casa es Ramón, mi perro. Traté de convencerlas de que vinieran sin éxito alguno, y terminé yendo sola a WIP, donde Unchicoquemecogía me había puesto en la lista.

Era la apertura oficial de Work In Progress, lugar que prometía convertirse en el nuevo boliche *cool* de la noche neoyorquina; una reinvención moderna de la fábrica de Andy Warhol, diría el *New York Times* al día siguiente, y que sufría de trastorno de múltiples personalidades. Durante el día era una «galería de arte» y taller-centro comunitario de artistas. Digo galería de arte entre comillas porque no estoy segura de que realmente hubiera algo de arte ahí adentro, o de si alguien alguna vez puso un pie durante el día. De noche, se transformaba en boliche. Fui y vine unas tres veces, recorriendo la fachada de Greenhouse, otro al que nunca había ido ni oído nombrar, que estaba en la esquina donde tenía que estar el lugar que yo buscaba. Casi llegando a mitad de cuadra, había un portero fumando apoyado en lo que ahora se descubría era un portón. Preferí el rechazo a la duda, así que caminé con seguridad, me paré al lado, y le dije: «Permiso». Me miró de arriba abajo y me dejó pasar, sin pedirme identificación.

La entrada era su salida de emergencia. Avancé en la única dirección posible, escaleras abajo, sintiendo un olor a humedad tremendo y que me había equivocado —o tenía mal la dirección—, hasta que dejé de mirar mis propios pasos y noté los grafitis a la punk de los ochenta que cubrían las paredes. El trabajo de un pésimo director de arte en el cuarto de un adolescente en una película sin presupuesto hubiera sido sutil al lado de todo eso. Supe que estaba en el lugar correcto. En el segundo subsuelo me detuvo una gran puerta de metal pesada que me costó abrir. Del otro lado, un hall obsesionado con Rainbow Wright, chupete gigante y unicornio incluidos, donde pensé en volver más tarde a sacarme una selfie. Otra gran puerta de metal, que también me costó abrir, me dejó parada en un pasillo bastante ancho y largo, con empapelado de dibujitos de mi infancia que ahora habían sido bendecidos con penes gigantes y, para hacerlo todavía más redundante, arte porno colgando a lo largo de ambas paredes. Caminé mirándolo todo entre fascinada e indignada hasta que, más o menos en la mitad, me crucé con Unchicoquemecogía y Lanoviadeunchicoquemecogía, que salían a fumar, o a tomar un poco de aire, o las dos cosas. Me lanzó, sin detenerse a saludarme, que adentro estaba Untipoquenoconocíademasiadoperotampocomecaíabien. Le dije *Okay* —me dije, porque él ya estaba del otro lado de la salida— y seguí caminando hasta una tercera puerta de metal que, sí, también me costó abrir.

El lugar era monstruoso, «inclasificable», como hubiera dicho Elprofesordeliteraturadelsecundario que me introdujo a todo lo Lolita excepto en la literatura en sí misma. Me volví estrábica tratando de identificar a Untipoquenoconocíademasiadoperotampocomecaíabien en el carnaval de sudor borracho, entre un oso pardo embalsamado sodomizando a una cabra blanca (también embalsamada), chicas en tetas cubiertas en *body-painting* haciendo servicio de mesa, y una bandera nazi de al menos tres metros de largo. Arte. Fui a la barra y pedí un Jack con coca. No lo necesitaba, tampoco realmente lo quería, pero por alguna razón tener un trago en la mano me daba propósito y me hacía sentir, un poco, menos fuera de lugar. Pagué, di media vuelta y solo tuve que caminar cinco pasos hasta encontrarlo. Le dije «hola» con la misma excitación que todos le decimos «hola» a alguien que apenas conocemos en un lugar lleno de personas que no conocemos para nada. Me di cuenta de que él estaba todavía más puesto que yo cuando me abrazó y me levantó en brazos como si fuera una cosa que se puede mover de un lugar a otro, obligándome a hacer una coreografía que nunca habíamos ensayado.

—¡Marrrrrrlinnda! —gritó, y gesticuló imitándome o supuestamente imitándome, como una extranjera muy ruidosa, después de depositarme con fuerza en el suelo como quien deja caer una maceta pesada en el lugar exacto. Repetí su nombre dos veces con un exagerado acento italiano, en un intento rebuscadísimo de burlarme de él burlándose de mí.

—¿Cómo estás, preciosa? Este es Nic. Nic, ella es Marta. Hablen ustedes que yo ya vengo.

Sentí alivio y pereza a la vez. Alivio porque a Untipoquenoconocíademasiadoperotampocomecaíabien no lo conocía demasiado, pero tampoco me caía bien. Lo había visto cuatro o siete veces en el último mes, era uno de esos personajes que una ve incansablemente y siempre con la lente sucia de la noche, con el que una puede hablar horas y sin embargo no salvar ni una sola palabra. Pereza porque a este Nic que ahora tenía enfrente ni lo había registrado hasta que lo nombró, y siempre me da pereza la gente nueva, a menos que esté predispuesta de antemano a que esa persona me caiga bien, por recomendación, digamos. Nos miramos y sonreímos obligadamente. Untipoquenoconocíademasiadoperotampocomecaíabien se fue para no volver en toda la noche.

Volvimos a mirarnos y sonreír, esta vez con un leve suspiro que se transformó en minirrisa por lo coordinado del esfuerzo. Pensé que este tal Nic estaba *okay* y me fijé en su boca. Los dientes eran de leche, *hechos* de leche, blancos y lisos como los de un niño, y a la vez tenían algo antiguo, algo que había viajado por los siglos de los siglos hasta llegar a su boca, algo inmortal, algo vampírico. Él debe haber pensado algo bueno, al menos, porque ninguno inventó una excusa para irse a pesar de lo incómodo de la situación. Me preguntó qué hacía ahí. Le dije que Unchicoquemecogía me había invitado y que, probablemente, estaba haciendo lo mismo que él y el resto de la gente: «Tratando de escaparle a la angustia y sinsentido de estar viva?». No se lo afirmé, no se lo pregunté del todo, y tampoco le di tiempo a reaccionar porque me apuré a confesar, no en secreto, sino a los gritos *MUSIC'S SO LOUD I CAN'T EVEN HEAR MY OWN BRAIN PLOTTING TO KILL ME*, cosa que en español jamás me hubiera animado a poner en palabras porque sería algo como «la música está tan fuerte que no puedo ni escuchar a mi propio cerebro complotando para matarme». Inmediatamente me sentí una estúpida y me reí incomodísima. Pensé que si lo hubiera dicho para hacerme la canchera no hubiera estado tan mal, pero en el 2011 la gente no hablaba de la ansiedad como de su mascota. Yo lo había dicho en serio. Mirando para adentro. Y eso me convertía en una *loser* total. Sentí que el suelo se movía y recordé que me iba a morir ahí mismo. Cuando lo volví a mirar, él se reía un poco, es decir, largando airecito por la nariz y con la boca cerrada.

—Creo que lo conozco al pibe que decís. Está reloco.

Volvió a mostrarme los colmillos y me encandiló tanto que tuve que subir la mirada hacia sus ojos. Descubrí que sonreían también, entonces ¿me calenté? Sí, pero no. Fue más bien que sentí un *calor* envolviéndome el cuerpo. Y mirándolo sentí los pies en la tierra, firmes, imantados a ella. Algo en sus ojos, en su sonrisa, en su presencia toda, invitaba, irradiaba luz y calor, desde adentro, como una estrella. Me pareció escuchar que el momento se anunciaba histórico.

Pero era él que me preguntaba si vivía en Nueva York y que qué hacía ahí. Dijo que por «ahí» se refería a Nueva York, porque ya sabía qué estaba haciendo «Ahí ahí». Le dije que era actriz y me empezó a hablar de una película que había visto ese día, pero en el momento, entre la música y su ritmo americano, no entendí cuál y me dio vergüenza repreguntarle. Me consultó si había hecho algo que él pudiera haber visto y pensé lo mismo que pienso cada vez que me hacen esa pregunta: «Qué idiota». La gente conoce a un médico y jamás se le ocurre preguntarle si participa activamente en el desarrollo de una vacuna contra el sida, ni siquiera si salvó alguna vida o cuánta gente se cagó muriendo en sus manos. Las preguntas terminan antes de empezar. Pero si decís que sos artista más vale que hayas hecho algo conocido, es más, algo que ellos hayan *consumido*, si no ni te esfuerces en mencionarlo porque te van a hacer sentir invisible. «Lindo hobby, pero ¿a qué te dedicás?». Te obligan a presentar tus propias credenciales y justificar la elección de carrera. «Hola, soy Marta, mido 1,68 y soy la actriz casi famosa que hizo un papel secundario en la película argentina ganadora del Oscar, no mucho más». Y aunque quise bloquearlo de inmediato, lo que respondí fue que yo era el que veía gente muerta en *Sexto sentido*.

Hablamos de películas un rato más. No puedo decir que me interesara demasiado el tema en particular; de hecho, nunca miro cine, y el 85 por ciento de las películas que vi, las vi entre los cinco y trece años; pero había algo en su forma de gesticular que volvía atractivo todo lo que decía. A estas alturas yo solamente lo miraba hablar, como cuando enganchás un programa medio pedorro en el cable pero por alguna razón entre la culpa, la paranoia, y el FOMO no podés cambiar. Más de la mitad de las películas que nombró yo no las conocía o no las había visto, pero asentía igual e inmediatamente llenaba los silencios retrucando con algún otro título, como para no admitir segundas preguntas y la posibilidad de profundizar en territorio para mí desconocido. Cuando la conversación tiene velocidad, una queda menos expuesta. Y yo solo lo quería mirar, así que le proporcionaba aire para que él pudiera seguir empujándonos hacia adelante. Al título quince me vi uno de esos perros de plástico condenado a asentir sin cesar al discurso radical en un taxi mal ventilado, en pleno microcentro. Y como queriendo rescatarme de mí misma, me regaló el alivio de interrumpirse solo, justo a la mitad de una palabra, para preguntarme de dónde era.

—Tenés acento.

Le dije que lo tomaba como un cumplido, aunque me hubieran dicho incansables veces que si quería tener una carrera en este país tenía que perder el acento, y que era argentina. Dijo «Lo es». Un cumplido. También dijo que había estado ahí y que Buenos Aires era una ciudad que le gustaba mucho.

—¿En serio? ¿Estuviste de vacaciones?

—Ehmm, no. Estuve... ¿trabajando?

—Ah, *okay*. Primero, ¿qué tipo de trabajo te permite el beneficio de la duda? Y segundo, ¿de dónde sos *vos*?

Dijo que era músico y que era de ahí mismo. Le dije que en los casi dos años que llevaba viviendo en Nueva York, él era la tercera persona que conocía que era *born and raised*, y la primera en haber nacido en un boliche. Hablamos un poco de lo extraño que resulta que casi ninguno de los que viven en la ciudad sean, de hecho, de la ciudad, de cómo, de una manera u otra, todos están de paso y detrás de un objetivo generalmente asociado a un delirio de grandeza; y si bien sabemos que nada es permanente, Nueva York parece exacerbar lo efímero poniendo y después sacando gente de tu vida como piezas en una partida de ajedrez.

Le pregunté si tocaba en una banda, y qué instrumento tocaba. Me dijo que sí, y que tocaba la guitarra y cantaba. Le pregunté si habían sacado algún disco o EP. Se puso medio tímido y me respondió que sí, tenían discos, mientras se miraba los pies. Le dije: «Ah, buenísimo» y pregunté si eran independientes o si ya habían firmado con alguna discográfica, asumiendo que a lo sumo tendrían un Bandcamp. Lo sentí levemente incómodo por primera vez y me dijo que estaban trabajando con una hacía un tiempo, mientras esbozaba otra sonrisa, chiquita, sin levantar la vista. Le pregunté si hacía *Shoegazing*, se rio y por fin me miró. Saqué el teléfono del bolsillo y le pedí el nombre de la banda, así podía chequearlos en internet cuando llegara a casa.

—Es ehmm —vi cómo sus cejas se arqueaban llenándole la frente de pliegues al decir el nombre de la banda. Un tono de pregunta quedó flotando en el aire. Dudé de si realmente había escuchado bien.

—...

—...

—Me estás jodiendo —¿afirmé?

—No...

Forcé el foco en sus ojos frunciendo los míos. Lo miré de arriba abajo. Después de abajo arriba.

—Pensé que eras más gordo.

Me sentí estúpida. Me sentí *muy* estúpida. Obvio que conocía a Unabandafamosa. De hecho, la mismísima razón por la que estaba realmente en esa fiesta era que Unchicoquemecogía me había dicho que iban a pasar música los de Unabandafamosa, lo cual, según él, garantizaba que fuera una buena fiesta. Miroommate había posteado, de pura casualidad, esa misma tarde, uno de sus *hits* en mi muro de Facebook. Pero supongo que estábamos demasiado ocupadas *saltinbailando* superexcitadas de una punta del departamento a la otra como para mirar el video y conocer la cara de quien conocería más tarde. Para mí, Unabandafamosa no era realmente una banda. No como los Rolling Stones, o los Beatles, o incluso U2, en el sentido de que jamás relacioné a Unabandafamosa con seres humanos específicos. Unabandafamosa me remontaba a la caricatura de una computadora con manos y pies, una máquina recreativa llena de flippers y lucecitas, al cotillón que se reparte a las seis de la mañana en un boliche, más que a un chabón de treinta y pico cantando. Desde la primera vez que los escuché nombrar, los percibí como un amor de verano, esas bandas que todos conocen de nombre pero que nadie puede nombrar más de dos temas. En lo personal, nunca les había prestado demasiada atención, y le dije que pensaba que era más gordo porque cuando no sé qué decir, digo estupideces.

La cabina del DJ estaba fuera de límite para mí, o sea, ni siquiera sabía dónde estaba. ¿Qué hacía Nic, ahora Nicolas Cage, el cantante de Unabandafamosa en ese mar de gente, tomando sorbitos de gin-tonic con una menta que le chocaba la nariz, hablando con Untipoquenoconocíademasiadoperotampocomecaíabien y pasando del todo desapercibido? En ese momento me di cuenta de que lo hipster es absolutamente circunstancial y requiere de antecedentes. La única diferencia entre este tipo y un *normcore* que trabaja en sistemas, vive con su madre pasados los cuarenta y tiene puesto el mismo pantalón cargo color caqui de GAP, era que yo ahora sabía que el primero era el músico con el que todo internet quería drogarse. Ahora que lo pienso, todos pasan desapercibidos en Nueva York. De hecho, esa fue una de las cosas que me trajo acá, aunque al momento de subirme al primer avión no lo supiera. La necesidad de dejar de sentirme invisible frente a quienes necesitaba más que nada en el mundo que me vieran, para poder ser invisible por elección y frente a todo el resto del mundo. Pero Nueva York se parece más a un novio posesivo que a tus padres, no te ignora porque no puede verte, te ignora porque quiere causarte algo. Pensé que si este Nic era realmente el cantante de Unabandafamosa, algo debería haber notado a su alrededor, cierta tensión, ojos que miran para otro lado con intencionalidad. Era el cantante de la banda más famosa de la escena indie, lo cual lo sacaba del under. Pero no. El mundo giraba, y no en torno a él. Al menos hasta ese momento. Dicen que los pueblos originarios no pudieron ver los barcos colonizadores acercándose desde el horizonte hasta que estos estuvieron peligrosamente cerca de la orilla, solo porque eran algo que escapaba a su comprensión e, incluso, imaginación más descabellada. Supongo que Nicolas Cage era un barco, o un kayak más bien, que yo no esperaba ver jamás en el horizonte de mi vida.

Sonrió, me agarró de la mano y me arrastró hasta el centro de la pista. Bailamos espejados. Nicolas Cage era yo bailando borracha, sola y sin música en la cocina de mi casa, ejecutaba movimientos de tai chi haciéndose espacio, pateaba para todos lados como si no existiera nada más en el mundo, o como si el mundo fuera todo de él, como si el boliche fuera el vientre de su madre. La felicidad no le cabía en el cuerpo, se le caía y yo la levantaba, como miguitas. Era evidente que estaba drogado. Le dije que su exceso de felicidad me resultaba sospechoso y envidiable, y me preguntó si quería acompañarlo a la cabina a conocer a su amiga «Molly».

No es que no me gusten las drogas, porque como diría cualquier madre, no puede no gustarte lo que nunca probaste, pero siempre mantuve una distancia respetuosa. Es decir, no las toqué. A las drogas recreacionales, quiero decir. Cualquier cosa para la que exista receta y un listado de más de trescientas palabras de posibles efectos secundarios firmada por un laboratorio farmacéutico no cuenta. Dicen que cuando elegís a tu mejor amigo, firmás un pacto con tu enemigo. Aunque todavía no lo conozcas, el día que se te aparezca enfrente vas a reconocerlo tanto como él a vos. A los dieciséis años, mis amigos dejaron de ir a la matiné para ir a bailar y llenarse de alcohol de dos a siete de la mañana, horario en el que yo empecé a *hanguear* en urgencias. La previa arrancaba después de la cena, con una o dos copas de palpitaciones, hormigueo en el brazo o un saque de puntadas en el pecho. Hacia las doce ya estaba puesta de búsquedas en Google que volvían mis síntomas mucho más verborrágicos, los desinhibían. A las dos de la mañana estaba lista, como todos, para la fiesta. Pero yo no salía de puntillas y sin hacer ruido de mi casa, sino que irrumpía a los gritos de: «¡Me muero!», en el cuarto de mis padres. Después de año y medio de un *affaire* con la clínica Santa Isabel, clínica en la que había nacido y creía morir tres veces por semana, me diagnosticaron ansiedad generalizada con agorafobia y trastorno depresivo mayor.

Para cuando la psiquiatra me recetó 75 miligramos de Effexor diario y Rivotril 0,50 sublingual de rescate, más levotiroxina para la hipotiroides («probablemente transitoria, debida al resto del desequilibrio químico cerebral») y un cóctel vitamínico que incluía todo de la A al zinc, como, por ejemplo, ácido fólico, hierro, magnesio, manganeso, selenio, vitamina A, $B_{2,3,5,6,12}$, C, D, E, yodo y olor nauseabundo, yo ya tomaba medio Alplax de un miligramo recetado por mi papá, más la pastilla de valeriana complementaria de mamá, casi todas las noches. Mis drogas de farmacia me garantizaban esquivar lo que las drogas de la noche proponían generar: euforia y excitación, paranoia y coqueteo con la muerte en su *dark side.* Aprendí a tenerle miedo a todo lo que genera un estado alterado en mi cuerpo, incluyendo, pero no limitado a: las drogas, exceso de alcohol, sexo, ejercicio y el simple calor del verano. Empecé a evitar todo lo que, básicamente, me hiciera sentir. Cualquier sustancia o situación que pudiera disparar un ataque de pánico o afectar a mis ya afectados (bajos) niveles de serotonina.

Si hubiera estado sobria, o si él no hubiera sido Nicolas Cage, es probable que hubiera hecho lo que hice tantas otras noches de mi vida: hacerme la que no escuchaba o entendía. Pero pensé que a veces la vida te sorprende con oportunidades únicas, que el *poster child* de la psicodelia me ofrecía drogarme con él, que siendo quien era mínimo iba a tener drogas buenas y que a veces había que «¡fluir y perder el control *YOLO*!». Si no me drogaba con Nicolas Cage, no me iba a drogar nunca jamás en la vida, y para finalmente poder dejar de ser adolescente, primero tenía que, de hecho, haberlo sido.

Siempre hice mucho caso, maduré muy rápido en un intento desesperado de satisfacer las necesidades de mis padres. Nunca se me habló como a una niña. A los cinco años, para el fin de preescolar, el jardín de infantes les pidió a nuestros padres que nos hicieran un libro de actividades, con fotos y recuerdos de la infancia. Vi a mis compañeros copiando el dibujo, uniendo los puntos, contando las nubes. Yo también encontré las diferencias. Mi cuaderno tenía mucho texto y yo no sabía leer. Me dijeron que en la tapa decía: «Hecho con afecto». *Afecto.* Luego de relatar, con la ayuda de fotos y *stickers*, eso sí, su historia de amor, casamiento, la luna de miel, el embarazo y mi nacimiento, el libro cerraba con un texto de dos páginas titulado: «El hombre nuevo» que, a su vez, concluía así: «Ojalá puedas comprender (...) que el propósito de tu vida sea la capacitación individual en beneficio de la comunidad, que logres la libertad a través de la disciplina, que trabajes intensamente para que todo el mundo logre la paz, así lo más seguro es que te conviertas en un "Hombre nuevo"». Tuvo que haber sido ahí que me volví prácticamente muda, que me trasformé en una nena callada, que se sentaba derecha y hacía caso. Tenía mucho miedo a equivocarme y de que se dieran cuenta de que era medio estúpida.

Mis papás se llenaban la boca diciendo que era más inteligente que el resto de los chicos de mi edad, que yo era una niña adulta. Y fui tan inteligente que supe volver todos esos cumplidos en mi contra. Transformé las bendiciones en maldición: ¡Jamás podrás equivocarte! ¡Jugar será una regresión! ¡Pedir ayuda te volverá incapaz! ¡Siempre estarás sola! La cuestión es que llega la adolescencia y, por definición, el momento en el que uno finalmente se rebela contra sus padres y todos sus mandatos. La mayoría de los chicos empiezan a drogarse, se decoloran el pelo, se lo tiñen de verde, o fucsia, o azul, se rapan, o ponen aritos en el ombligo, la lengua, el clítoris, tienen comas alcohólicos, se escapan de sus casas, se llevan materias. Como siempre fui muy cagona y estuve regida por el miedo, envidiaba a los chicos y chicas de mi edad que hacían esas cosas. Yo solo fui capaz de rebelarme en silencio y con mis pensamientos. Empecé a pensar cosas como «Ah, soy una inútil» o simplemente que no merecía vivir.

Además, la verdad, decir que «No» nunca me fue fácil.

Nos sentamos en el suelo de la cabina, entre bolsos y camperas, y Nicolas Cage sacó del bolsillo derecho del frente de su pantalón caqui una cápsula transparente, que contenía un polvo blanco cristalino. Dijo que podíamos compartirla, la abrió, y me preguntó cómo la quería. Pensé «Por el culo» y me reí para adentro. Pero trataba de ser toda modosita y linda, atractiva, así que le dije que no me gustaba inhalar y que prefería ingerir por boca. Dijo: «Yo igual», me agarró el dedo índice y vació la mitad de la cápsula sobre él. Sentí el corazón en la sien. Y los ojos. Y la garganta. Y en la punta del dedo índice también. En el último momento, una vez más, me ganó el miedo. Entonces, fingí. En el camino hacia mi boca, deseché, sigilosamente, más de la mitad del Molly. Después apoyé apenitas el contorno de los labios sobre la segunda falange del dedo, pero con cuidado de que nada en el interior de la boca tomara contacto con él o con lo que quedaba de cristal. Pegué un cabezazo abrupto acusando recibo hacia el lado contrario a Nicolas Cage y froté varias veces el dedo contra la alfombra gris tratando de eliminar todo rastro de MD, asegurándome de no correr el riesgo de drogarme accidentalmente al frotarme el ojo más tarde. A pesar de todos mis esfuerzos y cuidados, una arcada me tomó la cara entera. Lo amarga que es esa mierda. Disimulé lo más que pude, otra vez, y no aclaré que no era mi primera vez no tomando MD, como para que él no sintiera que tenía que niñerarme. Estuvimos sentados ahí unos cuarenta minutos y, por alguna razón, actuamos como si nos conociéramos de dos vidas pasadas, o cinco, incluso antes de que hiciera efecto —le hiciera efecto— el Molly.

Me contó, entre otras cosas, que había una rata gay viviendo en su casa. Le dije que no creía poder diferenciar la orientación sexual de las ratas. Me dijo que a la rata le gustaban sus calzoncillos de látex rosa lo suficiente como para comérselos, y admitió que eso podía sonar heteronormativo pero que el hecho de ser el dueño de un calzoncillo de látex rosa lo excusaba. De repente me dieron ganas de cagar. Me urgieron. Los pensamientos. ¿La droga me estaba haciendo efecto? ¿Me había drogado? ¿Cuánta había tomado? ¿Había tomado? ¿No se suponía que el cristal te hacía sentir sexy y sensible? ¿Por qué lo único que sentía era que me cagaba encima? La invasión tomó el control y anuló por completo a Nicolas Cage. Me levanté, le dije: «Ahí vengo», y me fui.

Las paredes del baño estaban repletas de fotos de una chica asiática haciendo pis en diferentes lugares públicos alrededor del mundo. Al borde del Sena, en un puente que no reconocí, cerca de la torre de Pisa, en un pastizal que tampoco reconocí, una callecita en Tokio, varias playas paradisíacas, Central Park. En todas las imágenes se veía claramente el chorro de pis cayendo vertical entre sus piernas. En la pared opuesta a las bachas con espejos, un cartel de neón rosa que decía: PIS.

Entré a uno de los cubículos, cubrí el asiento del inodoro con tres tiras de papel higiénico, me bajé los pantalones, agarré el celular y me senté. Chateé a Miroommate mientras hacía pis, le dije que creía que había tomado MD y que estaba *freakeando* mal. Me pasé veinte minutos preguntándome para qué mierda me había puesto el dedo en la boca y literalmente rezándole a un Dios en el que ni siquiera creía, por no tener un ataque de pánico, mientras de hecho lo tenía. De repente me sentí muy caliente. Me sudaban las manos, no había límite suficiente entre mi cuerpo y el exterior; el calor era algo tangible, espeso y viscoso, un Flubber que desde afuera se aplastaba contra mí y se forzaba en todos mis agujeros. En mi interior no había aire ni respiro. Pensé en la combustión espontánea y visualicé mi piel derritiéndose y fundiéndose con la carne, sobre el hueso, poceándolo tranquila pero determinadamente, como lava, hasta todo yo no ser más que un enjambre zumbante de ceniza negra. No tengo un recuerdo preciso de esto, pero sé que hacía ruidos constantes con la garganta, confirmando mi propia existencia, probando un micrófono con timidez y sin querer molestar demasiado. Cubrí el suelo sucio del baño con capas de papel higiénico lo más rápido que pude, volqué todo el contenido de mi cartera, busqué desesperada el Rivotril sublingual sin el que no salía de casa y me sentí momentáneamente más tranquila en cuanto lo sostuve entre los dedos.

No hice caca ni tomé Rivotril. Miroommate nunca respondió. Salí del baño, con la pastilla todavía en la mano, y me miré al espejo. Sopesé si tomarlo era mejor o peor, y googleé interacciones entre clonazepam, MDMA y alcohol, frenéticamente. Yonquies diciendo que era el *go-to* para el pánico *mid-roll*, médicos diciendo que era un viaje de ida que terminaba en la morgue. Nada de lo que leí me ayudó. Quería tomarlo pero no me animaba. Tenía miedo. Tenía mucho miedo. Le tenía miedo al miedo. Y le tenía miedo a lo único que podía sacarme el miedo. ¿Y si lo que podía salvarme me mataba? ¿Y qué si por un miedo irreal a la muerte me terminaba matando real? Me vi inclinando la cabeza hacia el hombro, como hacen los perros, tratando de entender un lenguaje indescifrable, el de mis propios pensamientos, me acaricié el pómulo con el dorso de la mano derecha, me miré por última vez al espejo, cerré el mundo lo más fuerte que pude y apretando los ojos empecé a llorar. Me sentía vacía e ínfima. Quise ir a urgencias a que me arreglaran, pero después de cinco minutos de llanto vocal, terminé arreglándome el maquillaje, y diciéndome en el espejo: «Dale basta los ataques de pánico no duran más de media hora ya pasó ya está así que vamos vamos marta volvé a la pista pasala bien por una vez en tu vida la concha de tu padre dejá de tenerte pena a vos y tu patético pedacito de persona basta ya está la vas a pasar bien marti sí la vas a pasar bien bien bien vas a pasarla bien».

La mayoría de los ruidos que los insectos hacen por la noche, los hacen teniendo o tratando de tener sexo. Con los humanos pasa lo mismo. En los boliches, para colmo, se suma el lenguaje corporal de quien conquista o busca conquistar. Todo, una vez que salí del baño, me resultó violento. ¿Cómo habíamos llegado hasta acá? Digo, ¿de los dinosaurios a esto? Cientos de personas hacinadas en unos cuantos metros cuadrados haciendo el ridículo, exponiéndonos, generándonos una intoxicación física adrede, pretendiendo interés en cosas banales, solo ¿para encontrar qué? Obvio, es una práctica esdar, yo también, de una manera u otra, estaba ahí esperando lo mismo, el sexo como ticket de ida al amor, o algo que llenara el vacío un rato, o *whatever*, pero todo lo grotesco de mi propia vida me resultaba todavía más grotesco en ese estado de exacerbada fragilidad. Mi cerebro disociaba cada ruido, amplificándolo: charla, grito, risa, *shot*, risa, arcada, trago, grito, salto. Tenía ganas de gritar, pero volví a entrar al baño, me puse tapones de papel higiénico en los oídos, junté fuerzas unos minutos, que quizá fueron veinte, y volví a salir.

Fui directo a la barra y me pedí otro whisky con coca. Lo tomé como si tuviera sed. Caminé por el boliche sin dirección hasta que me crucé a Unchicoquemecogía, sin su novia, y me quedé hablando con él, o escuchándolo hablar, de chakras y chamanes, muy superficialmente mientras mantenía el miedo a raya. Me preguntó si me pasaba algo, que me notaba distinta, que perdón que no me había avisado que iba con su novia, que igual estaba todo bien. Le pedí perdón antes y después de explicarle que tenía sed y que por eso no hablaba. Se fue a buscarme agua y respiré profundo, aliviada, no tanto de no tener que fingir cierta presencia sino más bien de no tener que hacerlo para él. ¿Por qué me esforzaba en caerle bien a alguien que ni siquiera me caía bien a mí? Me pareció increíble pensar que meses atrás había llegado a desviar el curso de una semana entera con tal de ver o seguir a Unchicoquemecogía, y que ahora su mera presencia me irritara. Su cara me irritaba, sus ojeras me irritaban, su flaqueza extrema me irritaba, sus tatuajes, sus fedoras, sus formas. ¿Qué había cambiado? Habíamos cogido. Y podría decirse que muy bien. A la segunda vez empezó a darme pereza. La tercera me pareció un bobo. A la cuarta nunca llegamos. Todas las semanas iba a alguna fiesta a la que me invitaba y terminaba tirando la bomba de humo, muchas veces a los minutos de haber llegado.

Pensé en buscar a Nicolas Cage, pero no lo hice. Me quedé parada en donde estaba, haciendo nada. La multitud había dejado de ser tal, ahora las personas emulaban un estado gaseoso, lo cual me permitió ver una otomana vacía, en la otra punta del lugar, a un costado de la pista. Fui a sentarme. La moví un poco como para quedar oculta detrás de una columna y que Unchicoquemecogía no me encontrara. Me reí un poquito, después un poco más, y enseguida sentí ganas de llorar, de nuevo. Pero esta vez, había algo distinto. Un color más claro, traslúcido casi, y un peso distinto también, negativo, no por malo sino por inverso. Eran *ganas*, más que llorar. Y donde hubiera ido una opresión en el pecho, sentí una liberación. De golpe estaba... ¿feliz? Estaba. Ahí. Casi feliz. No me había ido, y por primera vez en años, no solo no había sucumbido ante el miedo sino que encima lo había surfeado sin recurrir a mi paraíso recetado.

Se me puso la piel de gallina y con los párpados cansados de emoción me hice mimitos en los brazos. No sé cuánto tiempo pasé así, con los ojos cerrados. Sentí el aroma de la mañana, del café y el pan tostado, y extrañamente, consciente de no estar en presencia de ninguna de esas cosas, no temí estar teniendo un accidente cerebrovascular sino que seguí el olor como quien sigue un impulso, pero al revés, es decir, de afuera hacia adentro, y me metí de lleno en el recuerdo. Me sentí liviana como la mermelada *sugar* y *fat free* que Miroommate había untado. Yo también fluía brillante, dócil y transparente. Después de almorzar, me había propuesto llevar a

Ramón al área para perros del Tompkins Square Park y, para evitar que la gente me hablara, había parado a comprar dos libritos usados de la caja de un dólar del East Village Books, que me quedaba de camino. *How to read tea leaves (A fascinating guide to the future)* y *Palmistry: your amazing key to life.* Los dos estaban ajados, utilizaban un léxico casi misógino en modo imperativo, y tenían la imagen de una mujer sonriendo en la tapa, razones por las cuales les creí la promesa de control sobre mi futuro. Quería creer que existía tal cosa como un camino hacia el resto de mi vida que podía encontrar en el té que tomaba todos los días. En las películas, las respuestas siempre estuvieron ahí, enfrente del personaje. La llave, en el mismísimo cuarto de Rapunzel. Miré mi propia palma, ahora que mi juicio se despejaba iba a poder verlo todo. O casi, porque la luz estroboscópica me mareaba un poco. Pero turco en neblina no significa nada si el turco sabe hacer navegación instrumental, ¿no? Quizá fue ahí que descubrí la profundidad del tacto. Sí, ya sé que no había tomado MD, al menos no lo suficiente como para estar *high*, pero estaba influenciada por lo que sabía que causaba la droga, y eso me bastaba. Después de todo soy actriz. No importaba si estaba drogada o no, importaba mi predisposición, tal es el poder de los placebos. Aparte a todo esto había seguido tomando. Jugué a que mi mano era un libro escrito en braille y empecé a llenarlo de sentido. Mis uñas se volvieron más largas y profundas, y cada línea a recorrer era un atajo al placer.

—Quedás linda ahí sentada.

Fue casi como si Nicolas Cage hubiera dicho que quedaba bien en un sentido decorativo, como si el cumplido fuera una cuestión espacial más que una virtud propia. Lo miré y le sonreí. Cuando se sentó a mi lado, me llenó una sensación de calma absoluta, esa tranquilidad que infunde la cara de un amigo y es capaz de acortar inmediatamente las distancias del tiempo. Igual habían pasado cuarenta minutos máximo. Me dijo: «¡Tanto tiempo! ¿Cómo anduviste?», lo tomé como una señal del destino y empecé a intentar acercarnos al futuro, mediante lo poco de quiromancia que tenía, valga la redundancia, a mano. Nicolas Cage se me ofreció. Creo que las luces intermitentes ayudaron a grabar la foto de su mano en mi memoria. La veo nítida, gracias al flash, al día de hoy. Su palma y muñeca eran anchas, sus dedos finos, largos, no necesariamente flacos pero con nudillos distinguidos. Las uñas al ras, dos o tres con rastros de esmalte plateado. Sus manos no eran huesudas, pero tampoco rechonchas, eran las manos de hombre más perfectas que hubiera visto en mi vida. Y la perfección no tenía que ver solo con su fisionomía, sino con su personalidad, si es que existe tal cosa como la personalidad de una mano. Mi libro indicaba que sí. Había notado sin notar la forma en que se movían cuando sacó la cápsula de su bolsillo, la abrió, y dio golpecitos suaves con su índice derecho para racionar con exactitud la cantidad de cristal que caía sobre el mío, pero recién ahora que el miedo y la ansiedad empezaban a disiparse, toda esa información absorbida era procesada y podía tomar sentido. Eran las manos de alguien que no las había castigado, no eran manos de bosque y montaña, sino manos de un hombre que había pasado muchas horas en su habitación. Manos que se movían tranquila y delicadamente, a su ritmo, manos que no sucumbían ante las presiones del tiempo, que se apoyaban sobre las cosas con la misma ligereza con la que se soltaban, no se aferraban a nada. Eran manos sensibles, y tomé la que me ofrecía consciente de esa fragilidad. Con la yema de mi dedo índice empecé el tour de sus líneas que parecía no tener fin. Las predicciones cóncavas se transformaron en sus venas convexas, prominentes, fuertes, llenas, literalmente, de vida, y perdí la noción de dónde estaba hasta que un «Ay, me encanta» me hizo abrir los ojos y ver que estaba acariciándole el pliegue del codo.

—Entonces... ¿qué pensás? —preguntó Nicolas Cage.

—La verdad, no estaba pensando mucho, perdón.

Le agarré la mano de nuevo y me la acerqué a la cara. Entrecerré los ojos fingiendo sonidos a la par de «Piensa, piensa».

—No te vas a enojar si te digo lo que veo, ¿no?

—Mmm, no puedo prometer nada.

—Mmm, no te puedo decir nada.

—*Okay*, *okay*. Te prometo.

—¿Qué me prometés, Nicolas? —algo se encendió en mí al decir su nombre en voz alta por primera vez, y por algo me refiero a la concha que me latió dos veces espasmódicamente.

—Te prometo que no me voy a enojar con vos —dijo.

Me empecé a reír anticipando lo que seguía. Siempre hice eso. Reírme antes del chiste. Como si fuera un chiste que me cuento a mí misma. Me hizo un comentario intraducible, tan ñoño como justo, sobre su futuro y el motivo de mi risa. Me reí un poco más, y después forcé una cara muy seria.

—Vas a tener mucho éxito. O sea, más. Sí, vas a tener una vida hermosa, lo veo acá. Te estás por comprar una casa, ¿sabías?

Sonrió, ilusionado.

—¿En serio? ¿En la playa?

—¡Sí! Exacto..., mirá, ¿ves esta línea que cruza acá?

—Sí...

—Es la línea del futuro. No la tiene todo el mundo, eh. *Wow*. Vas a encontrar al amor de tu vida pronto, *muy* pronto. —Hice una pausa dramática, dándole tiempo a grabar esa parte de la conversación en su memoria, después, seguí hablándole a los ojos—. Y se van a casar, van a tener muchos perros y libros, van a tomar mucho café y van a vivir en una casa hermosa con mucha madera en la playa. —Su cara se iluminaba más y más con cada palabra que agregaba, como la de un chico que escucha su cuento preferido por decimoquinta vez y no deja de admirarse—. ¿Y sabés qué es esto?

—¿Qué?

Le escupí la mano a Nicolas Cage.

—¡El mar!

Se empezó a reír con el cuerpo entero, mirando para abajo, sin mirarme a mí, y se limpió la mano en el pantalón. Me podría haber salido mal. Me podría haber salido muy mal. Pero no.

—Vení, te quiero mostrar algo —me dijo y me llevó hacia una esquina donde había una pirámide blanca enorme absorbiendo rayos láser de todos los colores.

Nos sentamos en el suelo como quien se sienta en la orilla mudo, un poco perdido y dispuesto a encontrar la trascendencia en algo externo. Sentí el silencio, no en el boliche, donde seguía la danza de apareamiento, sino en mi cabeza, después de no sé cuánto tiempo. Casi me dieron ganas de llorar. Me giré hacia él al cabo de varios minutos y quedamos mirándonos, también en silencio. Su cara se transformó en lo más lindo que hubiera visto jamás. Como el mar, Nicolas Cage reflejaba el espectáculo de la noche en su superficie, y era doblemente bello gracias a su inherente profundidad. Me imaginé bañándome en él, y bañándome *con* él, hasta que interrumpió el silencio para decirme que le encantaba el

—¿Eh?

—Sí, soy buzo —me dijo.

—*You're just too cool to be true, can't take my eyes off of you...* —recité mirándolo realmente en blanco.

Tarareamos las dos siguientes líneas de la canción original al unísono y nos reímos. Quise decirle que me había leído la mente, que justo estaba pensando en tomarme toda una bañera de su agua sucia, en pasarle champú y secarlo en mis brazos, que ahora ya nos habíamos conocido y eso era algo eterno, pero por suerte le dije:

—Me estás jodiendo, ¿no? ¿En serio sos buz

—Muy en serio —dijo muy serio, y agregó—: Soy un *buzo licenciado.*

Dijo «buzo licenciado» con el tono de «súbete a mi moto, nena», y la expresión facial de un mal actor externalizando seducción y cancherismo exageradamente. Lo dijo con una *sassy voice*, esa voz performática muy yanqui que siempre está un tono más arriba, y en español me animo a traducir con la combinación exacta de cuatro palabras: fue desfachatado, insolente, tierno y picante, todo a la vez. Nicolas Cage agregaba un doble sentido, o triple, aunque no lo hubiera. Se burlaba de las cosas y de sí mismo, no rebajándolas sino imitándolas, como lo haría un niño. Dijo «buzo licenciado» con una *sassy voice* y me reí.

—Tipo, ¿tenés tu tanque de oxígeno, todo? ¿Adónde buceas, acá?

—Sí. ¡Tengo todo! No siempre puedo bucear, bucear, pero

voy a Rockaway bastante seguido y ahí hay un par de lugares donde puedo bajar quince o veinte metros. Y si no igual me meto con esnórquel y nado por la costa. Es bastante adictivo. No solo bajar, la presión, la casi ausencia de sonido, sino también lo que podés ver y encontrar. Puede ser cualquier cosa. Rayas, medusas, collares, cucharas, tenedores.

Tardé un segundo en imaginármelo en traje de neopreno con un esnórquel amarillo fluorescente, y menos de tres en terminar de enamorarme.

—*Wow*. Sos como la Sirenita.

—«Regalitos así tengo miles, ¡aunque a veces no sepa qué son!».

—¿Tenés nosemapops?

—¡Tengo veinte! —me respondió con *sassy voice*.

La concha de la verga, Nicolas Cage acababa de cantarme «Parte de tu mundo». Punto. La tenía adentro. Entera y dura. Se empezó a reír y yo no pude hacer otra cosa que mirarlo en trance.

—¿Cuál es tu película favorita de Disney? —le pregunté entregadísima.

—Mmm... *Poke-A-Hot-Ass*? —me dijo trayendo otra vez su *sassy voice*.

Me reí idiotizada, de nuevo. Era rápido. Era bueno. Era increíble.

—Me gusta «Querida, me cogí a los niños». Pero no es de dibujitos —dije.

—Me encanta. ¿Y cómo te sentís con *Lady and The Gangbang*?

Esta vez la risa me cortó el habla.

—Ningún problema, ¡pero no hace falta cambiarle el final! O sea, *Lady and the tramp...*, *tramp* significa puta también, ¿o no?

—Oops sí, me calenté. Quise decir «Me equivoqué».

—Dos veces.

—Bailemos.

Bailamos hasta que el lugar quedó vacío. Bailamos pegados y lejos. Corrimos, saltamos, fingimos break-dance, paramos de bailar. Volvimos a bailar. Me acuerdo de que en cierto punto agarramos las velas de las mesas del VIP y nos vertimos cera en las manos el uno al otro mientras nos mirábamos a los ojos con intensidad. A las siete de la mañana, Nicolas Cage me dijo que podíamos ir a su casa en Brooklyn con un par de gente más y Suroommate.

—Tu roommate.

—Sí —dijo, y señaló al chico que cumplía la función de DJ y seguía pasando música solo para nosotros hacía dos horas.

Nunca me hubiera imaginado que Nicolas Cage tenía un roommate, pero saberlo me gustó. Lo terminó de humanizar, en caso de que todo lo humano que le había conocido en las casi cinco horas que llevábamos juntos no fuera suficiente. Salimos al invierno neoyorquino en busca de un taxi, y esperamos diez minutos en la esquina a alguna gente más que nunca llegó. Le dije que tenía frío. Me dijo que iba a nevar en cualquier momento, que el frío siempre se intensifica justo antes de la tormenta y se templa con la caída de la nieve. «Es como» dijimos al unísono y me dejó completar la frase a mí, mientras él solo movía los labios: *God's cum*. Me dijo «Esperá» y abrió su valija. Ah, sí, Nicolas Cage tenía una valija llena de ropa porque acababa de volver de tocar en una ciudad, pero no me acuerdo de cuál. Sacó un par de guantes negros sin dedos y un gorrito de Paul Smith, de lana con rayas de todos colores. Me dio el gorrito y dijo «Tomá». Le dije que tenía los mismos guantes que él, los busqué en mi cartera y me los puse. Hizo lo mismo. Nos miramos y moviendo los dedos a la vez dijimos: «Guantes sin dedos», también a la vez y con la misma *sassy voice*.

Nicolas Cage, Suroommate, y yo tomamos un taxi. Les pregunté si me podían dejar en mi casa y Nicolas Cage dijo «Podemos». En el momento la pregunta casi que me sorprendió más a mí que a él. Pero nos sorprendió a los dos. Me moría de ganas por cogérmelo. No me quería ir. No quería que se terminara la noche y, sobre todo, no quería volver a mi casa a estar sola. Pero supe que Nicolas Cage podía llevarse a la mina que quisiera a la suya. Y ahí apareció el primer sentimiento genuino. Tuve miedo a que después de coger me echara. A tener que volver a casa y encontrarme con el vacío al cuadrado. Siguieron las excusas, que no por excusas eran menos genuinas. Nicolas Cage era alguien a quien quería volver a ver. Quería ser alguien en su vida, no una minita más. Había aprendido que a los hombres les encanta que sea putita, pero solo cuando sienten que es especial y exclusivo para con ellos. Y para eso tenía que, mínimo, haber tenido una o dos citas previas. Las chicas buenas, las que valen la pena, las que pueden terminar siendo tu esposa, no cogen en la primera cita. Te mandan a dormir. Nicolas Cage no me había dado la impresión de ser ese tipo de hombre, pero si otra cosa había aprendido era a no confiar demasiado rápido en nadie. Además, ser famoso no te exime de las presiones sociales. A lo sumo te confunde un poco. Nicolas Cage era varón. Y a pesar de tener la libertad de espíritu de los sesenta y la desfachatez de haber adolecido en los noventa, había nacido en los ochenta con los valores cristianos de los cuarenta. Y yo no quería usurpar su poder. Ni que me deseara menos ahora que sabía que yo estaba disponible, que era fácil. Se tarda cinco veces más en escribir o verbalizar un pensamiento que en tenerlo, todo eso se me presentó en paralelo y en la fracción de segundo que tardé en abrir la boca posterior a que Nicolas Cage le diera la dirección de su casa al taxista.

No me acuerdo demasiado de lo que hablamos durante el viaje, solo el perfil de Nicolas Cage y la imagen borrosa de la ciudad que lo iluminaba sin detenerse afuera de la ventana empañada. Escribió «Nicolas» en el vidrio. Me estiré sobre él y dibujé un corazón encerrándolo. Fantaseamos con tomarnos un avión a algún lugar donde fuera verano, y pasar el resto del día y la noche y el día en la playa. Nicolas Cage me mostró su pasaporte y señaló su valija en la parte trasera del taxi, diciéndole al chofer que nos llevara a La Guardia. Disfruté la idea por dieciséis segundos, después me volví hiperracional y le dije al taxista que por favor siguiera yendo en dirección a mi casa. Nos ignoró a los dos por borrachos. Me di cuenta de que mi mano estaba apoyada en el muslo de Nicolas Cage cuando me la agarró y empezó a investigarla muy de cerca. Nos miramos. Agarré la suya, elegí un dedo y me lo llevé a la boca. Giré mi lengua alrededor varias veces, como saboreando un chupetín, y le dije que estaba salado, sin sacármelo de la boca. Se mordió el labio y dejó caer la cabeza hacia atrás, su nuez de Adán sobresalía todavía más y empezó a decirme «Chupame». Le toqué los labios y los soltó suavemente, dejando salir aire y entrar mis dos dedos. Cerró los ojos y exhaló fuerte por la nariz. Tragó saliva, sus labios se cerraron sobre mis dedos, ejerciendo una pequeña presión, succionándolos y empujándolos, un poco más, adentro de su boca. Los empujé yo esta vez, lo más que pude, y sentí el calor de su garganta justo antes de que fueran rechazados por una pequeña y perfecta arcada. Llegamos a la puerta de mi casa en ese instante. Su roommate se materializó al lado nuestro, le dije: «Chau, lindo conocerte», aunque en realidad no lo había conocido nada. Nicolas Cage abrió la puerta del taxi, se bajó, y yo también. Después de un silencio largo, incómodamente cómodo, nos reímos a la vez.

—¿Está bien si te pido tu número? —me preguntó.

—Sí, obvio..., es solo eso, una combinación de números —le respondí haciéndome la sobrada, pero sin saber muy bien qué estaba queriendo decir.

Me sonrió y entregó su teléfono desbloqueado. Me sentí un semidiós teniendo tanto de su vida en mis manos, e inevitablemente humana a la vez, sabiéndolo inútil. Guardé mi número bajo mi nombre y apellido, y me apuré a abrazarlo, de forma tan breve como me fue físicamente posible, porque tenía miedo de que un abrazo más largo me hiciera decir las palabras incorrectas. Crucé la calle corriendo y, una vez a salvo en la vereda de enfrente, me di la vuelta y lo saludé.

—¡El gorro! —me dijo.

—¡No podés ganar dos cosas en una misma noche! —le grité, di media vuelta y entré en Peter Cooper Village. Después agregué, sin volverme—: ¡Ya tenés mi número!

Avancé, con los ojos cerrados, por el camino arbolado sintiendo que el aire helado me despertaba de un sueño. Mi edificio es uno de los 110 *monoblocks* de ladrillo rojo que empiezan en la 1st Avenue y terminan justo al borde del East River. Fueron construidos durante la Segunda Guerra Mundial para albergar a los veteranos, y los departamentos se renuevan a medida que ellos van muriendo, dando paso a familias que recién empiezan. Miroommate y yo jodíamos, éramos las únicas con vida sexual activa, todo el resto tenía las manos atadas a un *stroller*, que en inglés significa cochecito *y* andador. Nuestro departamento de cuarenta metros cuadrados era de una habitación pero, al mudarnos, lo convertimos en uno de dos: a espaldas de la administración, levantamos una pared de durlock en el medio del living. Miroommate se quedó con la habitación original, al fondo del pasillo; la mía existe ahora al lado de la cocina y tiene dos ventanales gigantes: uno da a la 20th Street y el otro, al living. Un detalle que se nos ocurrió para no dejar el espacio común completamente a oscuras.

Entré, alcé a Ramón, le di un beso en la boca y le conté que había conocido a alguien. «Oficial, quiero informar de un gorro robado» fue el mensaje de texto que me permitió agendar a Nicolas Cage en mi lista de contactos. Chateamos durante una hora mientras la calle se llenaba de *runners* y la ciudad despertaba, y decidimos encontrarnos en la playa de los sueños, durmiéndonos juntos, en camas separadas, en casas separadas, en distritos separados.

2

El viernes 18 de noviembre, a la 1.57 p. m., recibí un mensaje de texto de Unpibequehabíaconocidolanocheanterioraconoceranicolascage. Di vuelta el teléfono y seguí durmiendo.

El viernes 18 de noviembre, a las 3.26 p. m., recibí un mensaje de texto de Nicolas Cage.

Recién vuelvo del dentista. ¿Cómo te sentís?

Me siento.
Qué onda el dentista?

Okay.
La consulta, quiero decir.
El dentista parecía deprimido.
Estoy cansado.

Escribí «Yo estoy cansada y deprimida», sentí que era poco atractivo, y lo cambié por:

No dormiste nada?

NO mucho
Vuelvo mañana a la ciudad.
¿Quizá podemos vernos para un *hat hand-off*?

Vas a tener que hablar con mi abogado.
Quiero custodia legal total.

Supe que ibas a traerme problemas.

Okay. Con fines de semana y Navidad me conformo.

OKAY.

Nicolas Cage me mandó una foto de un cartel de «gato perdido» pegado en un poste de luz.

Me redeprimen los carteles de mascota perdida
escritos en primera persona del singular.

Dijo que a él también. Dijo que nunca había visto a un gato escribiendo y que estaba harto de las mentiras y lo dijo en mayúsculas. Me reí, y agregó que quizá atestiguar la escritura de un gato fuera la cura para la depresión. Googleé «Gato escribiendo» y no me sentí mejor, pero le mandé la primera imagen que me apareció. Estaba el gato Sylvester con cinco cigarrillos en la boca, ojos rojos, dos ceniceros desbordados, una tetera, una taza de té, un paquete de cigarrillos y dos cajas de fósforos, donde quedaba uno solo. No estaba escribiendo.

Mejor?

NO mucho.

Me mandó una foto de Sylvester Stallone llorando.

Sylvester está *alone* y deprimido también ☹

Me reí un poquito en voz alta mirando al celular como si fuera él, y esperé a que me devolviera el pase, o al menos terminara formalmente la conversación, pero no sucedió ninguna de las dos cosas. Y así, como cuando caminás por la calle y dejás un barrio para entrar a otro, sin previo aviso o cartel, me adentré en un agujero obsesivo.

Los agujeros obsesivos son básicamente como los agujeros negros, solo que existen en mi mente. Estiran y deforman toda la materia, la llevan hacia la ausencia de toda claridad. A medida que un pensamiento cae, la oscuridad crece, eventualmente cubriendo todo el campo de visión, hasta que no hay más que obsesión absoluta e infinita. Miré el teléfono cada dos minutos por el resto del día, el tiempo plegándose sobre sí mismo, el brillo de la pantalla fundiendo todo el resto de las cosas a negro. Dramático, sí, pero tuve la sensación de que la conversación había empezado solo para poder terminar. Y el siguiente paso lógico fue entender que, en realidad, todo empieza para terminar. Este pensamiento me descolocó y desbordó por completo. Después, me acordé que estaba deprimida.

A las 7.43 p. m., me volvió a escribir Unpibequehabíaconocidolanocheanterioraconoceranicolascage y le respondí «Número equivocado».

El 19 de noviembre, a las 2.25 p. m., recibí un mensaje de texto de Nicolas Cage.

Goodday! Estoy en Broadway y la 27.
¿Querés que nos encontremos en algún lado?
Creo que estoy bastante cerca de tu casa.

Tengo una audición! Te escribo cuando termino.

Técnicamente, tenía una audición. Pero supe que no iba a ir en el momento en que di *snooze* a la alarma por decimoquinta vez. O, en realidad, cuando me llegó el casting. Tenía que ir a una audición para hacer de otra latina con calle y antecedentes criminales, un rol secundario dentro de una serie dramática y episódica yanqui. Pero me convencí de que no valía la pena ni intentarlo, porque ese tipo de roles siempre terminaba siendo *typecasted*. Los directores de casting diciendo que una latina no es lo suficientemente latina para el papel, son el equivalente a la gente que dice que si hacés chistes sobre la depresión, tan deprimido no estás. Pero la gente vive diciéndome cómo tengo que hablar y lidiar con mi propia depresión, y los directores de casting siempre dicen que no soy lo suficientemente latina.

En los dos años que llevaba viviendo en Nueva York, bajo una visa que coronaba mi trabajo como «habilidad extraordinaria», había tenido treinta y seis castings para el mismo personaje estereotípico. No había quedado en ninguno. Al ser latina (y tener un acento marcado que no llegaría a perder del todo ni después de diez años y cuarenta sesiones de trescientos dólares cada una —que no pagué yo— de *accent coa-*

ching), los roles disponibles para mí en cine y televisión se limitan a los mismos roles que puede ocupar cualquier latina *fuera* de la televisión. Porque así como se valida una sola forma de depresión (pañuelos de papel pegados al cuerpo, píldoras desparramadas por doquier, intentos de suicidio y abandono de trabajo, vínculos e higiene), también hay una sola forma aceptable de ser latina en el primer mundo: ser la mucama. La puta. La rompehogares. La narcotraficante. La mula. La inmigrante ilegal. La huérfana. La pobre. La policía. O, mi preferida: la inmigrante que perdió a sus padres cruzando la frontera ilegalmente, se convirtió en mula mientras vivía en la calle, se cogió a tu marido —la muy puta— y te robó: el marido y su plata, fue presa, salió, empezó a trabajar de mucama e influenciada por un amoroso y bondadoso hombre blanco empezó a estudiar para unirse a, sí, exacto, *la fuerza policial*. Pero por supuesto, que para poder hacer todo esto, es mejor si sos marrón. Y tenés curvas sexis. Y exagerás lo más posible tu falta de educación en forma de mala pronunciación y acento muy marcado, como el de Sofía Vergara. Necesitan latinas que no incomoden, que no puedan ser confundidas, que se queden en su lugar, que no solo no les saquen el lugar protagónico sino que ocupen todos esos roles que ellos mismos no quieren ocupar. Nunca van a elegir a alguien como yo, una *whitetina* con piernas de escarbadientes, tetas no lo suficientemente grandes o chicas como para ser *hot*, y adjetivos en todos los lugares equivocados: culo tierno, nariz grande, etc., etc.

La queja selectiva es otra de mis virtudes. Durante toda mi vida, fui recolectando los privilegios de ser *blantina*. Tanto viviendo y creciendo en Argentina —nací en una familia de clase media que logró acomodarse muy bien en los noventa, fui a colegio privado, de vacaciones a Brasil, pude estudiar sin tener que trabajar a la vez— como al llegar a Nueva York. Me dieron el primer trabajo al que eché mi currículum, al mes de haber decidido que los tres meses de viaje de estudio financiado por mis padres se iban a transformar en un «a vivir». La verdad es que yo tenía cero experiencia y credenciales —ni siquiera estaba habilitada para trabajar, todavía, legalmente hablando—, y el trabajo me lo dieron por ser quien era y verme como me veía. Me contrataron de camarera después de una entrevista de cuarenta minutos, en la cual los primeros treinta fueron dedicados a hablar de cine, en un restaurante que tenía dos pisos: abajo estaba la cocina, arriba el salón. Abajo estaban los mexicanos (para muchos yanquis México siempre fue todo de México para abajo) y arriba los blancos. Y jóvenes. Y lindos. Y con onda. Yo tengo sangre latina pero paso por europea. Soy flaca. Soy alta. De rasgos finos aunque destacados, que parecen haber viajado por Grecia, España e Italia antes de llegar a mí (la verdad es otra, pero lo que importan son siempre las apariencias). Tengo la piel blanca mejor valuada, es decir, la que es impoluta pero se broncea rápido y dorado al ser expuesta al sol. Y además, soy actriz, y el mánager del restaurante, argentino y fan de la película en la que yo debuté. Más que suerte es una cuestión sistémica, donde todas las piezas de mi vida se apilan delicadamente, brindándome infinitas posibilidades de ascenso a la cima. Me gustaría decir que me encanta recorrer ese camino, haciendo sonar cada escalón con mis zapatos de cristal, disfrutando de la sinfonía de mi escalera a la fama. Pero cuando las cosas te son dadas, solo te detenés a apreciarlas cuando las perdés, o esas circunstancias cambian o se cuestionan. Estoy tan acostumbrada a pertenecer al club, que me siento absolutamente estafada cuando se me deniega el acceso a algún privilegio. Digo que todo es superfluo, que a nadie le importa el talento real en mi industria, que no importa lo que hacés o cómo te rompés el culo, que si no te lo rompe alguno de los que mueve los hilos, literal, o sos hija de tal o cual, o tenés esas narices perfectas y esas caras y personalidad de plástico y hueca, nunca vas a llegar a nada. Y tengo razón. Pero al llegar a Estados Unidos, me enfrenté a un límite; vi por fin la otra cara de la moneda. No porque en Argentina no pasara, sino simplemente porque así se dieron las cosas para mí. Acuso y menosprecio el talento de cualquier otra chica que quede para un papel para el que yo me presenté, y afirmo que solo la eligieron porque tiene más pinta de latina que yo. Más pinta de puta. Más étnica. Y por un instante me creo que eso es un privilegio, uno con el que yo, de modo injusto, no fui bendecida. Y entonces abogo por un mundo más justo, incluso en redes sociales, pero la realidad es que en un mundo más justo yo me vería perjudicada.

Casting tras casting sumo cuotas a una cuenta que siempre da cero tolerancia a la frustración. Y desde chica, según mi mamá, frente a la primera dificultad, yo optaba por el abandono. Prefiero que la culpa de que no me elijan recaiga en mí, a esforzarme, invertir tiempo y plata, aferrarme a la idea del éxito, y después fracasar monumentalmente, y terminar culpándome a mí misma por no haber sido suficiente. Sé que es estúpido quejarme de que no consigo trabajo cuando ni siquiera me presento a las entrevistas, pero actuar es un amante y con la autocompasión yo estaba cómodamente casada hacía años.

Cuando me escribió Nicolas Cage, seguía en pijama y no quise que él lo supiera. O quizá, parte de mí velaba por un subidón de ganas repentino que me impulsara a levantarme y hacer lo mínimo que necesitaba para sentirme útil y odiarme un poquito menos. Llevaba así al menos un año. O tres. A los veinte dejé de tomar los ISRS* que tenía recetados y me *negligencié* optando por benzos. Mi papá era amigo del farmacéutico del barrio, título que había ganado a fuerza de frecuencia de consumo, y podía comprar cualquier droga sin receta. A mí me había resultado más importante conservar la libido —que creía que me definía— intacta, no tener celulitis, cara de paperas, un cuerpo hinchado por la retención de líquidos, y la concha seca, que superar un trastorno depresivo mayor que fingí poder controlar tomando Rivotril y Alplax a demanda.

Me dispuse a bañarme y empezar el día. No es que no me hubiera bañado en los últimos tres días porque quería conservar el olor a chivo de Nicolas Cage en mi piel, pero había pasado los días postrada en cama. Y siempre me regodeé en la inmundicia. O, quizá, fue una combinación de todo lo anterior. Después de todo, hacía tiempo que juntaba mi propio chivo. Usaba el secador de pelo para recalentar mis axilas y generarme sudoración profusa en poco tiempo, y recolectaba el sudor en pequeños viales de vidrio que había comprado al por mayor en eBay. Guardaba algunos en la heladera, otros en el botiquín del baño. Así lograba distintos tintes y concentraciones que usaba como perfume. Durante los períodos de aislamiento social total, me bañaba lo menos posible,

* Inhibidores selectivos de la recaptación de serotonina.

como para que el olor en mis axilas se acumulara y ahumara al punto de que, al dormirme o despertar, me diera la sensación de que había un hombre acostado al lado mío.

Bañada y recién depilada, a las cuatro de la tarde estaba lista para responderle a Nicolas Cage, pero prefería que hubiera alcohol de por medio para lograr mi versión menos cohibida durante nuestro primer encuentro sexual. Londres es el único lugar en el que es socialmente aceptable empezar a beber antes de las cinco, y no estábamos en Londres. Pensé en mi audición una vez más. Todavía estaba a tiempo de ir, y ahora me veía más como un ser humano funcional. Pero me convencí de que no valía la pena, otra vez. Estaba *okay* con evitar mis responsabilidades siempre y cuando hiciera algo que me hiciese sentir, al menos de momento, mejor y me sacara de la casa. Ir a una cita con el ángel querubín que acababa de conocer cumplía con ambos requisitos. Nicolas Cage me había hecho sentir hermosa por fuera y por dentro, sin razón aparente más allá del hecho de que me había sentido deseada y aceptada, y me permito aceptarme a mí misma solo cuando otra persona lo hace primero, desde los seis años. Así que, a las 7.03 p. m., finalmente le escribí.

Hey! Ya estoy libre. Por dónde andás?

Volví a BK. Terminando de cenar con amigos.

Su americanidad me pareció adorable. Después pensé que cenar a las siete de la tarde no era algo con lo que yo estuviera dispuesta a lidiar. Y consideré un futuro aciago. Me reí de mí y de mis intentos de sabotear nuestro posible matrimonio.

Una segunda risa dio paso a la conciencia y vergüenza propias que, a su vez, dieron lugar a sentir pena por mí misma: me la paso construyendo *nosotros* demasiado rápido y absolutamente sola.

Almorzaste en Burger King también?

Escuché BBKing a la mañana
Se hizo un poco tarde como para encontrarnos
ahora..., a menos que estés por BK?

Williamsburg

Perfecto!
Llego en 20' manejando. Nos encontramos cerca de
la estación del L? Te viene bien?

Dale. Te espero en la esquina de Bedford y North 2nd.

Cool
Reunión clandestina

No tuve que caminar un par de cuadras hasta Bedford. Las corrí. Y me tomé un *fucking* metro. La verdad es que no estaba para nada en Brooklyn, estaba en Bombacha. En mi cama. Literalmente rascándome el labio izquierdo, donde me había brotado el eczema otra vez. Pero había dejado pasar el día entero a propósito para poder ir a tomar algo con él, y me sentí estúpida de haber procrastinado al punto de casi perder la oportunidad de hacerlo. Me volví hacia mi mate cocido y le di un sorbo antes de levantarme, al fin, de la cama. Lo escupí de vuelta en la taza. Me quejé forzosa y verbalmente: «La vida es un puto mate cocido». Un ritual que se repite a diario. Siento algo parecido al deseo al despertar. Hiervo paciente el agua mientras me ocupo de algunos quehaceres, lo preparo. Pero entonces está demasiado caliente como para tomarlo. Así que tengo que esperar, y no sin cierta ansiedad me empiezo a distraer con otras cosas. Para cuando vuelvo, está demasiado frío. Y pierdo las ganas, y las dejo olvidadas, a temperatura ambiente, expuestas al crecimiento de patógenos contaminantes, hasta que, un par de horas más tarde, o al día siguiente, las tiro por el desagüe mirándolas asqueada. Es como si no hubiera un punto medio. O al menos, yo siempre me lo pierdo. Ahora que lo pienso, me da la sensación de que no tomé mate cocido en años. Incluso es posible que no haya tomado una taza de mate cocido en mi vida entera. Siempre fue demasiado pronto, o tarde. Y yo no puedo seguir perdiendo el tiempo de esa manera: «Mañana puede no llegar jamás por algo dicen no dejes para mañana lo que podés hacer hoy es ahora o nunca es ahora o nunca es ahora o nunca», me repetía en voz alta alternando con «ESTÁS COMPLETAMENTE LOCA, MARTA» una y otra vez, mientras corría en dirección a Brooklyn para llegar antes que él, «Estás completamente loca *okay okay* ahora calmate calmadita chiquita tranqui trancu tranquila shhhhhhyaestá».

Me senté en las escaleras del *brownstone* de la esquina. Ya me había sentado ahí, fumando un cigarrillo, filmando un videoclip para Ana Torroja, una cantante española que había sido megafamosa en los ochenta como líder de Mecano y ahora intentaba una carrera solista. Estar en un lugar en el que ya había estado me dio ese sentido de familiaridad que busco constante y con desesperación, y me ayudó a bajar, un poco, los nervios.

Era una de las noches más frías del invierno, y el invierno técnicamente ni había empezado. Agarré *Los ojos azules, pelo negro* del maletín de cuero que llevaba de bolso. Encendí un cigarrillo. Recordé que Nicolas Cage no fumaba y enseguida lo apagué en la suela de mis botitas acordonadas, mientras decía en voz alta: «No querés oler a cien mil ceniceros». Inhalé profundo, exhalé violento, y agarré un chicle de frutilla y una muestra de perfume de tabaco que tenía en el bolsillo, que no olía para nada como mis cigarrillos. Leí el primer párrafo de la página 127 dieciséis veces, y no retuve nada. Lo leí otra vez. Lo leí ocho veces más. Mi mente miraba la página pero no procesaba nada de la información, porque mis ojos iban y venían siguiendo a la gente que pasaba que no era Nicolas Cage. Vi un auto doblando en la esquina y lo escuché frenar. Recordé que él iba a llegar manejando. Fijé la vista en la página una vez más, esta vez a propósito, para evitar cualquier tipo de posible contacto visual, y ansiedad potenciada, durante los segundos eternos que él iba a tardar en caminar hasta mí. Le di dos oportunidades más a Marguerite, hasta que una voz, ahora familiar, dijo:

—Te ves cómoda ahí.

Levanté la vista justo a tiempo para engancharlo mirándome, antes de que él la bajara, tímido.

—¿Estoy cómoda? —le pregunté.

—No creo. Solo parecés —dijo después de negar con la cabeza, mientras se reía por casi nada.

Sonreí y le dije que me estaba congelando. Abrí el maletín

y le entregué el gorro de Paul Smith transaccionalmente, mientras decía *Hat hand-off*. Me dijo «Gracias», y se lo puso en dos maniobras: lo estiró hasta el cuello, después lo volvió a subir, dejando al descubierto su cara y su frente por completo. Sin pelo de por medio, el farol de la esquina se reflejó en sus ojos avellana y los hizo brillar todavía más. Le quedaba bien. Mejor que a mí, incluso. Dijo que se sentía como si estuviera comprando drogas, pero que no se refería a que yo tuviera aspecto de *dealer*. Le dije que lo tomaba como un cumplido. Me preguntó si mis pantalones eran aterciopelados y le contesté «Sí». Me dijo *Very cool* y sonrió. Le pregunté si quería tocarlos, hizo una mueca incierta, respondió *Okay* después de una breve pausa, levantó su índice derecho como anunciando una buena idea, y tocó la parte alta de mi pantorrilla izquierda por una fracción de segundo. Sonrió, se sonrojó y bajó la mirada. Se rio un poco más. «Terminó antes de empezar», dijo una de las voces en mi cabeza, que intentaba distraerme de permanecer en la escena. Por suerte, la de Nicolas Cage era más fuerte y más hipnótica y me devolvió a la calle de Brooklyn. Me preguntaba si quería caminar un rato. No sé por qué le dije que tenía que encontrarme con amigos para cenar, pero que los argentinos no cenábamos hasta las diez de la noche, lo cual era solo media verdad.

—Nunca me sentí tan americano —dijo.

Empezamos a caminar. Pensé que quizá habíamos conectado la noche que nos conocimos porque eso es lo que genera el éxtasis. Te hace amar a todo y todos a tu alrededor. Produce un sentido de conexión y pertenencia. Avispa el deseo y el deseo de seguir viajando con quien estés hacia «Felices por siempre». Después me recordé a mí misma que yo no me había drogado. Y que quizá eso le había pasado a él, pero o había tomado el cristal más poderoso y duradero del mundo, o lo que nos estaba pegando era el vínculo.

La conversación avanzaba incesablemente, con la misma naturalidad que nuestras piernas. Suelo estar más en mi cabeza que con la gente con la que estoy, y las mejores charlas las tuve en la ducha, o sentada en un parque, espiando por la ventana de mi mente. Ahí nadie puede cagarla, equivocarse de línea o interferir con mi propia narrativa. Excepto yo misma, claro, pero ser la que la caga es un lugar que sé habitar. Con Nicolas Cage había sido distinto desde el, muy reciente, principio. Quizá por segunda vez en la vida, alguien sobrescribía mi autoobsesión. Y su forma de gesticular al hablar hacía más difícil sostener la distracción en mi usual divagación interna. Parecía un dibujito de los que miraba en la tele los sábados a la mañana durante mi infancia. Haciendo una mueca distinta para marcar cada palabra, parecía alienígena, o un niño que está aprendiendo a hablar. Como si sintiera la necesidad de expresar de modo no verbal aquello que también estaba expresando verbalmente. Como si se hubiera acostumbrado a tener que hacerse entender sin mediar palabra, como quien habla un idioma diferente, como quien desconfía del lenguaje. O quizá, como un pésimo niño actor. Sonriendo grande al decir que está feliz, haciendo una mueca de asco junto a cada palabra de desprecio. Y al igual que él, yo también estaba aprendiendo algo nuevo. Cada minuto que pasaba se me revelaba más, y yo no podía siquiera mirar para adelante, porque apartar la mirada implicaba la sensación de estar perdiéndome de algo.

—¿Naciste en Buenos Aires? —dijo «Buenos Aires»

como si tuviera un pajarito bebé habitando entre el suelo de la boca y su lengua; teniendo el cuidado necesario para no aplastarlo, se tomó el tiempo de pronunciar cada letra, y le permitió respirar. No pude evitar sonreír y mirarlo como miramos las cosas que creemos que podemos amar.

—Sí... Me dijiste que conocés, ¿no?

—¡Sí! Fuimos a Buenos Aires, y después nos tomamos un avión a Mar del Plata. —Esta vez escupió «Buenos Aires», pero trastabilló con «Mar del Plata». Luego de dos intentos y cero éxito dijo *Marshnenashash* haciendo un gesto de *voilà* con la mano.

—Mar. Del. Pla. Ta —le expliqué.

—Mahr. Dhel. Plah-tah —repitió—. Suena mucho mejor cuando lo decís vos.

—Supongo que eso compensa por el resto de la conversación —respondí. Se rio.

—Hablás y escribís mucho mejor que la mayoría de los americanos que conozco. En serio.

Era el segundo cumplido y eso me gustó. Quizá no fuera del todo verdad, pero algunas veces la verdad está en la forma en que decimos las cosas, más que en lo que decimos en sí.

—Y, ¿te gustó allá abajo? —le pregunté.

—¿A quién no le gusta *ahí abajo*? —dijo con *sassy voice*—. Pero no, para serte completamente honesto, no me gustó para nada. Amo Buenos Aires...

Vi a un niño riéndose de la palabra «pene». Vi a un púber empujándome sin razón alguna en el secundario. Y vi a un chabón solitario forzando un doble sentido como si dos significados diferentes pudieran hacerle mejor compañía que uno solo. Por último, me vi en él y, por primera vez en muchísimo tiempo, no sentí pena sino un poquito de amor por mí misma.

—Está bien, Mar del Plata puede ser odiable, especialmente en verano. Pero ¿por qué?

—Nos quedamos en un hotel que olía a... *puerto.* El cuarto olía a puerto, el pasillo olía a puerto, el *lobby* olía a puerto, de hecho, toda la cuadra, los bares, hasta el gin-tonic que tomé olía a puerto.

Le hice un chiste intraducible intercambiando el sentido de puerto en inglés por el del licor que se toma después de la cena. Nicolas Cage se rio y dijo que por *Port* se refería a «pescado podrido», y lo dijo con el tono exacto en que yo le hubiera confesado que no llevaba puesta bombacha.

—¿No es reloco cómo podés poner *fucking* en cualquier parte de la *fucking* oración y no pierde sentido? —le dije.

—Nunca lo había *fucking* pensado. *Wow.* Puede ser que tengas *fucking* razón... *Fucking* es la mejor *fucking* palabra del *fucking* mundo.

Le dije *I fucking love fucking*, me dijo *I fucking love fucking too.* Nos miramos con intensidad y descomprimimos riéndonos. Nicolas Cage arrastró la mirada por el suelo unos segundos y después siguió, desde ahí.

—Y encima, tratamos de pegar porro —se interrumpió—. No fumo hace —sonrió orgulloso y agregó con *sassy voice*—: *seis días.*

—Siendo seis... ¿mucho? —le pregunté.

—¿Sí...? Estoy tratando de parar un poco... ¿Vos fumás?

—¿No es gracioso cómo los fumones siempre responden «¿cigarrillos o qué?» cuando les hacen esa pregunta?

—Ese suelo ser yo... ¿Fumás? ¿Cigarrillos o qué?

Textualmente lo que dijo fue *Cigarettes or what-why-weeeeeeeeeeed* lo que me hizo reír un poco de más.

—Bueno... Ahora no estoy fumando. Y porro no me gusta fumar en situaciones sociales porque me suele poner o paranoica o *paradormir*..., así que solo fumo cuando sé, de hecho, qué tipo de porro estoy fumando. Y por cuando sé me refiero a porro que compré yo, porque aunque me digan qué es, nunca termino de confiar y me da miedo arriesgarme a que me pegue mal..., así que solo fumo índica cuando estoy sola y para dormir. Redivertido. Pero no, sí, o sea, fumo, no por rutina, por así decirlo.

No le mentí. No estaba fumando mientras lo decía. De hecho, en ese instante tomé la decisión de no fumar nunca más. No importaba si lo cumplía, o si de ese día en adelante iba a fumar a lo fordista después de verlo para compensar por todas las horas que había pasado sin fumar estando con él. Su presencia me hizo desear estar libre de humo. Me dio ganas de ser mejor, y oler mejor, y verme mejor, y además, la intención con la que lo dije, lo volvió verdad.

—Supongo que esa es la única forma de hacer las cosas... —dijo.

—¿Ocasionalmente?

—Sí..., cuando algo se transforma en rutina, hay que empezar a sospechar. A menos que se sienta como nuevo todas y cada una de las veces o, al menos, lo disfrutes como si lo fuera. Pero eso no pasa...

Lo vi acceder a un espacio oscuro dentro de sí mismo, tan oscuro que los ojos se le tornaron de verde a gris, y la cara entera se le volvió sombría. Obviamente no hablaba del porro, pero traté de no hacer lo que hago siempre, es decir, forzar a la gente a un nivel de intimidad que no necesariamente pidieron, así que le dije:

—Claro..., excepto con la paja o la *peanut butter.*

—*Penis butter.*

Nos reímos.

—Eeeen fin. Contame más de Mar del Plata —exigí.

—Sí, ¡eso! Al final me consiguieron el porro y era una cosa... ¿una piedra...? Como si fuera un pedazo de durlock, verde, y cuando lo empecé a picar ¡encontré pelos en el medio!

—Ah, ¡te dieron paraguayo!

—*¿Racista?* —dijo con *sassy voice* y leve mueca de preocupación.

—No, bobo, ¡información objetiva! Es bastante difícil, o caro, conseguir flores allá. Y el prensado suele venir de Paraguay, así que lo llamamos así. Paraguayo. Y viste cómo dicen... *If you like pussy, you have to put up with the fuzz* (si te gusta el durazno, bancate la pelusa) —dije desplegando mi mejor imitación, hasta el momento, de su *sassy voice.*

—*Yeawww* pero *if pussies were meant to be fuzzy, God wouldn't have invented G-strings!* (si el durazno fuera siempre peludo, ¡Dios no hubiera inventado las tangas!).

—*I love cheese strings!* (¡Amo la banana!).

—*Me too!* (¡Yo también!).

—*But I was talking about cats...* (Pero vos estás tirando fruta...).

—*Yo también.* (Vos también).

Me dijo que tenía padre, madre, dos hermanas y que quería adoptar un perro. Me dijo sus nombres y profesiones. Dijo que los extrañaba, y que iba a visitar a su papá que vivía en Upstate para Thanksgiving, y a su mamá (en Michigan) para Navidad. Me preguntó por mi familia. Le dije que tenía a Ramón, y también un padre, una madre y que había sido hija única hasta los dieciséis años, pero que después me había caído un hermanito del cielo. Hizo un chiste malísimo, y yo subí la vara haciendo uno todavía peor. Estuvimos de acuerdo en que hacer chistes «de padre» estaba *okay*, y aprovechó la oportunidad para preguntarme si mi hermano era en realidad medio hermano —la diferencia de edad entre nosotros le resultó extraña— o si mis papás todavía estaban juntos, o qué.

—Qué loco que me lo preguntes, porque vengo pensando un montón en eso. Últimamente, tengo la sensación de que se van a divorciar en cualquier momento. Y por «últimamente» me refiero a los últimos diez años. Pero sí, siguen juntos. ¿Sabías que mi abuelo siempre le decía a mi mamá que tenían que darme un hermanito? Literal, decía que tenía que ser, tipo, un regalo para mí. Que yo me lo merecía. Él tenía un hermano más grande, doce años más grande, y estaban súper súper unidos. Cuando era chica siempre me contaba anécdotas de él. Mi mamá en realidad perdió su primer embarazo, después me tuvo a mí, y ahí tengo entendido que «trataron» por un tiempo, unos años, pero ella no quedaba. Y decidieron «cerrar el negocio». Mi mamá siempre hace ese chiste. Dice que cerraron el negocio porque conmigo ya tenían demasiado. O sea que básicamente es mi culpa que no tuvieran otro hijo. Porque yo soy demasiado. —Me reí, un poco cohibida, y en lugar de hacer lo que quise hacer en ese momento, que era frenar ahí, seguí compulsivamente un poquito más. Como si necesitara probar qué tanto podía permitirme ser yo misma—. Es gracioso porque en realidad, siempre me hicieron sentir lo contrario, como que, *nunca* soy suficiente..., jamás. Haga lo que haga, nunca nada es suficiente —quise retroceder—. Chiste —le dije, y me reí nerviosa.

Pero Nicolas Cage me miraba con ternura, asintiendo con suavidad con la cabeza. Me miraba de una forma en la que no me habían mirado en años, o quizá nunca. Me pareció ver pequeñas bocas en sus ojos, que se movían a toda máquina, casi neuróticamente, y me decían: «Está bien Marta, está bien que te sientas así». Te podés sentir así. «Te entendemos. Estamos acá. Sos normal». Me di cuenta de que había descarrilado mirándolo hipnotizada. Me reí nerviosa, una vez más, y dije:

—Umm... ¡sí! Así queeeeeeeehm... finalmente mi abuelo se enfermó y se volvió muy monotemático. Repetía todo el tiempo que su mayor deseo era que mi mamá tuviera otro hijo. Y seis meses después de que se murió... ella quedó embarazada, obvio.

—*Wow.* ¿Y creen que fue un milagro? ¿Por eso siempre usás el rosario en la muñeca?

Sonreí un poco, no sin sorpresa, ante la noción de él notándome a mí. Que fuera consciente de mis accesorios, mi ropa y, probablemente, ojalá de modo inevitable, mi cuerpo, me excitó. Y me hizo desear, *necesitar*, tocarlo. En un acto reflejo, extendí, torpe, el brazo y le apreté el bíceps. Se frenó en seco, me miró fijo, perplejo por un segundo. Sonrió, se puso fucsia esta vez y riéndose bajó la mirada. Lo empujé, un poquito, y seguí caminando. Y hablando.

—No, ¡esa es otra historia! O sea, sí, mis viejos dejaron de buscar el segundo al tiempo que nací yo, y no sé si creo en Dios o los milagros a estas alturas...

—¿Entonces...?

—A mi vieja la embaracé yo.

Fue raro. Pero creo que un poco lo excitó.

—Así que vos...

Ninguno de los dos sabía cómo terminaba la frase en realidad, pero nos reímos igual.

—Me hubiera encantado. Bah, me encantaría. Tener pija, digo. Siempre fantaseé mucho con eso. Con la sensación de tener algo denso y pesado colgando entre las piernas, en vez de un *agujero* —dije haciéndolo sonar a poco—. Y con las cosas que podría hacer. No sé, empezando por estar *literalmente* adentro de otra persona, poder llenarle el *agujero* con una parte mía. Tener ese poder.

Dijo que lo representaba esa necesidad, me clavó la mirada y susurró, exagerando un tono solemne, lo que, según él mismo me advirtió, era un secreto:

—Yo tengo pija. Y he llenado agujeros. Y dejame decirte: el agujero es interior.

—Gracias por compartir esta información conmigo, Nic. Realmente aprecio saber que tenés pija. —Nos sonreímos en silencio—. Quizá lo que queremos es una pija existencial, ¿no? Una verga gorda y grande y capaz de llenar el gran vacío interno del otro, como si haciendo eso lográramos de alguna manera reducir nuestro propio vacío o sentir que nuestra existencia tiene un propósito y un sentido concreto y tangible.

Me pareció inverosímil estar diciéndolo en voz alta. Y a otra persona. Otra persona a la que acababa de conocer. ¿Podría, realmente, ser yo al cien por cien estando con él? Me parecía que sí. Y eso era tan excitante como terrorífico.

Pero sus ojos se apoyaban en mí con la misma suavidad que los míos descansaban en él, y el miedo supo retirarse tranquilo, por fin, habiendo cumplido con su parte, para darle paso a la plenitud total. ¿Así de fácil era sentirse tan bien con una misma?

Insistió en conocer la historia del rosario. Le conté que había sabido estar obsesionada con las imágenes bíblicas y que, si bien ya no era una creyente férrea, seguía usando el rosario que me había regalado mi mejor amigo de la infancia cuando teníamos nueve, casi como amuleto. Al segundo le confesé que en realidad no me lo sacaba por paranoia y TOC. Me dijo que él también tenía TOC y que tampoco era un *strong believer* (gran creyente). Le dije que menos mal que no era un *Belieber*, y me dijo: «No me malinterpretes, *baby*, *baby*, oooooh, *baby*, *baby*, noooo».

Caminamos por una hora y cuarenta y tres minutos más. No paramos, no nos sentamos, no tomamos café o el trago que había estado esperando todo el día. Solo caminamos y hablamos por una hora y cuarenta y tres minutos, en la noche más fría del año, y sin embargo no recuerdo sentir frío en absoluto después del instante en el que dije que me estaba congelando.

Hablamos de nuestros padres, sus problemas de pareja y el divorcio en general; de traumas infantiles y mascotas, videoclips y videojuegos, de lo que nos gustaba hacer en el tiempo libre y de lo que odiábamos hacer solo para matar tiempo. De lavanderías, café, dolor de espalda y depresión; de nuestros animales preferidos y comidas más odiadas. Discutimos sobre el espacio, el centro de la tierra, sobre el más allá y el más acá también. Hablamos del desprecio que sentíamos por la *smalltalk*, y nos preguntamos de qué hablarían los meteorólogos cuando se cruzan en los ascensores del Weather Channel. Le pregunté a qué se referían las siglas de ATM, me dijo que a *Automated Teller Machine* y le dije que necesitaba pasar por una *Automated Teller Machine Machine* antes de volver a la ciudad porque no tenía nada de efectivo encima. Le dije también que siempre había pensado que ATM significaba *At The Moment.* Me dijo que debería hacer una petición formal para que cambiaran el significado de las siglas, ya que *Automated Teller Machine Machine* no tenía sentido. Le pregunté hacérsela a quién, me dijo que ni idea, que la tercera persona del plural nunca se identifica; nos preguntamos en simultáneo si la tercera persona del plural era siempre la misma tercera persona del plural, nos miramos sorprendidos, nos reímos y nos mordimos los labios, en simultáneo también. Hablamos de poesía, el olor de los libros viejos, monedas, y del pis después de comer palomitas. Hablamos de todo lo que hablan las personas que se gustan ni bien se conocen. Buscamos sacudir un poco al otro con preguntas hiperpersonales y prestamos extrema atención a cada respuesta, como si fuera pieza fundamental del puzle que debíamos guardar para eventualmente colocar en el lugar correcto. Como si pudiéramos encontrar en esas respuestas la clave para entender quién era el otro. Casi como si tratáramos de encontrarnos a nosotros mismos ahí también. Mi deseo de que la noche durara por siempre era tal que de golpe dije:

—Debería encarar para encontrarme con mis amigos.

—Ah, sí..., claro. Yo también tengo que volver. Se hizo tarde... Te acompaño hasta el metro.

—*Okay*. Dale. Gracias.

—Suelo evitar caminar por las avenidas, ¿sabés? Detesto los lugares con mucha gente. La sensación de ir esquivando obstáculos. Pero no sé, por alguna razón, me siento tranquilo acá... con vos —confesó Nicolas Cage, hablando bajito.

—Yo también odio la gente. Que haya mucha gente. ¿Te digo algo? Perdón si está mal, pero me pasa que prefiero escuchar el disco de mi banda preferida en casa antes que ir a un recital, si tengo que serte honesta —le dije disculpándome, y agregué otro «Perdón» al final, por las dudas, sintiendo que apenas nos conocíamos y yo ya empezaba a fallarle de alguna manera.

—Está bien... Qué gracioso. Yo odio los recitales también. Me deprimen. Mucho. Prefiero mil veces estar en el estudio grabando, antes que salir de gira. Si pudiera no tocar en vivo nunca más, creo que lo haría. Tengo mucha ansiedad social... Tengo mucha ansiedad, punto.

Sonreí y me puse colorada, como si me hubiera piropeado. Nicolas Cage estaba bueno y era *cool* y talentoso y famoso. Y tenía trastorno de ansiedad. Su trastorno de ansiedad no le había impedido nada, ni le importaba a nadie, ni lo volvía menos valioso para el mundo. Mi propio trastorno de ansiedad perdió peso por un momento. O lo ganó, de hecho. Mi propio trastorno de ansiedad quizá hasta era algo *cool*. Y especial. Y me sentí mejor ahora que sabía que él tenía lo mismo. Le dije hipercoqueta:

—Yo tengo un trastorno de ansiedad *enorme*. —Y le guiñé el ojo. Lo dije y lo hice de verdad, pero supongo que él pensó que solo me estaba haciendo la graciosa porque se rio un montón. Me sumé. Quería seguir siendo como él. O que él fuera como yo. Necesitaba seguir con el espejo. Bañarme en su bendición, la de nunca dejarme sola. Nuestras risas se fueron en *fade out* y, mientras yo caía egocéntricamente a sus pies, él calló.

Caminamos en silencio absoluto una cuadra y media, y medité un poco sobre lo que acababa de decirme.

Me resultaba casi imposible imaginarme a un músico tan famoso como él, que tocaba por el mundo hacía años, como una persona que odiara viajar y tocar en vivo. Y por supuesto que lo amé todavía más por eso. Me sentía identificadísima. ¿Por qué elegí mi carrera? ¿Por qué soy actriz? ¿Soy actriz? ¿O simplemente *trabajo* de actriz? ¿Por qué no me dedico a cualquier otra cosa, si la actuación me pone una y otra vez en lugares que me incomodan y me hacen sentir tan miserable? ¿Por qué me enfrento al rechazo a diario esperando ser elegida, cuando sé que no serlo es mi kriptonita? ¿Es para probarme a mí misma que estoy equivocada? ¿O para darle la razón a mi mamá?

Hace años que me convenzo de que un solo *Sí* va a hacer valer todos esos *No*. Que cuando al fin me elijan voy a obtener esa validación que tanto tanto necesito. Profesionalmente, sí, claro, pero eso va a rebosar y empapar todo a nivel personal también. O no. Porque si hay algo en lo que siempre destaco, es en la capacidad de transformar cualquier cosa buena que me pase en algo que me hace sentir mal. Incluso los cumplidos que llegan desde afuera terminan volviéndose en mi contra.

Para empezar, siempre sospecho de las cosas buenas. Los halagos suelo considerarlos subjetivos, ciegos a mi verdadero ser horripilante, y adjudicarlos a algún error enorme de entendimiento. Pero en las ocasiones en que logro cruzar hacia mi lado grandilocuente, tomo todo lo bueno y me marco a fuego con eso. Me condeno a nunca, jamás, ser ni un poco menos, porque si alguna vez lo fuera, por supuesto, sería yo la única culpable y responsable de ese fracaso. ¿Cómo podría atreverme a ser menos de lo que una persona que no me importa ni me conoce en absoluto pensó que yo era? Cada estreno al que asisto desde los diecinueve años es una piñata de mierda. O me emborracho de antemano hasta la médula o tomo suficiente Rivotril como para sedar a un caballo en celo. O ambas. Cada palabra de felicitación, una nueva herida de arma blanca. No es cierto. Y yo me doy cuenta. Me dicen lo que me dicen porque qué me van a decir. Porque me conocen, porque los invité, o porque simplemente me tienen enfrente toda peinada y maquillada como una muñeca de cera y ¿qué más me van a decir? Nadie le dice a la novia en el día de su casamiento que el maquillaje le suma diez años, o que el vestido es un espanto, pero el maquillaje siempre les suma mínimo siete y nueve de diez vestidos son espantosos. Todas y cada una de las veces, trato de contener todo adentro de mí durante la proyección de la película, mientras me muerdo las manos y los labios, y adivino las reacciones de la gente, principalmente mis papás, en la oscuridad. El clap del primer aplauso da comienzo a la carrera que me dispara cuesta abajo y a través de pasillos, escaleras, puertas. Una o dos cuadras más allá freno en seco, encuentro refugio en la entrada de algún edificio, donde me dejo estrellar contra el suelo y lloro hasta quedarme sin aire.

La primera vez que gané un premio en un festival de cine, me enfurecí tanto que estrellé el celular contra el suelo y rompí la pantalla. Mi trabajo en ese corto estúpido fue una mierda. Era obvio que no me merecía el premio a mejor actriz, y sentí que la gente de ese festival de cuarta de esa ciudad marginal me había elegido por pena, para que me sintiera menos mal por haber hecho un trabajo tan pedorro. O que el mundo era malicioso, burlón, y conspiraba en mi contra, y que la única razón por la que había sido elegida era la mera burla. Sentía que todos se reían de mí. Todo el tiempo. Desde que estaba en la primaria. Y probablemente antes de eso también, solo que no me acuerdo. Después de todo, lo primero que hizo mi mamá al verme cuando nací fue reírse, y después llorar porque mis pies eran trágica y deformemente grandes. Burla y pena. Burla y pena. Llamalo manía hormonal puerperina, pero me hicieron *bullying* y me rechazaron desde el segundo en que nací. Cuando por fin quedo seleccionada para una película, incluso si me gustó el guion al leerlo por primera vez, termino odiándolo.

Las veces que me toca trabajar con gente que admiro, siempre siento que ellos me odian a mí. Los técnicos me odian también; perdón si no me siento cómoda saludando todas las mañanas con beso en la mejilla a cincuenta personas que no conozco y de las cuales no sé absolutamente nada, pero dale, tildame de diva repelente que se cree demasiado como para estar acá. Y comentalo con tus amigos. Y que ellos lo comenten con sus otros amigos. Total, a ellos ni siquiera les gusta mi trabajo, piensan que soy una inútil y que con mi inutilidad arruino el trabajo de todo el resto de la gente. Mis compañeros de elenco piensan que soy pésima, y si a veces después de una escena me dicen «Qué buen trabajo» es porque piensan que no hay crítica constructiva para con alguien que es irreparablemente malo en lo que hace. El resto de las veces, simplemente el guion me parece una mierda. Los actores me parecen una mierda. El director me parece un cara de mierda. Y pienso que todo el proyecto está condenado a ser una gran y apestosa mierda. Porque el hecho de que me hayan elegido a mí, solo puede significar que ellos también son una mierda. O quizá, yo soy la culpable de sus mierdas, porque ahora que me involucré estoy *mierdéandoles* todo. Así de absorta en mí estoy. Así de poderosa me siento en mi impotencia.

Caminamos en silencio una cuadra y media, pero no fue un silencio incómodo. Fue uno de esos silencios llenos de tambores bobos, que anuncian el momento esperado, ese con el que yo tanto venía fantaseando. Puede que haya tarareado «Seal it with a kiss» en algún momento, al menos en mi cabeza. Frenamos en la esquina de Bedford y la North 7th, junto a la boca de la línea L.

—Bueno... —dijo Nicolas Cage.

Dije *Period, period, period* en un tono sensual y sugestivo queriendo decir puntos suspensivos. Recién ahora entiendo su risa volcánica y que lo que hice en realidad fue repetir tres veces la palabra «menstruación».

—¡Me encantó charlar con vos! —dijo—. Sé que me dijiste que te gusta y te divierte hablar con extraños, pero no sé, pensé que para mí iba a ser un poco raro, quizá. Verte. De nuevo. Para recuperar mi gorro. No sé, estaba nervioso...

—¿En serio, Nicolas? —le pregunté clavándole la mirada como un puñal, lo más profundo que pude, acorralándolo un poco quizá, sintiendo mi pija existencial llenarse de sangre, volverse cada vez más gorda y dura, y entregarme todo el poder y seguridad.

—Un poco, sí... —dijo bajando la mirada y riéndose nervioso—. Pero ¡no fue raro! ¡Para nada! En serio me encanta hablar con vos...

—A mí también...

Se abrió como Jesús y me invitó a un abrazo. Los abrazos de despedida, o encuentro, no deberían durar más de dos segundos, a menos que estén preludiados por seria distancia o circunstancias, o seguidos de una sesión de llanto. Nuestro primer abrazo duró *s i e t e* segundos. Incluso ahora, cierro los ojos y contar hasta siete resulta eterno, y divino, exactamente como se sintió esa primera vez. Me permitió recolectar y guardar su olor, que era una combinación de sal marina, madera ahumada y sudor fresco, mientras sentía mis tetas contra su pecho y presionaba de forma leve mi pelvis contra la suya. Di un cuarto de paso hacia atrás y lo miré a los ojos, una vez más. Nicolas Cage sonrió, se puso fucsia, y bajó la mirada, de nuevo. Apuré un *Buenochau* como para que el sonido de mi voz lo obligara a mirarme, y pude sentir mi propio aliento inundándole la cara; estábamos tan pero tan cerquita.

No sé si fue el miedo o qué, pero di media la vuelta y empecé a caminar sin mirar atrás, todo antes de saber si mi voz había provocado el efecto que buscaba. De hecho, creo que no volví la mirada en absoluto hasta que llegué a la puerta de mi departamento, y una vez ahí, lo hice por pura y exclusiva paranoia rutinaria.

Con los ojos fijos todo el trayecto, mi mente se había convertido en un tejo: «Fue lo más. Fue raro. Fue lo más». No necesitamos de la química de la noche para ver el mundo bailar, o reírnos o hablar sin parar, libres pero seguros, como chicos. Pero también fue *raro*. Él era un chabón, yo era una mina, y no se me tiró.

Sí, ya sé, pero no es *solo* mi propio machismo al desnudo, es también el hartazgo de ir por la vida arriesgándome al rechazo, así que no me voy a culpar por aferrarme a lo poco que me conviene de todo este sistema. Sigo esperando, mínimo, que sea el hombre el que me besa. No es que me crea lo más *hot* del universo, pero los chabones son chabones. Los chabones siguen un mandato y a sus pijas. Y lo que quiere la pija es encontrar un agujero apretado y calentito donde meterse. Estoy *okay* con que noten primero mi cuerpo y después a mí, en primer lugar porque la suerte está de mi lado, pero sobre todo porque los objetos se pueden romper, pero no lloran, no sufren, no viven, no nada. Y yo siempre me sentí más segura lejos del sentimiento.

Tiendo a sexualizarlo todo muy rápido porque siento miedo e inseguridad en espacios indefinidos y, cuando no estoy haciéndome la putita, pierdo la sensación de control y siento que me miran con pena y compasión.

¿Quién soy yo cuando no estoy intentando que otra persona me quiera?

¿Para qué me había depilado?

No es que mida mi valor personal en base a cuánto me desean, pero es obvio que lo hago. Y la verdad es que me decepcionó bastante que Nicolas Cage no estuviera desesperado por cogerme. Debajo de la desilusión, se escondía pícara mi inseguridad, sosteniendo entre las manos como bola de cristal la voz de mi mamá que repetía una y otra vez que me iba a quedar *sola*. Y no, no estaba exagerando, porque «Felices por siempre», y los hijos, y el matrimonio, y los noviazgos, e incluso el sexo, *todos* empiezan con un beso. Y lo nuestro no había empezado.

Era extremadamente tímido. Noté que nunca había hecho contacto visual intencional, y que cada vez que yo lo miraba a los ojos, sonreía con timidez antes de ponerse fucsia y bajar la mirada. Pensé que quizá estando en un lugar público, parados en una esquina hipertransitada, no se había sentido lo suficiente cómodo como para besarme. Pero ¿por qué no me había besado en WIP? ¿O en el taxi? «Suroommate estaba ahí ensardinado con nosotros es cierto los americanos no son fans del DPA». Entonces me di cuenta. Más allá de haberse criado en una cultura en contra de las Demostraciones Públicas de Afecto, Nicolas Cage no me había tirado onda, técnicamente hablando. Sí, me había dado cumplidos, pero de una manera rarísima, más cercana a la forma en la que te halaga una abuela que a cómo te levanta un pibe.

¿¿Era gay?? Emitía una cierta vibra gay. Podía ser gay. Podía ser *re*gay. *Uñas plateadas lycra rosa* con una crianza basada en estereotipos de género, esas cosas solo parecían pertenecer al universo de las nenas de cinco a catorce y al gay. Pero ¿*era*? Definitivamente estaba en contacto con cierta sensibilidad «femenina», y era bastante «suave» en sus formas, pero los pibes gays nunca se ponen así de tensos conmigo. Podía no haber habido una acción concreta de su parte, pero había palpado la tensión sexual entre nosotros, y la tensión se forma cuando hay dos extremos tirando.

¿Tenía novia? Me di cuenta de que habíamos hablado virtualmente de todo *excepto* de relaciones amorosas. Fue medio gracioso cómo los dos evitamos el asunto. Quisiera decir que yo asumí que si me había pedido el teléfono era porque estaba disponible. Y que nadie anda por la vida aclarando que está soltero cuando lo está. Que la gente sana y emocionalmente disponible no habla de sus ex en la primera cita, o eso me había dicho una Cosmo del 2004 mientras esperaba en la sala de la ginecóloga. Pero en el fondo, algo no terminaba de encajar. Seguí siendo Marta, y puse «The Boxer» de Simon & Garfunkel en mi iPod, en *repeat*, y mientras cantaba *Still, a man hears what he wants to hear and disregards the rest Mm-mm-mm-mm-mm-mm Mm-mm-mm-mm-mm* caminé fumando el último cigarrillo del paquete hacia el quiosco de la 20th Street y la Avenue A, en busca de más.

Volví a mirar la película de nuestra historia, o el corto, y, no sin cierta resistencia, noté algunas pistas que apuntaban al escenario *Novia*. Me había preguntado si estaba *Okay* que me pidiera mi teléfono, como pidiendo permiso pero a quién. Me había escrito *Cool* al instante de acordar vernos, pero tres minutos después había mandado un nuevo mensaje diciendo «Reunión clandestina» a modo de ¿aclaración?, ¿advertencia? Había dicho que se sentía como si estuviera comprando drogas en una esquina, y comprar drogas en una esquina es hacer algo ilegal, aunque seguro la sinapsis cerebral que lo llevó a decir eso había sido *sub*subconsciente. También noté que había estado forzando una distancia física, que era de hecho lo que hacía que la tensión sexual fuera todavía más palpable porque cuanto más tirás queriendo alejarte, la cuerda más se tensa. También había aclarado que me había visto para «recuperar su gorro» justo cuando nos estábamos despidiendo. Como si necesitara una excusa para estar ahí conmigo. Me dije que si tenía novia, al menos no era el tipo de persona que cuerneara así nomás, que lo tuviera naturalizado, porque si no hubiéramos cogido la noche que nos conocimos, cuando estaba de MD. Me encantó pensar que no era del tipo infiel y me sentí leve y estúpidamente orgullosa de él, o quizá orgullosa de mí misma, porque en el escenario *Novia*, la hermosura volvió a mí. Puede que me guste más la aprobación que viene con coger, que coger en sí. Pero si no era del tipo infiel, ¿por qué no me había dicho que tenía novia? ¿Por qué me había invitado a seguirlo en su casa, esa primera noche, después de que hubiéramos estado haciendo movimientos pélvicos coordinados en público? Me sentí mareada, me di cuenta de que eran casi las doce de la noche y no había comido. Prendí otro cigarrillo y me puse a recalentar un *pad thai* que llevaba tres días en la heladera.

Siempre terminamos por encontrar a alguien en común con todas las personas que conocemos. Pero al parecer, Nicolas Cage y yo éramos la excepción a la teoría de los seis grados de separación. Bueno, técnicamente no, porque nos habíamos conocido a través de un conocido de un conocido; pero no había nadie a quien pudiera preguntarle por él, por sus relaciones o pasado, y eso era tan hermoso como aterrador. Significaba también que nadie podía contaminar mi percepción o llenarme de prejuicios sobre él. Parecía que cada momento juntos era para compartir con nadie más que nosotros mismos. Y como tampoco teníamos nadie en común sobre quien hablar, nos clavamos de cabeza hacia las profundidades de la vida del otro. Por alguna razón, en apenas dos citas habíamos «desnudado nuestros corazones ciegamente el uno frente al otro», y sin embargo esa parecía ser la única forma natural de relacionarnos.

Sabía el nombre de su primer perro, sus alergias alimenticias, al menos diez cosas que había encontrado en el mar y cuatro que todavía buscaba, su bar preferido, banda y ciudad, la universidad a la que había ido y el color de sus calzoncillos, pero no sabía si tenía novia o no. Cuando ciertas cosas no se aclaran desde el principio, parecen volverse cada vez más difíciles de decir, o preguntar, a medida que pasan las horas y los días. Ni hablar de los años. No le dije que estaba soltera porque me parecía redundante, y asumí convencida que a él le había pasado lo mismo. Además, había sido una cita, con todas las letras. Se había sentido como tal. La sensación de estar conociendo a alguien. La tensión sexual tensísima, pero sin el apuro y la torpeza de quien solo busca coger. Estaba más interesado en conocerme que en cogerme, y eso me molestaba y me hacía sentir importante a la vez.

Lo malo de conocer a alguien famoso, o en realidad a cualquier persona en esta era de Facebook Twitter Instagram, es que es muy fácil convertirte en un *stalker creepy* y *psycho*. Me llené de *pad thai* y Google con la misma voracidad. En Whodatedwho.com descubrí que cada famoso tiene un perfil y línea de tiempo con fotos y descripciones de todas y cada una de las personas con las que salieron, incluso antes de ser famosos. Pude ordenar las parejas de Nicolas Cage por compatibilidad astrológica, lo cual obviamente me desvió del objetivo por al menos cuarenta minutos. No tuve más opción que abrir una nueva ventana, ir a Grupovenus.com, sacar su carta natal, revolución solar, y nuestra compatibilidad de pareja completa de veinte páginas. Decía que nos íbamos a casar y que jamás iba a funcionar, alternativamente. Pero nos íbamos a casar, más allá de que terminara funcionando o no, y con esa seguridad, volví a enfocarme en la tarea de seguir conociendo a mi futuro marido.

Es medio gracioso lo que sale al tipear «Nicolas Cage» en el buscador. Las primeras opciones en completar su nombre son: Novia, Gay, Drogas, Twitter. Pero Whodatedwho, HipsterRunoff, YahooAnswers, y Us.ask.com concordaban: Nicolas Cage estaba soltero. Pensé que eso era bárbaro. Después pensé que quizá eso era no tan bárbaro, porque podía significar que todavía estaba en el armario con Kevin Spacey, mi tío Gerardo y al menos dos de los Jonas Brothers, y podía ser forzado a salir, en cualquier momento, por cuestiones de espacio. Siempre tuve algo por los *closeted* gays, y le sostuve la mano a dos de ellos mientras caminaban sobre papel de arroz hacia su libertad. Google estaba lleno de especulaciones sobre su homosexualidad o, al menos, bisexualidad. La idea de que fuera bisexual me calentó, y me volví a perder leyendo un par de hilos en foros dedicados a eso. Habré pasado hora y media más leyendo conclusiones apresuradas de extraños en internet, hasta que encontré un post de alguien que proclamaba haber sido su compañero de facultad, y juraba que, más allá de las apariencias, su deseo sexual y romántico era puramente heterosexual. Eso me convenció.

Volví a Google, caliente, y pasé la siguiente hora *scrolleando* página tras página de imágenes de Nicolas Cage, simplemente para recordarme a mí misma cuán bueno estaba. Quería más, más de él, quería verlo en cueros o al menos con el torso desnudo. Si me encontraba con alguna foto en la que no saliera tan favorecido me enojaba un poco y buscaba frenética una en la que me encantara y me quedaba mirándola durante decenas de segundos como para fijarla en mi retina mientras alguna de sus canciones sonaba de fondo.

Mis piernas trenzadas e inquietas me hicieron notar que hacía horas que necesitaba hacer pis, y aproveché el impulso que me dieron al levantarme para cerrar la computadora y prometerme nunca jamás volver a caer en una así, «Nunca más qué mierda te pasa no sos una *psycho* te tenés que calmar es un chabón como cualquier otro» abrí la computadora, googleé Nicolas Cage+Argentina «PARÁ!!!!!!», me ordené en voz alta, en inglés, mientras las primeras imágenes de él en campera de jean empezaban a llenar la pantalla. La empujé violentamente hacia abajo. Tal era mi necesidad de terminar la conversación, como cuando colgaba el teléfono después de una discusión en la que no podía perder ni ganar, perdiera o ganara, como cuando los teléfonos y celulares todavía nos permitían colgar con la urgencia y determinación que abortar una conversación requiere.

Todos tenemos un pequeño *stalker* adentro. Nicolas Cage no iba a ser la excepción a mis investigaciones meticulosas, pero me prometí no obsesionarme demasiado con él. Y supe que mantenerme alejada de internet era lo mejor. *Okay*, eso es mentira. Porque obsesionarme con Nicolas Cage era algo que había elegido y estaba determinada a hacer. De hecho, al volver a casa la noche de WIP, me había descargado de manera ilegal todos los discos de Unabandafamosa y los había escuchado hasta quedarme dormida. Y al levantarme al día siguiente. Y los dos días que le siguieron a ese.

Al principio no me gustó. No era el tipo de música que solía escuchar —la que escuchaba cuando era chica o la que escuchaba mi mamá cuando era chica o folk—. Pero me comprometí a seguir escuchándola porque era de él, y sus letras eran una búsqueda del tesoro. Si escuchaba Unabandafamosa todo el día, todos los días, en *repeat*, iba a terminar gustándome, porque siempre terminamos por desarrollar apego y un tipo de amor particular por las cosas que nos resultan familiares.

Empecé a cuestionar mi propia moral y valores. ¿Me hubiera gustado tanto como me gustó de no haber sido el cantante de Unabandafamosa? ¿Le hubiera dado —nos hubiera dado— la oportunidad de sobrepasar los primeros tres minutos de conversación superficial y pedorra? ¿O lo hubiera juzgado porque usaba gorro adentro de un boliche y dicho que iba al baño, para correr hacia el próximo chabón suelto y perdido? Después de todo, ¿no era eso lo que hacía cinco noches a la semana hacía diez meses? Tuve miedo a serme completamente sincera. Podría engañar a mi psicóloga, o a mis amigas, pero no podía mentirme a mí misma.

Todos tenemos un tipo. No tener tipo también es un tipo. Algunos siempre salen con rubias, otros terminan con gente supercuadrada, o rota, chabones emocionalmente discapacitados, fóbicos, chicas muy dependientes. Algunos se sienten atraídos por lo físico primero, otros por la carrera, plata, sentido del humor, no-disponibilidad, etc. No digo que por fuerza nos enamoremos, pero siempre está ese algo que sostiene la puerta, que la deja entreabierta para que nosotras espiemos, y posiblemente desarrollemos, al menos, un *crush.* Después de eso el amor puede suceder, o no. Pero si no se da esa condición, cerramos la puerta antes de llegar a ver quién es la persona que tenemos enfrente.

Mi exnovio, todos mis casi novios, y toda la gente con la

que salí desde que tenía dieciséis fue famosa o casi famosa. No es que sea una busca fama. Nunca capitalicé a la gente con la que salí, ni fui demasiado pública al respecto. Quizá debería haberlo hecho, me hubiera facilitado bastante la carrera, pero simplemente no me resultó orgánico. No me pasa por ahí: lo que pasa es que tengo *daddy issues*. Que en realidad son *mommy issues* travestidos. Y buena suerte y acceso. Nunca tomé la decisión consciente de solo salir con gente famosa, y tampoco es que salgo con cualquiera que sea famoso —de hecho soy bastante tiquismiqui—. Pero saliendo con alguien famoso busco compensar todas las inseguridades que tengo.

Mi mamá me dijo con lágrimas de odio y desilusión que yo era una mala persona, y que iba a terminar absolutamente sola en la vida, varias veces en mi adolescencia. Siempre me hizo sentir como un estorbo. Nunca percibí que me quisiera, o me hubiera deseado. Y si tu mami no te ama, ¿quién va a amarte? Bueno, tener a alguien que *todos* aman, amándome *a mí*, es como la validación máxima que puedo recibir y busco incansablemente desde los seis años.

Traté de volver a esos minutos que compartí con Nicolas Cage antes de enterarme de quién era, y me pregunté qué hubiera hecho en el caso de que un chabón que fuera igual a él, pero no fuera él, me hablara en el área de los perros, como para sentirme menos superficial, expuesta y estúpida «Mmm te hubiera parecido bastante *cute* lo suficiente como para no mentirle con un tengo novio o soy torti le hubiera dado mi número sí se lo hubiera dado no sé si lo hubiera mensajeado si él me mensajeaba sí tiene esa cosa de nene esa son...». Me volvió su sonrisa, la que llegaba antes que su cara. Fue lo primero que noté de él. Cómo su sonrisa parecía una luna llena, más que un cuarto menguante. Solo por lo hermosa. ¡Sus colmillos! Quise arrancárselos con los míos, y llenarle esos agujeritos con mi lengua, haciéndole cosquillas desde adentro. Quise tragarme toda su saliva ensangrentada. Era tan inteligente, y gracioso, y raro. Quería sorberle su cerebro; chuparle el cuerpo todo como si fuera una verga gigante. Quería que me metiera un puño entero, o mejor que se metiera todo adentro de mí hasta los hombros. Quería vestirlo, o que él me vistiera a mí. Quería que me llenara. Quería ser él, o que él fuera yo. Y supe, en ese instante, que lo que me iba a coger era la situación.

3

El 22 de noviembre, a las 5.38 p. m., Nicolas Cage me mandó una foto del gorrito a rayas de Paul Smith sentado en un banco de madera.

El gorro está en Upstate New York hoy
Dando Gracias
¿Vos dónde estás?

Y ahí, empezamos Nosotros. Un código. Un chiste interno. Una cosita, chiquita, boba, pero que solo tenía sentido para nosotros dos y reivindicaba que teníamos una «historia conjunta». Que jugara a «los padres del gorro» validó mi narrativa de Futuro marido, fue el primer fruto de nuestro «Árbol generoso» y yo, si hay algo que siempre tengo, es hambre y sed.

Ojo que no se empache comiendo pavo, *babe*.
Estoy en un estudio de grabación.

Qué tocas?
BABE

Lo único que sé tocar es la flauta dulce.
Soy bastante buena, de hecho. Te sorprenderías.

Hice una traducción literal de flauta dulce al escribirlo, aunque imaginé que no era la manera correcta de decirlo en inglés.

Sweet flute.

Nicolas Cage era tan *cool*, que rara vez se reía por mensaje de texto. Amaba pensar que su culto a la palabra y espontaneidad era tal que le imposibilitaba reducir una risa a una secuencia de letras escritas. También amaba buscarle un sentido más profundo a todo lo que hacía y ayudarlo a subir a un pedestal del que después me negaría a bajarlo.

Pienso qué tan normal será releer las conversaciones, me pregunto si todo el mundo lo hace. Podía leer los intercambios al menos siete veces antes de empezar una conversación nueva. Podía vivir en nuestras palabras una tarde entera. Entonces lo veía clarito: las risas escritas se sienten bien y naturales en el momento y solo para quien las manda. Cuando sos receptor o cuando, como yo, releés la novela de la relación, esas J's y A's secuenciadas se ven tontas y poco poéticas, casi desesperadas, a decir verdad. Leer una conversación con demasiadas risas es como leer una primera novela que te está gustando y encontrarte con una metáfora del tipo «se abrió como un capullo». Lo arruina todo. Pero si bien Nicolas

Cage sabía que no tenía que escribirlas, yo había aprendido bastante rápido a leer entrelíneas, y cuándo esperar o, de hecho, recrear, el sonido de su risa infantil. Supe que se había reído un poquito mientras escribía. Supe que había dicho *Sweet flute* en voz alta. Y supe que lo había hecho con *sassy voice.*

Yo tampoco quería sonar básica o desesperada en sus recreaciones, así que probé algo nuevo, y lo vestí orgullosa de ese momento en adelante, como si fuera un vestido amarillo neón que me habían hecho a medida:

Riendo.

Y entonces sucedió lo inesperado.

Jaja

Y por supuesto que no me molestó ni un poquito. Porque si Roma se derrumbó por amor, esta teoría también podía caer. Porque incluso la cosa más básica de todas las cosas básicas no resultaba básica si venía de él.

Estoy doblando para una película
Qué cagada que estés de viaje. Te iba a invitar al cine hoy!

Cool
Creo que vuelvo en dos semanas!
Podríamos ir quizá
¿Viste *Melancolía*?

Sip. Está acá conmigo.

Buena.

Todavía no. Vos?

La vi ayer....
Me dejó raro.
¿Qué película querías ver?

Las tortugas ninja?
No tan *cool* como Lars Von Trier, pero
la dan a las 12am en el IFC y SI es horario
y lugar *cool.*

O quizá ES *kewler*
(Kewl es una forma más *cool* de escribir «cool»).

Y... dicen que no ser *kewl...*

Es el nuevo *kewl.*
Guiño

Y no ser consciente...

¿Es la única forma de consciencia?

A house is not...
(Una casa no hace...)

A shoe
(Rogar)

A shoe once was...
(El que se acuesta con niños...)

A jew
(Amanece al palo)
Eso fue un error de tipeo

Sos bueno en esto.
A *Rolling Stone gathers...*
(Un Rolling Stone junta...)

Plenty of models!
(¡Muchas modelos!)

La respuesta correcta era: Kate Moss.

Sos buena en esto.

Tengo que dejar el celu.

Los recuerdos se levantan a nuestras espaldas. Los días en los que, creía, no pasaba nada demasiado relevante fueron los que construyeron la fortaleza del pasado. Yo estaba viviendo mi vida. Mandando un textito acá, otro allá. Anhelando tanto la siguiente cita como que se dilatara lo más posible para así poder seguir flotando, en ansiosísima paz, en ese estar-por. Sin saber que toda esa cotidianeidad, ese dar por sentado, ese mensajearme casualmente con Nicolas Cage, se iba a transformar en una *cosa* del pasado, un recuerdo, un algo a lo que desear volver. Diciembre llegó, con todos sus cierres, pero el siguiente texto de Nicolás Cage no lo hizo.

¿Dónde mierda estaba? ¿Qué carajo estaba haciendo? ¿Por qué no me escribía? ¿Se había muerto? ¿Qué carajo podía ser tan importante en su vida como para que se olvidara de hablarme? O peor aún, *decidiera* no hacerlo. ¿Para qué había entablado diálogo conmigo si no estaba dispuesto a sostenerlo obsesivamente? Más le valía estar muerto. Para mí, a partir de ese momento, lo estaba. «Si no puede darte su tiempo, no vale el tuyo» y toda la bola. En realidad quería comprarlo. Llevar los lemas del amor propio como remera, aunque no literalmente porque eso hubiera sido de cheta que hace yoga y a mí nunca se me dio por el deporte. Convencerme de que no podía darle mi atención a alguien que me ignoraba. Pero en el fondo, y arrastrando hacia sí toda superficialidad, estaban los varones de mi infancia señalándome con el dedo y cagándose de risa, y una voz familiar que decía: «Marta, podés comprarlo todo lo que quieras pero jamás vas a sentirlo propio».

Cada vez que alguien se me acerca demasiado, o me entrega demasiado de eso que yo creo necesitar, simplemente pierdo el interés o salgo corriendo, porque mi necesidad de necesitar es mucho más grande que cualquier otra necesidad en sí misma. Pero Nicolas Cage me había dado algo que yo ni siquiera me hubiera atrevido a pedirle a alguien como él, y después me lo había sacado con la misma desfachatez. Donde él plantó su semilla, se erguía ahora mi necesidad que se alimentaba con su ausencia, y crecía al punto en que yo misma la confundía con la propia raíz de mi deseo. La lógica capitalista es, también en el amor, mi salvación y mi condena.

Nos habíamos visto por última vez un mes atrás, y desde entonces mi único deseo había sido volver a verlo. Fueron semanas en las que viajó constantemente y algo de saberlo lejos me permitió acercarme todavía más, sin miedo. La distancia acuna y protege el deseo. La conversación se volvió más profunda y me abrí como un capullo. Abandoné momentáneamente la histeria aprendida de no ser la que busca, de no mostrarme demasiado disponible, de no importunar en exceso para no alejar al pibe. Y me sentí tan bien. Fui libre. Pude dejar pasar los días sin sentir que se me iba la vida con ellos... ¿Podía ser todo tan fácil? ¿Había decodificado finalmente la vida?

Nos mensajeamos con regularidad sin que yo me obsesionara en absoluto... hasta el día en que noté que las últimas tres veces las había iniciado yo. ¿Los dos estábamos sosteniendo con la misma fuerza, o si yo soltaba se nos caía todo? Necesité introducir algo de peligro, amenazar esa estabilidad que habíamos logrado, solo como para estar segura de que era, bueno, estable, y así poder apoyarme con más confianza en ella y descansar la mente ahí, por un tiempo más. Pero cuando no le escribí y me senté a esperar, lo único que recibí fue la gran Houdini. Recién nos conocíamos, es cierto, pero habíamos establecido un *ritmo.* Y cuando ese ritmo cambió, asumí lo peor, porque eso es lo que hice siempre. Llegó el día en el que supuestamente volvía a Nueva York. Llegó el día en el que si no me escribía yo iba a olvidarlo por completo. Pasaron cuatro días más. Y él siguió sin hacer lo que tenía que hacer, es decir, escribirme y proponer un plan. Entonces, volví a encarnar el rol que me habían enseñado, del cual no debería haberme movido nunca. La situación en la que estaba la había generado, sin dudas, yo misma. Si ya sabía que no tenía permitido tener sentimientos. Sentir estaba mal, demandar algo estaba todavía peor, y ambos debían ser evitados si no quería que me tildaran de loca o intensa. Si quería evitar dejar de ser deseada y quedar como una desesperada, tenía prohibido necesitar al hombre antes de que él me necesitara a mí con desesperación. O al menos tenía prohibido demostrárselo.

Las fiestas estaban a la vuelta de la esquina, y diciembre siempre fue migratorio. Los residentes abandonan la ciudad para volar al nido, y Nueva York se llena de turistas que le escapan a la tradición y buscan algo de diversión lejos de sus círculos familiares. Mi urgencia era un poco un capricho, porque todo en mi vida lo era —o al menos eso parecía— pero a la vez no. Cuando sufrís ansiedad, tu cuerpo está casi todo el tiempo preparado para «luchar o huir», literalmente. Pero la vida normal, mundana, muchas veces frustra esta disposición y, frente a la falta de peligro real, sin querer, lo creo.

Transformar la demora de un mensaje de texto en una tragedia me ayuda a liberar un poco de esa adrenalina. Si logro tornar *toda* situación en una situación dramática, la vida queda a mi nivel, y no digo que vuelva las cosas más fáciles, sino que es lo que me sale natural. La urgencia caprichosa también estaba influenciada por el incansable paso del tiempo y sus inevitablemente dramáticas consecuencias. Porque, de nuevo, las fiestas *estaban* a la vuelta de la esquina y, al igual que los gorriones molineros americanos, yo también me preparaba para migrar.

Me estaba yendo «bien» en los castings, pero todavía no

conseguía ningún papel y, para poder seguir diciendo «Soy actriz» sin sentir un abismo en el pecho, necesitaba volver a actuar. Volvía a Argentina a protagonizar una película independiente. El pago no alcanzaba ni para el pasaje, pero mis papás insistieron en pagarlo *y de paso* podría viajar un tiempo antes, pasar las fiestas y veranear en familia. Necesitaba fortalecer lo más posible mi vínculo con Nicolas Cage antes de poner toda Latinoamérica entre nosotros. Sabía que la distancia geográfica podía dar lugar a otra mucho más amplia, del tipo que no puede solucionarse con millas de premio. Iba a estar lejos al menos dos meses, y tenía miedo de que todo se disipara si no llegábamos a acercarnos lo suficiente.

Me hice la *cool*, pero por dentro ardía. Empezaba a sentirme sofocada, y el precio de mi orgullo, por suerte, se devaluaba en picado. ¿Acaso no estaba entregándole todo el poder a él al quedarme sentada esperando? El 14 de diciembre, a las 4.54 p. m., tomé coraje, me di una charlita motivacional feminista y, llena de la confianza que me dio lobotomizarme frente al espejo del baño con los «No necesito que los hombres tiren la primera piedra yo estoy muy plantada en quién soy puedo verbalizar mis deseos y necesidades abiertamente», le mandé una foto de un cartel que había sacado en mi café favorito unos días atrás, que leía «Todo aquel niño que esté sin supervisión recibirá un espresso y un cachorro gratis» seguido de:

Hola extraño. Los Beatles se equivocan!

Hola extraña/amiga. Justo te iba a escribir hoy!
All you need is un espresso y un cachorro gratis?

De hecho, aparentemente todo lo que necesitás
es tener padres irresponsables.

¿DÓNDE ESTÁ MI PERRITO?

Same.
Estoy encarando para BK a reunirme con
un director. Estás para caminata nocturna?

Cuándo viajas vos? Yo me voy el sábado a la mañana
Esta noche se me complica, pero qué onda
mañana durante el día?

Viajo el jueves que viene.
Mañana sí, dale! Quizá podés hacerme un tour
por el otro lado del río?

Tengo dentista en Manhattan a la una. Podría almorzar
temprano y tour después, o podemos encontrarnos
directamente más a la tardecita.

Vos y el dentista! debes tener dientes impolutos.

O absolutamente cariados, como yo, pensé.

Es porque soy un vampiro.

Escribí «Mmm entonces vení y sacame la sangre flujosa con la lengua mientras me cogés fuerte con la nariz así vivís por siempre»; tuve miedo de que no me tomara seriamente como potencial pareja por expresar mi deseo sexual tan abierta y precozmente, lo borré, y escribí:

Mensajeame cuando termines con el dentista, conde.

Lo haré.

Me sonreí, inhalé lo más profundo que pude y exhalé. Dejé el teléfono en la mesada de la cocina. Ladeé la cabeza de inmediato como hacen los perros tratando de entender lo humano y volví a agarrarlo.

—¿¿¿Me dijo AMIGA??? ... ¡¡¡¡¡¡ME DIJO AMIGA!!!!!! —me dije en voz alta en inglés, salté, grité agudito y hasta quizá bailé un poco.

La gente suele tomar un taxi para caminar lo menos posible de un destino a otro, y hasta prefiere perder seis minutos embotellada a caminar una cuadra en setenta y seis segundos. Cuando hablo de la gente, hablo de mí. Pero ese día no. No de camino a la casa de Nicolas Cage por primera vez. Me bajé del taxi a unas doce cuadras. Nunca había estado en Brooklyn Heights. La vibra de NYC estaba presente, pero todo a mi alrededor se sentía distinto, como si fuera una versión más adulta de lo que tanto conocía. Una versión casada y con hijos. No se escuchaban sirenas de fondo, lo cual en un primer momento me resultó alarmante, quizá porque no estaba acostumbrada a tanto silencio.

Vi una familia de tres saliendo de un *brownstone.* Ella tenía la primera edición de algún libro en su mano derecha, él aseguraba a su bebita en el cochecito y parecía un rockstar, solo que mejor, es decir, más artístico y centrado y menos embebido en fama y alcohol. Giraron sus cabezas hacia mí y me saludaron sonriendo, como si me conocieran. ¿Era acaso una visión del futuro? ¿Podía pedir un varón en vez de una nena y que los años fueran un poco más gentiles con mi rostro? Pude verme viviendo en Brooklyn Heights con Nicolas Cage y nuestro primogénito. Pude ver nuestro futuro juntos muy *de* cerca y muy *cerca*. Caminé las siguientes cuadras adivinando en qué negocio compraría qué, y en qué café estaría la silla en la que nos sentaríamos a leer poemas de James Tate dos o tres veces por semana a eso de las 4.30 p. m. Me paré en la esquina de su casa y saqué una foto pixelada al cartel que leía *Love Lane*, inequívocamente una señal del destino.

Nicolas Cage me abrió la puerta de su mansión de dos pisos. Vestía los pezones duros, y algo más oscuros de lo que los recordaba abajo de una remera manga corta blanca y gastada, y arriba de unos chupines negros, también gastados. Mi nivel de excitación se vio potenciado por el recuerdo de una foto que había visto en Google donde estaba con el torso desnudo, montando un caballo blanco. Creo que mi mente hizo una fusión de la imagen real, una pintura de Botticelli y una escena de Corazón Valiente. Nicolas Cage ahora brillaba, su pelo parecía más largo y sedoso, sus brazos más fuertes. Pensé que quizá podría ser mi salvador, mi *knight in shining amour*, el que me iba a rescatar de mí misma, del aburrimiento, el rechazo, y la nada sin fin. Al mirar para abajo noté que estaba descalzo y mi cerebro explotó recompensando el descubrimiento con una oleada repentina de dopamina. Sí, evocar sus pezones me había calentado, pero sus pies estaban descalzos enfrente de mí, IRL. Estaba descalzo y yo era la única testigo. Esa visión de desnudez me pertenecía a mí, y solo a mí.

Pareció sorprendido de verme de buena manera, es decir, no como si estuviera esperando a alguien más, sino más bien como si hubiera dado el día por perdido y acabara de encontrarlo. Sonrió, se rio un poquito, y me dio un abrazo grande. Lo inhalé de vuelta. Su olor era entre amaderado y oriental, con un leve dejo a pelo recién mojado y nag champa, pero lo que predominaba era sudor ahumado en una remera de tres días. Olía igual que la soledad olía para mí, y eso me calentó todavía más.

Intentamos balbucear alguna que otra cosa, a la vez, mientras seguíamos abrazados, pero las palabras quedaron perdidas para siempre en ese momento de nerviosa particularidad. Después, dijo que estaba fría. Le dije: «Tengo frío». Dijo: «Después de usted» fingiendo vieja escuela, y esperó a que subiera las escaleras de madera. Me sentí cohibida sabiendo que inevitablemente me iba a mirar el culo mientras subía. Y por cohibida me refiero a para nada. Me refiero a haberme sentido muy segura de mí misma, porque ya había contemplado la posibilidad de escaleras, o de que él me mirara el culo en algún momento, y me había puesto unos jeans tiro alto que hacían de mi culo una vidriera.

Le pregunté si quería que me sacara los zapatos —los neoyorquinos viven orgullosos en una de las ciudades más sucias del mundo pero adoptaron como costumbre dejar los zapatos fuera de la casa— y respondió: «Te lo agradecería». Me dijo que esos eran *Cool shoes* mientras señalaba mis Kickers vintage. Me los saqué. Dijo: *Those are cool socks.* También dijo que no eran par y que al menos una de las dos medias hacía juego con su Nichols. Dijo que esa era la alfombra de la que tanto me había hablado. La que yo después buscaría en eBay con ilusa intención de comprar. Nos sentamos en la alfombra *art déco* china tejida a mano, valuada en cinco mil dólares, la acariciamos mirándonos a los ojos y sonriendo durante un momentito de más.

Dando un salto, dijo que fuéramos a saludar a Suroommate. Suroommate estaba en la cocina cortando algún tipo de vegetal cuyo nombre no recuerdo y nunca supe, que sabía a papa pero tenía un aspecto de berenjena-manzana. Dijo que estaba cocinando. Desde el living se escuchaba música fuerte y Nicolas Cage me dijo que estaban viendo un documental de Pearl Jam. Le dije que no estaban viéndolo en realidad, estuvo de acuerdo y acotó que «Hay ciertas cosas que solo deberían tener sonido». Le dije que ese tipo me caía bien. Nicolas Cage me preguntó genuinamente si conocía a Eddie Vedder y le respondí que no lo conocía en persona, no, pero que me gustaba su música. Le di vuelta la pregunta. Me dijo que lo había conocido y que le caía algo bien.

Nicolas Cage me preguntó si quería un tour por la casa y le dije «Please». La primera puerta que se me abrió fue la del baño. Dijo «Baño», encendió la luz y la apagó rápido, pero no tan rápido como para evitar que notara cuán ordenado estaba todo. Caminamos por un pasillo largo donde colgaban cuadros que *supe* «eran de verdad» y frenamos en la puerta de la habitación de Suroommate. Nicolas Cage dijo que lo mejor era no entrar y yo asentí. Me miró, abrió la puerta igual mientras me pedía que hiciera silencio posando el dedo índice sobre sus labios, y me indicó que entrara a husmear con la cabeza. Entré y, con el corazón en la garganta, un tsunami vaginal y lenguaje de señas le pedí que entrara. Se congeló, se puso fucsia conteniendo la risa, y miró para abajo. Verlo tan tímido me dio todavía más ganas de cogérmelo ahí, pero fingí más respeto del que sentí y salí de la habitación. Nos reímos y seguimos la expedición. Abrió la puerta de otro cuarto que llamó su favorito. En toda la casa había lujo camuflado y una cierta vibra *new age*, pero en esta habitación, particularmente. Convivían miles de libros, decenas de reliquias japonesas (creo que algunos eran juguetes sexuales), un piano de cola y una alfombra de oso gigante, con cabeza incluida. Le pregunté si era de verdad y no sin cierta culpa me dijo que sí, y me explicó que no la había comprado. Dijo que había visitado a alguien pero no recuerdo a quién, y que esta persona le había dicho que se la llevara a su casa si le gustaba, y que a él le gustaba, pero no tanto, pero le había dado culpa decir que no. Pero que en realidad le encantaba. O quizá se la habían mandado por correo, no me acuerdo bien. Me repitió que ese era su cuarto preferido y que pasaba la mayor parte del tiempo ahí. Me acerqué a los libros y tomé varias fotos mentales. El setenta por ciento de lo que vi eran libros de poesía. Lo miré con demasiado amor, quizá, dejándole ver que mi apego ya era irreversible. Sonrió, se puso fucsia y bajó la mirada una vez más, después dijo que podíamos volver a esa habitación más tarde, y supe que ese iba a ser el lugar en el cual nos daríamos el primer beso.

La habitación de Nicolas Cage me fue finalmente revelada. Era de un tamaño modesto, con una vibra muy años setenta, y olía a sándalo. ¿Era ahí donde íbamos a coger más tarde? ¿Era demasiado puta si llegábamos a besarnos y a coger todo por primera vez el mismo día? Por lo menos no era nuestra primera cita. Me calenté de nuevo y me puse un poco impaciente. Tenía más libros y un respaldo de terciopelo azul. Dijo que le gustaba el terciopelo. Le pregunté si le gustaba *Blue Velvet* y me dijo que el terciopelo violeta era su favorito. Sonreí y me dijo que también le gustaba mucho esa película. Sacó el celular, me mostró la foto de un tronco, el original de la *Log Lady* de *Twin Peaks*, y me contó que acababa de comprarlo en una subasta. Estar en un espacio cerrado conmigo parecía ponerlo nervioso. Sus ojos brillantes y amplios cada vez que nos mirábamos decían que me quería a mí y esa cercanía, pero su cuerpo parecía casi tembloroso. Fue como si un aura de virginidad se hubiera apoderado de repente de él. Exactamente eso. Parecía un chabón que estaba a punto de debutar. Mitad queriéndolo más que nada en el mundo, mitad queriéndolo solo para sacarse la primera vez de encima. Parecía querer quedarse y necesitar huir en simultáneo. ¿Estaba entrando en pánico en mi presencia? Eso me excitó todavía más, al punto de hacerme gemir, un poquito. ¿Qué carajo me pasaba? Di medio paso hacia él y le dije «Siento que la casa se está moviendo» pero significando «Cogeme». Dijo que sí, se estaba moviendo. Dije «En serio te digo» significando «Cogeme» otra vez. Dijo «En serio» y que el suelo estaba bastante inclinado y que las cosas caían en picado hasta chocarse contra la pared. Dijimos «La vida» a la vez y nos volvimos a reír.

Fuimos a la cocina, y Suroommate nos ofreció huevos revueltos. Nicolas Cage dijo que todavía le dolía la cabeza y que no quería comer nada. Yo acepté sin pensarlo, sintiendo cierto orgullo. Tardé un segundo en darme cuenta de que me gustaba el hecho de que Nicolas Cage estuviera dolorido. No es que quisiera que sufra, necesariamente. Ni siquiera pensé en la experiencia de su dolor porque era obvio que estaba empantanada en mi propio narcisismo. Pero el hecho de que se sintiera mal, e igual hubiera decidido verme, me hizo sentir importante.

Suroommate y yo nos sentamos en las banquetas de la cocina y picoteamos algo. Nicolas Cage se sentó en la mesada, con las piernas cruzadas, mirándonos de frente. Hablamos por una hora más o menos. Entendí, casi sin escuchar nada de lo que decía Suroommate, que no era tanto su roommate sino un viejo amigo, medio perdido y completamente desempleado, que Nicolas Cage cobijaba bajo su ala. Creo que estaba despotricando sobre su experiencia en Nueva York, pero a mí no me interesaba nada que no fuera Nicolas Cage. Me distraje mirándole los pies otra vez. Y me calenté, otra vez. ¿Por qué no cogíamos ya? ¿A quién le importaba charlar o comer? ¿Por qué no podíamos entregarnos de una vez al deseo y después morir, o por lo menos dormir un par de horas hasta que fuera necesario hacer algo necesario de nuevo, como comer o cagar, o coger de nuevo? Sus pies eran blancos y delgados pero no excesivamente huesudos, como el ala de pollo perfecta. Lo suficientemente tiernos como para darles pequeños mordiscos, pero con una estructura definida que invitaba a la succión. Tal vez, parecían pies de mujer. Las venas eran tan gruesas y prominentes, que casi podía ver la sangre correr dentro de ellas. Quería poner las manos alrededor de sus tobillos y ahorcarlos con fuerza. Quería ver cómo su pie se tornaba primero pálido, después azul. Quería pasar mi lengua entre sus dedos y recorrer las venas de abajo hacia arriba mientras a él empezaba a dolerle un poco. Creo que lo estaba mirando bastante directamente al bulto, imaginando cuán venosa y gruesa podía ser su pija si sus pies eran así. Me vi sintiendo cómo se hinchaba adentro de mi boca mientras él me miraba. De golpe escuché la palabra «Chicas» y pregunté en voz alta «¿Qué?», Suroommate dijo que le costaba mucho conocer chicas.

Pensé en que había pensado que era gay la noche que los conocí, pero no dije nada. «¿Tenés novia?», dije mirando a Nicolas Cage a los ojos estratégicamente en lugar de a él. Puede haber sido un poco *freak*. Miró para abajo y se quedó callado. Suroommate contestó que no tenía novia y me preguntó si yo tenía. Miré a Nicolas Cage muy de reojo y noté cómo sus ojos se despabilaban y se abrían lo más posible, como si de esa manera la respuesta pudiera llegar a su cerebro más rápido. Le dije que yo tampoco, que había cortado con mi ex hacía poco más de un año y que habíamos estado comprometidos. Nicolas Cage frunció las cejas al ritmo de compromiso, y por fin rompió el silencio, mirando en nuestra dirección. Dijo, con la velocidad que se anuncian los efectos secundarios de los antidepresivos en la tele: «Yo vivía acá con mi exnovia el año pasado y no fue nada fácil. Las relaciones son complicadas. ¿Vamos a tomar un café?».

Dijo que le gustaba mi suéter mientras terminaba de ponérmelo. Le conté que lo tenía desde los seis años y que lo que ahora era corto y mangas tres cuartos alguna vez me había quedado enorme. También le conté que me lo había regalado mi abuela porque tenía «Marti» bordado en la espalda aunque no estaba segura de que no fuera un recuerdo inventado. Leyó «Marti» en voz alta y dijo: *Very cool.* Me di cuenta de que era el tercer artículo de ropa que me halagaba. Cuando odio todo lo que una persona tiene puesto lo que odio en realidad es a la persona, y pensé que eso tenía que aplicar también a amar.

Dijo que su café preferido cerraba temprano, pero que había uno bastante bueno a tres cuadras. Bajamos las escaleras y noté una puerta lateral junto a la puerta de la calle. Nicolas Cage me miró y dijo: «Garaje». Abrió la puerta y dijo que iba a mostrarme «algo *cool*». El garaje era tres veces más grande que mi departamento o quizá cuatro, con techos doble altura y lo que parecía ser una cabaña, o una casa de árbol muy pro, de madera, construida en el medio. Alrededor, incontables ambils con calcomanías de Unabandafamosa. A un costado vi una estantería alta, de metal, donde estaba su equipamiento de buceo, con trajes de neopreno incluidos y dos cajas que decían «Del mar». Abrió la puerta de la casa dentro de la casa y dijo: «Construí un estudio de grabación acá abajo». Le pregunté si el propietario estaba al tanto, después me sentí mal, o estúpida, por asumir que Nicolas Cage alquilaba. Me respondió con la voz más grave que pudo que estábamos a salvo.

No me excitó demasiado el estudio. No quería ver al chico que había conocido en WIP como el chabón que se la pasaba de gira e iba a ver en una habitación de hotel, en la tele, hablando sobre esa misma casa, un mes más tarde mientras veraneaba con mi familia. Si Nicolas Cage era el tipo de persona famosa con la que todo internet quería drogarse, yo quería compartir la sobriedad, los despertares, las rutinitas. Quería llegar a vivir una vida monótona y hermosamente predecible con él. Una cosa era Nicolas Cage, el cantante que las colegialas, universitarios y hasta los yuppies de Wall Street se querían coger, y otra cosa era el chico que tenía enfrente. Y solamente me interesaba el último, quizá, por el simple hecho de que todo lo que rodeaba la vida del primero me excluía. No me seducía la información disponible para todo el público, la que había averiguado mirando videos en YouTube, porque cualquiera podía acceder a ella. Y mi objetivo último y no-tan trivial era ser, o al menos sentirme, ilusamente, especial. Quería conocer al Nicolas Cage que había adentro de Nicolas Cage, el que quizá ni él conocía del todo, el que no podías adivinar a través de una entrevista en la tele. Quería saber dónde le dolía y por qué; qué palabras decía con convicción, adónde se iba su mirada mientras un amigo hablaba, si mantenía cuidadas las uñas de los pies; el monto de la factura de luz del mes anterior que lo esperaba en la mesada de la cocina, si compraba leche entera, descremada, vitamina D, calcio, de almendra o soja, ya que esa decisión hablaba más de lo que podía hablar él por sí mismo.

Las chicas se enamoran perdidamente de las estrellas porque son inalcanzables, pero yo empezaba a enamorarme de lo posible; de lo que sí podía tocar, de lo que iba a tocar esa misma noche. Fue mientras Nicolas Cage me mostraba sus guitarras preferidas que pensé en cómo sería tener una canción escrita para mí. Una canción de amor que sonara en todos los países del mundo, que fuera cantada con todos los acentos existentes, una canción que mi mamá algún día pudiera tararear esperando su turno en la sala del dentista en Almagro.

Caminamos un par de cuadras —las mismas por las que nos había imaginado como familia— hacia un cafecito en Pineapple Street. La noche cayó en picado, como sucede en invierno, y brillaron inquietas las decoraciones navideñas que ya habían empezado su show. Todo se veía tan mágico y perfecto alrededor de nosotros, casi ficcional. Le pregunté si alguna vez llovía en Pineapple Street y me dijo que no lo creía, que no se suponía que lloviera en una calle llamada así. Nicolas Cage se pidió un café negro y me sonreí, saboreando el comienzo de una vida sin días grises. Una voz femenina interrumpió mi ensoñación preguntándome qué quería. Vi la cara de Nicolas Cage enfrente de mí, sonriéndome, sus mejillas rojo rubí bordeando la erupción cutánea, me sentí reconfortada por el momento presente y me di cuenta, casi epifánicamente, de que podía permanecer en vez de evocar el pasado o volar hacia el futuro. Pregunté si tenían té. La chica dijo: «Tenemos los regulares té verde, Earl Grey, manzanilla, o si no en hebras, manzana y canela, París, vai...».

—¿A qué sabe París? —la interrumpí.

Nicolas Cage se rio, caminó unos pasos, apoyó los brazos en el mostrador, escondió la cabeza en ellos y se volvió a reír.

—Mhm... No sé, la verdad, pero puedo abrir la cajita para que lo huelas.

—¿Por favor? Gracias.

Pensé que no olía para nada como París, por suerte, porque París para mí hedía a pis y decepción romántica, pero solo dije: «Lo pruebo». Me preguntó si lo quería con leche y le dije: «Por favor». Nicolas Cage pagó por los dos antes de que yo pudiera siquiera fingir que pensaba hacerlo. Le dije «Gracias» y le hice prometer que me iba a dejar pagar la próxima arreándolo así, conscientemente o no, hacia un nuevo compromiso. Salimos del café y caminamos por la calle.

—¿Sabés qué es lo que más me gusta de *Blue Velvet*? —le pregunté.

—¿Todo?

—No. Lo que más me gusta es el hecho de que dos personas se conozcan y la segunda vez que se ven caminen durante una hora, y eso es suficiente como para que estén listos para arriesgar sus vidas y literalmente matar el uno por el otro. El amor *sucede*. Ahí. Justo en el momento en el que él hace el *chicken walk*.

Nicolas Cage me miró y empezó a caminar aleteando como un pollo. Lo empujé, de la forma en que se empuja a la persona que te gusta porque está haciendo algo que amás tanto que no lo podés soportar. Es el instinto de supervivencia en su más mínima y tierna expresión. Luchá o hui, porque el amor es el depredador más peligroso.

—Y ¿qué cosa *no* te gusta de *Blue Velvet*? —me preguntó todavía riéndose.

—Bueno... Odio el hecho de que dos personas se conozcan y la segunda vez que se ven caminen durante una hora, y eso es suficiente como para q

Nicolas Cage me interrumpió de un empujón. Me di cuenta de que era el primer contacto físico no-necesario que había sido iniciado por él. Pensé en cuán cómoda estaba tocándolo: una palmadita en la espalda, una mano en su pierna, un roce, un golpecito afectuoso al hombro, un codazo en la costilla o patadita a la tibia y peroné —el dolor y el amor siempre fueron una y la misma cosa para mí— y cuán cómodo estaba él recibiéndolos, pero cómo parecía incapacitado de iniciarlos.

Me llevó al paseo que bordea el río y nos sumergimos en una noche más profunda. El escenario era el mismo que en *Manhattan* y que en cualquier película romántica situada en Nueva

York. Éramos dos enamorados recortados a contraluz, en un banco junto al río. Frente al Hudson, el cielo está en la tierra, y una puede tocarlo si quiere, es cuestión de saltar un par de vallas y bajar unos cuantos escalones. Todas las imágenes de todas las películas de amor que había visto mientras crecía en un barrio central de Buenos Aires nos recibieron y cobijaron, conformando el puzle perfecto que se alzaba, orgulloso, completo al fin, frente a mis ojos. El puente de Brooklyn, el río, la mismísima estatua de la Libertad, el Financial District con todos sus empleados dejando las oficinas al semitrote, la serendipidad, el cielo despejado desfilando las estrellas del norte, y hasta las torres gemelas, presentes en ese agujero negro que dejaron.

—¡Mirá! ¿¡Lo ves!? —dijo de golpe señalando hacia abajo. Había un chabón, con gorra y mochila gigante, corriendo a toda velocidad de nuestro lado del río—. ¿Por qué corre con una mochila puesta?

—Raro. Si estuviéramos en una película aparecería la policía corriendo atrás en tres... —Nicolas Cage se unió a la cuenta regresiva. «Dos. Uno». No apareció nadie más. Nos quedamos en silencio.

—Esto parece una película. Un poco —dijo interrumpiéndolo con violencia, y el mundo paró. Y con el mundo paró no estoy utilizando una figura retórica, sino que el tiempo realmente se detuvo, al menos para mí. El cardiólogo me lo había explicado. Era el síndrome de Da Costa. También conocido como astenia neurocirculatoria o vasorregulatoria, estado circulatorio hipodinámico adrenérgico, *Shell shock*, neurosis de guerra, corazón irritable o mi preferido: corazón de soldado. Pero más allá de los nombres poéticos, era básicamente una serie de síntomas de naturaleza no orgánica distintiva del estrés postraumático, que había adquirido relevancia y nombre propio durante la Primera Guerra Mundial. Así de histórico se anunciaba ese momento. Después de unos cuantos segundos eternos, el músculo empezó a galopar a toda velocidad en el centro de mi pecho. La anticipación, ahora, iba a la cabeza, y todo mi cuerpo esperaba al borde de la silla. El cerebro cantó victoria y dio barra libre a todos los químicos buenos. Sentí que flotaba, y quizá lo hice, incluso antes de que sucediera realmente nada. Clavé mi mirada en la suya, me acerqué todavía más, nuestros muslos tocándose. Sonreí apenas, como si adentro de mí no se estuviera moviendo nada—. Cierto... ¿escena cliché en el río Hudson? —«Besame» pensé, pero no lo besé yo por miedo a que me rechazara. Entonces agregué, tan sutil como me fue posible, con agua en la boca y sintiendo el calor que la suya podía traer—: ¿Qué viene ahora...?

Nicolas Cage sonrió, se puso fucsia y bajó la mirada. Se mordió el labio. Íbamos a empezar a besarnos con todo, pero todavía no.

—Tenés un tatuaje en el brazo derecho —fue todo lo que me dio su boca, apurada.

Me había estado escrutando. Tenía tres capas de ropa, guantes de lana, pero lo había visto en algún momento.

—Ehh —dije sintiendo que una fuerza extraña me empujaba en otra dirección—. Sí. ¿Y vos... tenés... tatuajes?

—Tengo uno en el pecho.

—¿De verdad?

—Sí, tengo un tatuaje de verdad.

Se rio, bajó el cierre de la campera pesada y tiró del cuello de su remera hacia abajo, mostrándomelo. Le pregunté si podía tocarlo. Me miró un segundo más y después asintió, bajando la mirada una vez más.

Lo reescribí con el dedo índice y en cuanto llegué al final, soltó el cuello, que subió de inmediato, casi arrepentido. Ahora había visto su pezón de cerca, en la vida real, pasando de rosa a marrón oscuro, de blando a rígido, sus poros erizándose alrededor, y había sentido la necesidad de lamerlo en busca de esos pequeñísimos pelos rubios de los cuales aferrarme con los dientes. Es probable que me haya visto extática, porque lo estaba. Él también estaba ido, pero bien, fijo en mi cara. Nuestros ojos se encontraron y se cerraron. No literal, sino como un candado. Toda mi cara sonrió un poco demasiado emocional, y se me humedecieron los ojos, sintiendo el amor a primera, segunda y tercera vista. Los suyos, ahora virando a lila, brillaban al borde de las lágrimas también. Pudo haber sido el viento invernal que crujía.

Nicolas Cage se empezó a reír, tímido, y yo lo seguí. Enseguida exhalé, agotada. Y vi el vacío entrar de puntillas. Y sentí nostalgia por el momento que acababa de perder para siempre. Quería volver. Quedarme en ese instante previo, en esa fuente interminable de posibilidades, viendo al resto de mi vida destellando prometedora, a tan solo un suspiro de distancia. Pero el siguiente momento llegó, inevitablemente. La vida solo puede empezar una vez, y después continuar, inconsciente y desafectada, ordinaria, por lo general.

—Yo tengo siete tatuajes *de verdad* —dije ocultando mi cansancio, pero no tanto.

—¿Dónde? Mostrame.

Le dije que tenía una fusión entre Jesús y la Virgen María en mi espalda baja, que lo había dibujado a los dieciséis, y que parecía una travesti crucificada con una erección. Quiso verlo pero le dije que mejor se lo mostraba después, en la casa, o sea cuando cogiéramos, aunque esto último no se lo dije. Lo que sí le dije fue que tenía otro tatuaje en el interior de mi labio inferior que dice «Diana». Quiso verlo también y se lo mostré. Me dijo que era *cool* y me preguntó por el resto. Le mostré el que ya había notado sin proveerlo de anécdota o explicación. Le dije que tengo: «No el tiempo, solo todos los instantes» en la costilla izquierda, se lo dije en español y no se lo expliqué tampoco. Levanté el codo derecho y se lo puse en la cara preguntándole: «¿Cómo le decís a una montaña de gatitos?». Miró con curiosidad el tatuaje y, entre risitas, preguntó cómo. Le dije ¡*Meowntain*! y esperé su risa, que llegó enseguida, pero por dentro sentí mucha vergüenza. ¿Cuán boluda era? Me había hecho el tatuaje sabiendo que iba a impresionar y causar gracia. Y funcionaba. Tenía un *hit* literalmente bajo la manga. Pero crear estas pequeñas grietas en la realidad solo terminaba por resaltar cuán poco especial y llena de nada era para mí la normalidad.

Guardé el mejor para el final, algo que no ensayé pero tampoco fue del todo improvisado. Le mostré la cara externa de mi muñeca derecha. Dijo que no veía nada. Me agarró la mano y se la acercó a la cara. Me agarró es una exageración. Apenas la sostuvo, con tres dedos, solo lo suficiente como para direccionar el movimiento, como si tuviera miedo de romperme, o como si tocarme a mí pudiera romper algo más. Le dije que era un tatuaje de tinta blanca.

—Ah, sí, muy bueno. Parece una cicatriz.

—Lo *ES* —le dije tan casualmente.

—Dice... «¿Tu... risa... continúa...?».

—Sí.

—*Cool.*

—La risa de mi mejor amigo —dije suspirando después de una pausa.

Nicolas Cage asintió. No iba a hacerme más preguntas, pero me sentí compulsivamente impulsada a contárselo todo. Quizá solo quería que supiera que había sufrido, porque la única forma en la que me había relacionado o logrado llamar la atención desde muy chica había sido a través del dolor, y porque creía que ese dolor me definía.

Pensé que si se enteraba que yo realmente la pasaba mal iba a querer cuidarme y quizá hasta llegara a amarme. Decidí que Nicolas Cage era infeliz porque los que sufrimos siempre creemos reconocernos. Si le compartía algo íntimo, él iba a tener que entregarme algo suyo también. Y yo no veía la hora de hurgar en la feria de su tristeza americana. Revolver, revolear, toquetear, hasta encontrar algo que me llamara, que rogara ser salvado. Quería acariciarlo y decirle que lo amaba así tal cual era, que iba a cuidarlo siempre y que las cosas, al final, iban a estar bien. De golpe sentí celos. Celos de mí misma. De mi cuidado. Y me costó decidir qué papel quería cumplir yo en nuestra futura relación. No estaba segura si quería ser la que cuidara o la cuidada, pero estaba convencida de que alguno de los dos tenía que cumplir el rol maternal. Así que seguí, sin que me lo pidiera:

—Se murió en un accidente de auto en marzo.

—Uy..., Marta, lo siento mucho...

Nunca me gustó mi nombre, pero ahora que lo decía Nicolas Cage en voz alta por primera vez, me encantó. Me sentí bien. Me gustaba ser Marta.

—Gracias... Lo suyo era la risa, ¿sabés? Mucho volumen, era muy contagiosa. Tenía los dientes hechos mierda y no le importaba nada. Era imposible verlo reír y no reír también. ¿Sabías que se zafó de la muerte dos veces? Peeeeero... ¡la tercera es la vencida! —le dije guiñándole el ojo y me reí nerviosa. Me sonrió con ternura—. Perdón, cuando se me viene la angustia en general compenso riéndome mucho.

—Está bien, yo hago lo mismo cuando estoy nervioso. O sea, todo el tiempo. —Se rio. Me reí. Nos reímos un poco más—. ¿De verdad la zafó dos veces?

—Sí —dije dramática.

Nicolas Cage y yo ahora estábamos sentados tipo indio, uno enfrente del otro. Nuestras rodillas y piernas tocándose. Apoyó su codo en el respaldo del banco, la cabeza en la palma de la mano, y se quedó mirándome desde abajo, como un nene esperando su cuento. Seguí hablando:

—O sea..., no quiero forzarte a una intimidad que no pediste, ni nada. Aunque es obvio que sí.

—No. —Se rio otra vez—. Todo esto me resulta muy... —suspiró, como vencido—. Natural. Extrañamente natural, de hecho. —Nicolas Cage estaba preocupado.

—Sí..., pero tipo *bien*, ¿no?

Dijo que sí, pero sonó a *no*. Y agregó:

—Siento como si nos conociéramos de antes, de vidas pasadas o algo.

—*Same*.

Los dos nos quedamos en silencio. Y para mi sorpresa, mi cabeza también se calló. Por unos segundos. Era todo tan perfecto que sentí la ansiedad de saber que algo —cualquier cosa— podía arruinar el momento. Algo *iba* a arruinarlo, eventualmente, y preferí mantener mi ilusión de control, y ser yo quien lo hiciera. Así que apuñalé el silencio y me apuré a responderle, hablando sin parar. Sabía que iba a cagarla tarde o temprano y esperar a que las cosas llegaran de forma natural nunca había sido lo mío.

—Es medio gracioso. La primera vez fue una pelea en un boliche, cuando tenía quince o algo así. Lo cagaron a piñas entre cinco y lo dejaron inconsciente. Ahí fue que perdió todos los dientes. Contusión cerebral, todo. Después estuvo en un recital, en un lugar clandestino que fue trágicamente famoso porque se prendió fuego con tres mil personas adentro... Me acuerdo que Juan me contó que estaba tirado en el suelo rodeado de gente, y que él aguantó, aguantó, aguantó, y en el momento en el que no podía más, justo antes de cerrar los ojos, vio que un guante amarillo le tocaba la cara. Lo salvó un bombero.

—*Wow*. Dios mío... —Nicolas Cage negaba con la cabeza—. Dos cosas. Primero, bueno, nunca perdí a un amigo, así que no puedo ni imaginarme lo que se siente...

Y segundo sí, me pidió que le contara más, que le contara cómo nos habíamos conocido.

Estaba tan entretenido como emocionado, y me di cuenta de que se había olvidado por completo de su migraña, o la migraña lo había olvidado a él. Parecía más vivo que nunca. Algo sobre la muerte lo llamaba. Y eso me gustó. Le confesé, no sin culpa, que durante los meses que siguieron a la muerte de mi mejor amigo sentí una suerte de alivio. Estaba muy triste, sí. Y sentía mucho dolor. Pero descubrí que la tristeza me oprimía mucho menos que el vacío. En esa tristeza profunda había encontrado un cierto sentido. Y buceando en ese dolor, me sentí mucho más conectada a la vida. Le dije que a veces pasaba horas imaginando con extremo detalle la muerte de mi perro o de mi hermanito, recitando discursos en un funeral imaginario, recreando todo tipo de escenas de dolor, y que después me sentía mejor por un buen rato.

—Deberían enseñarnos sobre la muerte desde chicos —dijo Nicolas Cage como enojado con sus padres—. Se obsesionan tanto con protegernos del dolor, con evitarnos el sufrimiento, que cuando finalmente tenemos que lidiar con algo *real*, ¡no tenemos las herramientas! ¡Y terminamos sufriendo mucho más!

—Es cierto. Nunca lo había pensado así.

Callé meditando cómo me enseñaron. De chica yo también aprendí que la tristeza es un sentimiento que, más que atravesar, tengo que cortar en seco.

Me pidió que le contara algo más de mi mejor amigo. Le hablé de nuestros veranos en La Paloma, de los primeros besos y cigarrillos, de su emoción cuando le empezó a crecer el vello púbico y de cuando me los mostró. De las últimas semanas que había compartido con él en Nueva York, el octubre anterior.

—Todo eso no te lo saca nadie. Ni la muerte, ni el tiempo, ni nada... —Hizo una pausa—. Yo a veces extraño gente que sigue viva —disparó, pulverizando el hielo que yo me había encargado de romper.

Estuvimos de acuerdo en que extrañar a alguien muerto era mejor que extrañar a alguien vivo que hubiera decidido conscientemente salir de nuestras vidas. Tanto los muertos como los vivos-muertos quedan como la imagen de lo mejor que fueron, pero al menos los muertos-muertos no pueden agregar nada, decir, aparecer en el post de otra persona, responder un mensaje que no deberías haber mandado, simplemente porque no pueden. No nos desvelamos pensando que quizá después de meses o años vuelvan a aparecer, mientras que el fantasma de los vivos está siempre ahí, persiguiéndote y amenazando con intervenir. Pueden, tienen la capacidad física de, volver a ocupar ese espacio que dejaron vacío cuando se fueron, solo para que finalmente nos demos cuenta de que ese espacio ya no existe como tal, al menos en este *continuum* espacio-tiempo, y para que nos preguntemos qué carajo pasa con el espacio que alguien alguna vez ocupó, cuando se va.

—Me pasó un par de veces... estar en la mía, comprando comida para el perro, o duraznos, yerba, sin pensar pero sabiendo que el tiempo, el olvido y hasta el perdón mataron a alguien y de repente TRINNNNNN *«yooo WYD??»*. Y yo tipo, la concha de mi madre, la muerte ES la única que vende solo boletos de ida —dije.

—*Yeah, Death's legit!* —dijo Nicolas Cage con *sassy voice*, que en español sería algo así como «Sí, la muerte es lo más»—. Me cago en la posibilidad de que «los caminos vuelvan a alinearse» y toda esa mierda *new age*. Estamos a salvo de los muertos y eso me encanta.

—Mal.

—¡Y los muertos están a salvo de nosotros también! La única forma de que lo que sentís por alguien no cambie jamás es tener a esa persona enterrada seis metros bajo tierra. Ahí sí, queda intocable, brilla como una piedrita preciosa —y agregó con voz grave e impostada solemnidad—: a salvo de la capacidad y enorme talento humano para cagar absolutamente todo.

—Tenés razón. La muerte protege a los dos lados. La muerte nos protege a todos —dije haciéndome la canchera, subiéndome una vez más a esa voz performática que nos permitía decir lo que de otra forma era imposible.

—Aguante la muerte —dijimos a la vez, matándonos de risa, solo para terminar como todo lo que muere: quietos y en silencio.

No me callé así como quien entra en una espiral que lo lleva para adentro. Tampoco estábamos los dos en silencio, es decir, cada cual con su propia ausencia. Ni era un silencio compartido, una mecha quemando por ambos extremos. Fue más bien como si me hubiera ido, y al volver hubiera entrado en un lugar familiar, como quien visita la casa de la infancia en un sueño. El silencio fue una llegada. Un lugar en el que finalmente nos encontrábamos. Y por primera vez, ya no me sentí tan sola.

—A veces extraño gente que tengo enfrente porque ya no son más que un espejismo de lo que supieron ser o yo quería que fueran —resumió Nicolas Cage.

Pensé que eso era triste y exactamente como me había sentido en todas y cada una de mis relaciones, pero no dije nada. Hablamos por una hora más. Me contó varias giras que nada tenían que ver con el imaginario rockstar. Las drogas y el alcohol siempre inauguraban la fiesta, pero sobre todo lo ayudaban en situaciones de otro modo insoportables. Habló de una máscara tirada en el suelo al final de una fiesta de disfraces. Estar rodeado de mucha gente era lo que más solo lo hacía sentir. Cansado, desconfiado, de golpe se había «puesto de moda, supongo», la chica de la facultad que nunca le había dado bola ahora llamaba sin parar. ¿Qué era real y qué no? ¿Siquiera le caía bien a alguien? Dijo que tenía «amigos y todo» pero que igual se sentía «raro y alienado la mayoría del tiempo».

—Real, no soy tan *cool* como la gente piensa. Siento que todos se decepcionan cuando llegan a conocerme —dijo Nicolas Cage.

Abajo del escenario, Nicolas Cage era simplemente un hombre solitario que no gustaba de sí mismo, y a mí siempre me gustó la gente que no se gusta.

—¡Choque esos cinco! Mantengo a todos a cierta distancia. Si no se me acercan tampoco se pueden alejar —le guiñé el ojo y me reí.

—Muy inteligente. Qué emo que somos —dijo Nicolas Cage, llevándonos a un hito. Ahora había un nosotros que ya no era tácito. Éramos algo juntos. ¿Acababa de empezar el resto de mi vida?

—Me quedaría acá toda la noche, pero me estoy haciendo pis —le dije, y emprendimos la vuelta siendo *nosotros.*

Suroommate nos preguntó si queríamos ver una película. Nicolas Cage sugirió ver *Wet Hot American Summer* y lo hizo con *sassy voice.* Le dije que era una ávida consumidora de porno pero que no estaba segura de que fuera un plan tan grupal. Iba a llevarme al cuarto en ese momento, pero solo se rio y dijo que era una parodia de las pelis de los ochenta y que estaba seguro de que me iba a gustar. Suroommate propuso preparar caipiriñas. Nicolas Cage dijo que no iba a tomar alcohol, pero yo respondí que me tomaba una. Más tarde me tomaría una segunda. Y una tercera.

Suroommate se fue a la cocina y Nicolas Cage y yo nos

acostamos, uno al lado del otro, en la Nichols. El silencio, con él al lado, ya no podía perforarme. Quizá de esto se trataba la vida. De estar con otro como cuando estás sola, pero sin miedo. Nuestras manos se estaban rozando cuando Nicolas Cage dijo que quizá había que darle una mano más de pintura al techo. Me acordé de esa canción que dice «se acuestan a mirar al techo, y en el techo no hay nada, hay solamente un techo».

Le pregunté cuál era el apodo de Suroommate, si la gente le decía Suroommate, Roommate o de otra forma. Nicolas Cage dijo que solo Suroommate. Grité «Solo» seguido del nombre de Suroommate, para que me escuchara desde la cocina y agregué: «¿Te puedo pedir porfa si también traés algo de agua cuando vuelvas?». Me giré hacia Nicolas Cage, que se reía.

—¿Y cuál es *tu* apodo?

—Me dicen Nic... No tengo otros *nic-names.* Supongo que Nic es lo suficientemente corto como para no necesitar de otro...

—Puede ser... ¿y qué pasa con los Peters?

—Creo que podés llamarlos Pete.

—¿Y a los Johns?

—John puede ser Jack.

—¿Qué? No. ¿Cómo?

—¡Jack es un apodo para John!

—No, no es. Basta.

—Lo *es.*

—Literal, me estás volando la cabeza.

—Odio ser el que te lo comunique, pero te pasaste una vida entera tomando John con coca, en realidad.

—Dios, no. O sea... tipo... ¿¡¿John Black?!?

—Sip.

—¿JOHN, el Destripador?

—Me temo que sí.

—¡Con razón nunca lo encontraron! *Wow*. Mi vida entera es una mentira.

—La de todos...

Nos reímos.

—¿Y qué pasa con los Andrews? —volví.

—Andrew puede ser Andy.

—¿No es Drew el apodo de Andrew?

—¡No! —Se rio—. Creo que Drew es un nombre distinto.

—Paráááááá, ¿cómo? ¿Vos me estás tomando el pelo? O sea, ¿en serio? —le pregunté genuinamente en *shock*. Después agregué—: Claro..., debí haber sabido que no es en realidad Andrew Barrymore.

—¿Pensaste que ella era un él? —dijo, y dije—: *And I said Babe!*

Nicolas Cage y yo cantamos juntos «Walk on the wild side» y bailamos con las manos sobreexcitados. De haberlo visto en una película, hubiera sentido vergüenza ajena. Pero sin una mirada externa, éramos solo chicos.

Suroommate volvió con dos caipiriñas y un vaso de agua, y vimos *Wet Hot American Summer*. Me senté en la alfombra apoyando la espalda en el sillón, donde estaba sentado Nicolas Cage, mi brazo derecho y su gemelo izquierdo tocándose. No me acuerdo ni me importó dónde se sentó Suroommate porque la sensación era que estábamos solos. Miré la película de forma parcial. Incluso si mis ojos estuvieron abiertos y direccionados hacia la pantalla de cine donde se proyectó no logré prestar atención a ninguna otra cosa que no fuera la proximidad de Nicolas Cage. Cómodamente incómoda, ansiosamente quieta, esperé el momento exacto en el que iba a empezar a acariciarme o algo.

A veces no sé si estoy caliente o tengo ganas de hacer pis. Empecé a masturbarme a los seis años frotándome con un monito de peluche blanco que me regaló Elchicoquemegustabaenlaprimaria para un cumpleaños —y al cual llamé igual que él— solo para evitar caminar sola y a oscuras para ir al baño cuando me despertaba en la mitad de la noche. Al principio fue una necesidad, después se volvió un hábito y terminó por transformarse en una obsesión. Empecé a tomar más y más líquido como para que me dieran ganas de hacer pis más seguido, y me la pasaba encerrándome en mi cuarto para fregarme y terminar en una siesta corta o el sueño más profundo. No sabía que podía separar esos tres placeres que habían venido en un pack de 3×2 para mí. La cercanía de Nicolas Cage hizo que me latiera la concha y me di cuenta de que me había urgido hacer pis antes pero al final no había hecho. Les pregunté si podíamos parar la peli para que yo fuera *to the toilet*, ellos se rieron y me sentí una tonta por haberlo dicho así.

Estaba sola en el baño de la casa de Nicolas Cage. Lo primero que noté fueron los premios. Tenía estatuillas en fila, como patitos de feria, justo arriba del inodoro, donde no podían erguirse demasiado orgullosas. Un Grammy, un Billboard, dos MTV Video Music Awards y un Teen Choice. Había un recorte de revista de culos Reef enmarcado y colgando sobre los premios. Me bajé los pantalones, vi que estaba más mojada de lo que creía haber sentido, y me di cuenta de que estaba ovulando. «Con razón no puedo parar de pensar en cogérmelo soy una hembra en celo», pensé. Hice pis mientras con un rollito de papel higiénico sacaba esa especie de moco pegajoso tratando de rescatar las bombacha nueva de Victoria's Secret que había elegido esa misma tarde para él. Tiré la cadena, me miré el culo en el espejo y me sentí mal. No era como los culos de la foto, los que le gustaban a Nicolas Cage, perfectamente redondos, bronceados, brillantes. El mío era medio triste, demasiado blanco, pero tampoco tanto como para llegar a ser sexy de manera porcelanotuberculosa. Era más bien verdoso y mate, la nalga derecha apenas más flaca que la izquierda, dos, siete o trece pocitos, según cómo me parara.

Decidí que me lo iba a coger con las luces apagadas. Apagué las del baño y me incliné sobre la mesada, apoyando los labios suavemente en el espejo que la cara de Nicolas Cage habitaba a diario. Me froté contra la punta helada de mármol blanco mientras lo besaba. Me chupé el dedo, bajé la mano y recorrí toda mi pelvis para reconfirmar que la depilación fuera perfecta. Agarré con cuidado el Grammy y me lo apoyé en la vagina. El frío del oro (no estaba segura de que lo fuera, pero elegí creer que sí) me extasió al instante y me fregué con él una y otra vez sintiendo cómo el cuerpo del gramófono se colaba entre mis labios.

Volví a prender la luz y me subí el pantalón. Esperando que me bajara el calor de la cara, volví a la repisa y a los cepillos de dientes. Había tres. El de Nicolas Cage debía ser el violeta, o el verde —uno viejo que todavía no había tirado—. Olí el primero y me lo pasé por la axila. Con el cepillo todavía en mano, corrí la cortina de baño y olí también su champú de NatureLab Tokyo. Todos sus productos eran orgánicos y me sentí un poco mal de nuevo, esta vez respecto de mis propios consumos. Hundí la cara en su toalla y me transportó a la suite presidencial de un hotel en Kyoto. Me sentía una estúpida reconociéndolo, pero había algo en el hecho de que fuera *tan* famoso que me obnubilaba. Algo de la promesa de ese mundo flotaba en el cielo el día en que me había subido al avión para dejar atrás Buenos Aires. Aunque me juraba que no, en el fondo quería toda esa fama y éxito para mí. Ser *la* actriz argentina que triunfara en Hollywood. Pero Natalie Portman a mi edad ya era Natalie Portman hacía rato, y yo estaba constantemente bombardeada por la idea de que solo me faltaba un par de años para llegar a mi fecha de caducidad. Además, mi acento no estaba mejorando. Nicolas Cage ya tenía todo lo que se podía desear... ¿Chupar la pija es tener la pija?

Miré con más detenimiento todo lo que estaba en la mesada. Y las repisas. Y los cajones. Acaricié cajas de Lexotan, Xanax, un inyectable de Demerol, frascos de clonazepam y diclofenac de farmacia. Googleé Maxalt, Imitrex —ambos para la migraña— y Ambien, un somnífero potente. Agarré un clonazepam de recuerdo y después un puñado de Ambien, pensando que quizá Nicolas Cage fuera la cura para mi insomnio, y me los guardé en el bolsillo. Me hubiera quedado ahí encerrada por siempre, en ese momento infinitamente íntimo con Nicolas Cage, sin un Nicolas Cage que pudiera cagarla, en absoluta libertad, sola, no en soledad, pero me di cuenta de que estaba tardando demasiado. Temí que pensara que estaba cagando y volví corriendo al living.

Esta vez, me senté pegada a Nicolas Cage en el sillón. Salió disparado de un salto, como si lo hubiera propulsado, al grito de: «¡Mi turno!». No sé de qué hablamos con Suroommate mientras estuvo en el baño. Volvió y se sentó en el suelo, justo donde había estado yo. Me molestó el enroque pero intenté no parecer decepcionada cuando se dio la vuelta y me sonrió. ¿Por qué mierda se había sentado en el suelo? ¿Era tonto? Quería que nos acostáramos en el sillón de una buena vez y empezáramos a hacernos mimos, y besarnos, y coger. Todo era culpa de Suroommate que estaba ahí como un boludo en el medio. Nicolas Cage se comportaba distinto enfrente de él, contenido.

Para cuando terminó *Wet Hot American Summer*, yo me había tomado tres caipiriñas y estaba borracha. Vi que eran las 11 p. m. y temí no saber cuándo irme. En general, cuando me tengo que preguntar si es hora de irme o no, ya estoy pasadísima de hora. Pensé en decir que me iba yendo como para ayudar a que Nicolas Cage activara todo el mecanismo del beso y demás.

Suroommate comentó que había escuchado ruidos en la cocina la noche anterior, y Nicolas Cage le dijo que me había contado sobre la rata gay. También que habían puesto una trampa para ratones al costado de la heladera y me preguntó si quería verla. Le dije que siempre había querido activar una. Me dijo que iba a cumplir mis sueños, pero me advirtió que la excitación solo duraba medio segundo; él ya lo había hecho. Nicolas Cage dijo que si todo en la vida era tan fugaz no quedaba otra que desperdiciar todo lo que tuviéramos. Sugirió que hiciéramos un círculo alrededor de la trampa.

Nos dirigimos a la cocina pero yo me fui a mi cabeza.

Y me perdí pensando en lo mucho que quería tener ganas de tener ganas de algo. Me apretó un poquito el pecho. Y un poco más. El gesto habitual: dos dedos en la yugular hacen de mi mano un revólver involuntario. Tu-tun, el bombeo me impacta, estoy viva. Después testeé mi reflejo de deglución un par de veces. Estaba viva, sí, pero ¿era funcional? ¿Realmente lo era? Porque si lo era, entonces no debería haber *freakeado* por nada. ¿Por qué la estaba limando? Se suponía que tenía que sentirme supercómoda con Nicolas Cage, y el hecho de que mi cuerpo estuviera de alguna manera incómodo en ese momento me hizo sentir vergüenza de ser quien era, de nuevo.

Un estampido me hizo caer de cara a la realidad. Nicolas Cage había activado la trampa con la punta del pie, pero yo me lo había perdido, como tantas otras cosas en mi vida, por estar en mi cabeza. Mi mirada se extravió hasta que la suya me encontró y me sentí mejor. Me empecé a reír, no de la travesura, sino de mí. ¿Por qué escapaba? Él también se reía. Nos reímos juntos, de eso, y de nuestras risas juntas.

Nicolas Cage agarró su celular por primera vez desde mi llegada y frunció el ceño. Dijo que tenía que hacer una llamadita y que ya volvía. Me sentí un poco desplazada y reaccioné diciendo sin querer que igual yo me tenía que ir yendo. No supo qué decir, pero dijo que si por favor lo esperaba un minuto, que tenía que hacer una llamada corta y que después me podía acompañar a buscar un taxi. Se fue, escuché cómo se cerraba la puerta de su habitación, dejándome del otro lado. Me quedé sola y borracha en la cocina de otro, mirando mi propio perfil de Twitter.

Nicolas Cage y yo caminamos una cuadra, y un taxi frenó al lado nuestro. Le dije que no pensaba tomarlo, se rio y me preguntó por qué. Le expliqué que me gustaba elegir el taxi, y no que los taxis me eligieran. Que ese había frenado sin que nosotros lo llamáramos y que me resultaba *creepy*. Le mentí. Pero también no le mentí, porque a veces el significado se pierde en el trayecto de lo general a lo particular. Eso sentía en general, sí. Pero en este caso en particular, yo simplemente no estaba lista para irme, todavía. Me había imaginado un adiós más largo, no iba a conformarme con una despedida apurada. La pausa de dos meses que teníamos por delante merecía ese perfecto *mid-season finale*. Él necesitaba tiempo para besarme mejor, y yo necesitaba tiempo para que mi abrazo significara «te siento». Nicolas Cage dijo que me superentendía y que él sentía lo mismo y eso que no era mujer. Doblamos en Love Lane, en serio, y caminamos una cuadra más. El camino del amor es una calle amplia, pero con veredas superangostas; tan angostas que los postes de luz están literalmente en el medio de la vereda, cada nueve o diez metros. Cada vez que llegamos a uno, nos pusimos de frente, caminamos como cangrejos, nos reímos y volvimos a caminar de frente. Era Nicolas Cage el que quedaba siempre con la espalda contra la pared, el espacio entre nosotros dependía de mí. Me calenté, de nuevo, acorralándolo cada vez un poco más. Él se reía y miraba para abajo, al principio haciendo más de lo primero, después más de lo segundo.

—Dos cosas —disparó Nicolas Cage al llegar a la esquina, todavía risueño—. Llegamos. Y repitamos pronto.

Era la tercera vez que decía «dos cosas» y me alegró saber que él también prefería las cosas en pareja.

—Me encantaría. Me rediverti.

—¡Yo también! Disfruto mucho de tu compañía, me gusta pasar tiempo con vos —dijo.

Vi un taxi a lo lejos y levanté el brazo. Nicolas Cage se abrió igual que se había abierto en la esquina de la cita anterior, y me dio un abrazo de oso, de la manera exacta en que yo lo quería, lleno de sentimiento. Era ahí, en la esquina de Love Lane, donde nos íbamos a dar el primer beso, el de despedida, porque siempre es en una esquina donde se funden por fin las palabras y el silencio. Todavía con mi cuerpo pegado al suyo, alejé apenas la cara y lo miré a los ojos. Estábamos tan cerca que quedamos fuera de foco. Me sostuvo la mirada, más que buscando algo, como si lo hubiera encontrado, su cara cada vez más fucsia, su sonrisa cada vez menos contenida. Fuera de eso, no se movió para nada. Esperé a que llegara el beso, pero no cerré los ojos, necesitaba verlo para creerlo. Pero él estaba congelado. Y se mantuvo quieto. No sé cómo, pero me animé a tomar la delantera. O en realidad sí sé cómo, sin pensar, dejándome llevar por el momento presente. Me reí apenitas y fui, muy despacio, a besarle la mejilla derecha. Él volvió en sí y giró la cara hacia mí en el momento exacto en que mi boca aterrizaba. Fue uno de esos besos indefinidos. No fue un accidente, y a la vez sí. Fue un beso, y a la vez no. No fue un beso en la boca, pero tampoco uno en la mejilla. Fue un beso en la comisura, una entradita. Pude sentir sus labios húmedos pero calientes en mi piel, y los míos sintieron los suyos, tiernos, gordos, suaves, como sashimi. Sonrió y bajó la mirada.

Me abrió la puerta del taxi, me deseó un buen viaje a Argentina, y me pidió que le escribiera mi dirección de email para que pudiéramos seguir en contacto durante el invierno.

Justo antes de las doce le dije «Te escribo» mientras me subía al taxi. Me vio irme, clavado en la vereda, sin cambio perceptible alguno en su expresión. Apoyé la frente en la ventana y vi su cara convertirse en iglesia; decenas de edificios, cientos de luces, agua bajo el puente de Brooklyn; y finalmente, mi casa.

El hechizo se disolvió. Lento. Me sentí miserable y lloré un poco. Después lloré un poco más porque me sentía esperanzada también. Había sido nuestro primer beso, ¿o no? Primero pensé que no y me sentí profundamente decepcionada y enojada. Terminé por justificarlo con timidez y bajé del taxi llena de la confianza que solo puede dar la certeza, ansiosa por el porvenir, pero a la vez tranquila ahora que sabía que, efectivamente, estaba por venir.

4

De: holamarta@hotmail.com
Para: nicolascage@gmail.com
Enviado el: 23/12/2011
Asunto: Desde el *Wet Hot Argentine Summer* al seco y frío invierno americano.

Querido extraño/Nicolas,

Desde otro hemisferio, y unas horas después, te escribo. Me resulta gracioso pensar que lo vas a recibir más temprano de lo que lo escribí. El otro día leí sobre un tipo que agarraron no sé dónde, en Suiza, que proclamaba haber vuelto del futuro. Se infiltró en un edificio e intentó frenar el funcionamiento de una máquina (LHC o algo) con la que llevaban a cabo un experimento porque, según él, iba a destruir el mundo. Y por supuesto que estaba vestido «de una forma muy extraña». Ese es el gran problema de los viajes en el tiempo. Deseamos más que nada que existan, pero tomamos a cualquiera que proclame venir del futuro por loco. ¿Sos, acaso, un viajero del tiempo? La loca probablemente sea yo.

¿Cómo se siente estar de vuelta en la casa de tu madre? Para mí, volver a casa es siempre un poco una visita al pasado. Vi a un amigo a quien no veía hacía dos años, y sin embargo fue como si tan solo hubiera pestañeado. Eso me reconfortó, algo. Borges decía que la amistad no requiere de frecuencia, que esa es la gran diferencia entre la amistad y un vínculo romántico. Que se puede mantener la intimidad a pesar de verse una vez al año. Quizá Georgie vio venir las redes sociales.

Buenos Aires está caliente y mojado. En este momento se estrella la lluviecita de verano en mi ventana. Y todos mis sentimientos vienen de a pares. Me siento feliz y a la vez no.

También siento una melancolía gigante cada vez que vuelvo. Pero es nostalgia por algo que nunca fue.

Donde hay lagunas yo planto flores.

Todo el tiempo extraño a alguien, pero no sé a quién.

Mi familia es agridulce también. A veces me siento muy chiquita otra vez, como un cachorro que persigue su propia cola. Mi hermanito, León, ya tiene seis años, pero todavía desprende de la cabeza la transpiración adictiva de los bebés. Hoy le pedí que me hiciera mimos en la panza mientras mirábamos *Fluke* acostados sobre el suelo frío de la casa de mis papás. Estar abrazada a él me hace sentir segura. *Fluke* se trata de un hombre que es malísimo siendo hombre, se reencarna en perro y es malísimo siendo perro también. Es mi película preferida. Mi casa todavía huele como mi casa, pero mi mamá ahora usa un perfume nuevo.

Cómo estás vos? Quién sos?

Contámelo todo.

Xx,
M.

De: nicolascage@gmail.com
Para: holamarta@hotmail.com
Enviado el: 26/12/2011
Asunto: Re: Desde el *Wet Hot Argentine Summer* al seco y frío invierno americano.

Querida Marta,

Acá estoy, el día después de Navidad, sentado en la cama bajo un grueso acolchado de plumas, comiendo galletitas que hice anoche, leyendo en internet sobre el top 10 de avistamientos de OVNIS en 2011, y también sobre la «carnicería» en Siria y los miles de cadáveres sin identificar que llegan a las costas de Filipinas. Tengo un cristal de aguamarina colgando de mi cuello con la esperanza de calmar la condición que te conté y también motivar mis chakras de corazón y garganta. Mi mamá recién se levanta, y pronto vamos a tomar café todos juntos en la cocina, con Rama, el perro, y Azul, el gato azul.

Ha sido una visita interesante acá en Michigan. Esta nunca fue mi casa. Mi madre se mudó aquí cuando me fui a la universidad. Siempre que vengo bromeo con que duermo en una cámara de tortura. En el cuarto de visitas, mis discos de platino y algunas tapas de revista enmarcadas cubren las paredes. Pero con lo que más me cuesta dormir es con la foto que me mira desde la mesa de luz, en la que hay un niño rubio de tres años tocando su nueva batería de juguete.

La nieve es seca y blanca, del blanco que encandila, y el cielo es gigantesco y siempre cambia de colores. Anoche una pequeña astilla de luna se elevó sobre el valle que puedo ver desde el pórtico. Pensé en buscar la cámara apropiada y sacar una foto de larga exposición, pero me conformé con una foto pixelada en mi iPhone.

Y eso, de alguna manera, encapsula ese algo, ese ¿cañón mental? del que quiero empezar a librarme este año. Una resolución de año nuevo, podrías llamarlo. Estoy usando este cristal y rodeándome de libros (que empiezo y dejo) por una buena razón. Porque todo se siente distorsionado, fuera de lugar y no del todo bien, y la sensación que me abruma es la de que las cosas nunca van a ser o que ya es «demasiado tarde». Me gustaría poder conectar con mi familia y amigos, pero realmente conectar y sentir. No es solo abrir una nueva ventana, peinar un título, omitir una introducción. Es todo o nada y es lo más aterrador y difícil que un humano puede hacer.

Bueno, todo esto es una apertura bastante solemne. Soy mejor siendo un fumeta, con los *non sequitur* y asociaciones, «apreciando» nag champa, kimonos y alfombras antiguas de seda oriental, esperando ser juzgado, siendo testigo, y haciendo panqueques.

Debo decir que amo la vida y toda su extrañeza y puedo hacerme feliz con el mar y los perros.

Espero que hayas tenido una hermosa Navidad tropical lejos del trópico. Parece ser un viaje bastante satisfactorio para vos por ahora, y esa dicotomía es de lo que se trata.

Me estoy yendo a Hawái la semana que viene, donde voy a reabrir mi discusión con ciertos tótems inamovibles, caminar en tierra roja y quizá, quién sabe, logre decodificar algo.

Ah, y mi novia vuela a encontrarse conmigo. No sé por qué no te dije que tenía novia.

¡Me gusta mucho leerte! Sigámosla, y perdón si este email está fuera de lugar de alguna manera.

Me dijiste que te lo dijera todo.

Pero esto no es todo.

Nicolas

5

Tenía novia. Tenía una *fucking* novia. Supongo que me lo había dicho 7.376 textos antes, cuando me llamó «amiga». Pero no le di entidad, quizá, porque en un idioma que no es el materno las cosas tienen menos peso. Ahora necesitaba conocer la razón por la cual nuestro futuro juntos estaba maldito, y por razón me refiero a nacionalidad, altura, color de pelo y porcentaje de grasa corporal, para empezar.

Tuve otro ataque de Google. Estaba determinada a encontrar quién era su supuesta novia. No importaba cuán hermosa, exitosa, o qué tan miembro ejemplar de la sociedad resultara ser, yo iba a odiarla de cualquier forma. De hecho, la iba a odiar todavía más si tenía algún tipo de mérito. No es nada personal, pero es la cosa más personal del mundo. Porque podría haber sido yo, y era otra. Me podría haber elegido a mí, pero la había elegido a ella. Me lo había robado. A él, sí, pero también al privilegio de que alguien me hiciera sentir, por fin, completa.

Necesité saberlo todo. De dónde venía y adónde había estado. Cómo parecía carente de personalidad y estilo propio.

Qué música vacía, de moda, escuchaba. Qué tan seco *y* graso era su pelo. Qué tanto de su cara podía *linkearse* a un pez borrón o a cualquier otro animal con aspecto enfermizo. No quise saber qué tan tierna era con él o cuán sexy le quedaba el pintalabios rojo. Quise saber lo mucho que se esforzaba por ser *cool* y rarita, e imaginarme cómo se la bajaba a Nicolas Cage con su mal aliento porque fumaba y los padres no le habían inculcado el hábito del hilo dental. Quise ver fotos de ella en bikini y adivinarle decenas de pelos encarnados en la entrepierna; mirarle fijamente la concha, e imaginar las infecciones recurrentes de cándida que volvían doloroso el sexo. La falta de lubricación consecuente, la inseguridad incipiente en él, el hartazgo. Quise ver una foto de los dos juntos y acertar, en la expresión facial casi neutra de Nicolas Cage, que la relación estaba sin duda desgastada y que ya no cogían como antes.

Cuando tenía cuatro años le arranqué de una mordida un pedazo de mano a una compañerita del jardín. No tengo recuerdo alguno del episodio, más que la risa satisfecha de mi mamá, cada vez que la escuché relatarlo. Aparentemente había un cumpleaños. Aparentemente llegamos al mismo tiempo que el nene que me gustaba y, aparentemente, mientras nuestras mamás dejaban los abrigos y saludaban a los mayores, él me dio el regalo a mí. Era un oso panda enorme, casi tan alto como yo, que tenía bordado un corazón rojo en el pecho y hacía sonar una canción cuando lo apretabas. Eso sí lo puedo ver, quizá, de tantas veces que escuché la historia. El corazón se enciende y canta con el contacto.

Las madres se rieron, pero se ve que a mí no me causó

tanta gracia la confusión porque me aferré al peluche y lagrimeé alaridos. Mi mamá me lo sacó a la fuerza y entre risas se lo dio a la nena que cumplía años y, *aparentemente*, yo fui y le saqué al oso y un pedazo de mano. Tuvieron que darle *cuatro* puntos.

Cuatro también es la edad en la que al final entendí que las mujeres iban a ser las que me arrebataran las cosas de las manos y mis rivales. Los hombres, el premio. Nunca jamás competimos contra ellos, ni en la escuela, ni en los deportes, ni en la cola para el baño, ni siquiera en los Oscar, porque no somos lo suficientemente equitativos como para hacerlo.

Puede que suene poco atractiva porque, de hecho, lo soy. Pero la verdad es que cuando intento ser algo más compasiva conmigo misma, me siento legitimada a ser frívola libre de culpa. Porque la frivolidad no es otra cosa que un síntoma de una enfermedad mucho más grave. La frivolidad es *todo* menos una cuestión que habita en la superficie de las cosas. Crecí convencida, no tanto por lo que me dijeron, sino por lo que observé alrededor, que en definitiva es como aprendemos los niños, que lo que importaba para una mujer era ser hermosa. Que ser agradable al ojo humano me iba a llevar mucho más lejos que ser inteligente, o cualquier otra cualidad. De hecho, ser demasiado inteligente o exitosa podría, a veces, hacer que fuera percibida como una amenaza. Si lograba que mi característica principal fuera mi atractivo sexual, algunos hombres podían llegar a intimidarse con mi presencia, sí, pero ninguno iba a sentirse amenazado. Me ganó por repetición la idea de que las chicas somos, básicamente, complicadas. Me creí y viví lo difícil que es trabajar entre mujeres, lo perras que pueden ser algunas, la manera en la que te pueden (puedo) traicionar cuando hay un pibe de por medio.

En la adolescencia me desconecté de mi propia feminidad porque mi misoginia internalizada la asociaba con la histeria. Siempre me sentí orgullosa de tener más amigos varones y argumenté con convicción que las minas son complicadas. Habiendo sido una perfeccionista desde que dejé los pañales, aprendí rápido y transformé en mi mandato ser exactamente lo que la sociedad pretendía que fuera. Cómo puedo no odiar a las exnovias de mis novios, o a la actual de mi futuro marido; cómo no voy a querer y pretender y rogar porque toda chica hermosa sea absolutamente *essstúpida*, cómo no voy a desearle flatulencia crónica y gingivitis a cada mujer que percibo como un agujero más a la medida que yo para cobijar todo lo que se espera de nosotras. Así que las mujeres son o amigas o enemigas. No existe el punto medio porque es en esos dos extremos donde la pija que quiero les queda vedada.

Busqué por dos horas y treinta y cuatro minutos. Nada. Ni una. Sola. Cosa. Llegué a la página 49 de Google Images y entré en un *loophole* de supuestas exnovias, pero nada actual. Encontré un artículo publicado el mes anterior por la *Rolling Stone* que proclamaba que estaba soltero y cerré la computadora con rabia.

Agarré el celular y leí la carta de Nicolas Cage veintitrés veces. Sí, era un email, pero a veces los nombres y las formas simplemente no pueden contener la esencia de las cosas. Me había escrito una carta aunque no pudiera traer el olor a café que había preparado su mamá o manchas mantecosas de la punta de sus dedos, y tampoco fuera a encontrarla años después mientras buscaba algo más en un cajón. Viví en sus palabras por días. Al revisitarlas me podía desconectar de todo, incluso de mí misma. Esas palabras habían sido escritas para mí, convirtiéndome en su dueña. Sentí que yo también podía *contárselo todo*, y ese es un lugar peligrosísimo de habitar para una chica como yo.

Tardé dieciséis días en responderle. Lo podría haber hecho a los siete minutos, claro, pero quería merodear en sus palabras, leerlas una y otra vez hasta que perdieran el sentido, o yo lo encontrara. Quería entender qué implicaba que me hubiera correspondido, y esa pregunta fue más importante que todo el resto de las cosas que pasaron de un año a otro. Se había abierto lo suficiente como para que me sintiera cerca y especial, pero todavía destilaba misterio.

Eso no era todo.

Había más.

Y yo lo quería todo.

De: holamarta@hotmail.com
Para: nicolascage@gmail.com
Enviado el: 11/01/2012
Asunto: El resto de todo, o al menos, algo más

Querido Nicolas,

Lo que más me gusta de leer es subrayar, encontrar pedazos de mí en el texto. Puede sonar ególatra porque lo es, porque a través de un otro, lo que pretendo es encontrar algo que me ayude a conectar, un poco, conmigo misma. Hay gente que a esto le llama *rapport*. Disfruté mucho de tu carta. Buscar puertas solo para salir corriendo al llegar es el único deporte que practico.

Perdón que tardé una ridiculez en escribirte. Anduve medio desconectada. Hice el experimento de dejar internet por dos semanas porque me di cuenta de que pasaba horas surfeando la web por inercia.

Escuché en la tele (en un programa de pesca del Discovery Channel) que si intentás agarrar el océano con las manos, al abrirlas siempre van a estar vacías, pero que si las sumergís abiertas en él, podés tener al océano entero en tus manos. Supongo que algo tiene que significar.

Estoy muy bien. ¡Feliz! En español la diferencia entre ser y estar es abismal; en inglés, en general, puedo hacerme un poco más la boluda. Pero creo que por fin *soy* feliz. Veo gente que quiero en vez de decirles que los extraño por internet. Paso muchas horas dibujando con mi hermanito. Juego a la canasta con mi abuela y sus amigas. Camino por la ciudad con Ramón hasta cansarnos. Como churro caliente cuando el viento se pone frío.

¡Yo también estuve en Hawái! A veces me da la sensación de que en Buenos Aires todos queremos ser de otros lados. Cené varias veces en ese restó tiki del centro porteño. También me emborraché en el bar Liverpool, vi teatro en el Broadway y, alguna vez, amanecí en plaza Francia.

Ah, y mi primo viajó a encontrarse conmigo. No sé por qué no te dije que tenía primo.

¿Qué onda allá? ¿Cuántas horas pasaste buceando? ¿Cuántas siestas dormiste en la playa? ¿Comiste calamar frito? ¿Juntaste piedras en la orilla? ¿Cavaste un pozo y te hundiste hasta el cuello? ¿Encontraste el infierno justo debajo de tus pies?

Me gusta cuando hay más preguntas que respuestas, me hace sentir menos pretenciosa.

Contamelo todo.

M.

¿Qué me pasaba? En primer lugar, todo lo de internet era mentira. No podía mantenerme alejada de mi inbox por más de cinco minutos. Pero sentí que necesitaba una excusa por haber tardado tanto en responder, y también sentí la necesidad de decorarme un poco, expresar mi potencialidad en forma de frases y conceptos que me hicieran parecer más resuelta e interesante de lo que en realidad me sentía. De ahí para abajo, todo era mentira también. O quizá, más que una mentira, una expresión de deseo.

La gente feliz no necesita aclarar que lo es.

La palabra es una forma de reafirmarme ante la duda.

El 20 de enero no recibí respuesta de Nicolas Cage. Tal vez debería haber esperado más; después de todo, yo me había tomado dos semanas para hacerlo. Pero ya había llegado al Club Med con Ramón y mi familia, y ese es el efecto que estar de vacaciones y mi familia tienen en mí, me hacen sentir extremadamente ansiosa. Estar en un lugar paradisíaco, pequeño, en el que lo único que hay que hacer es pasarla bien y relajarse, me hace sentir muy consciente, y culposa, de mi dificultad para el disfrute. Mis papás y mi hermanito no tuvieron problema en hacer, al instante de haber hecho el *check-in*, todo lo que se esperaba que hiciéramos la semana entera. Ignorar las preocupaciones de la vida cotidiana y prescindir de internet, para empezar (en el resort todo es gratis y libre excepto el acceso a la red, que va en contra de la política de desconexión-conexión que proponen, y cobran a precio dólar). Mientras mi papá se paseaba por los varios bufets y bares comiendo y bebiendo hasta quedarse dormido en una reposera al lado de la pileta, mi mamá cumplía con toda actividad deportiva programada, y mi hermanito era adoctrinado y esclavizado por el club de niños, yo navegaba en mi cabeza. Con Ramón atado al pie —en Estados Unidos llené un par de papeles y logré registrarlo como «lazarillo emocional», lo cual me permite llevarlo a todos lados conmigo—, tirada en la playa como un lagarto, no hacía más que pensar y repensar en cómo Nicolas Cage estaba arruinando, una vez más, todas las tardes lluviosas encamados mirando pelis y cogiendo, las escapadas de fin de semana, los hijos y los perros con su incapacidad de responder de manera oportuna. Las horas pasan excesivamente lentas en la calma costera y el 20 de enero, impulsada por una casualidad forzada, compré treinta minutos de internet y le volví a escribir.

De: holamarta@hotmail.com
Para: nicolascage@gmail.com
Enviado el: 20/01/2012
Asunto: Sin asunto

Hace 67 segundos terminé de leer un guion en el que el nombre del protagonista es Nicolas y sentí muchas ganas de leerte. Pero sé que es viernes y todas las palabras se preparan para suicidarse el fin de semana, o están demasiado preocupadas por el tráfico de las seis que van a encontrar para escapar de la ciudad.

Sent from my iPhone.

Veintisiete minutos después, el teléfono me dijo que tenía un email. No sé bien qué esperaba cuando cliqueé su nombre con el corazón palpitando en las manos, pero definitivamente no lo que encontré.

De: nicolascage@gmail.com
Para: holamarta@hotmail.com
Enviado el: 20/01/2012
Asunto: Re: Sin asunto

Eso es un poema
Y esto también
:
«The Enormous Window»

Within closets filled with nebulae
the bloodshot eyes
swim upward for the sun
This world of serpents and weeping women
is crushed in the violence
of a swamp large enough to contain
the enormous razor blade of the night

In the tropics
the doctors prescribe
sand for the heart

Ad astra
Ad astra

With fire spitting across the horizon
and like a little flake of flesh
bashed against our heads
midnight seeps through the marigolds
in the garden no longer quiet
as corpses float through its arbor of palm trees

Neurasthenics
with young blood
ride to the stars
with horses from Peru

Tomorrow evangelists
the following day toys fall in love
the last moment brings rabid boys
beating their fathers with lightning rods --

Ad astra
Ad astra

Bueno, eso es solo la mitad, ¡de Philip Lamantia! Quisiera transcribírtelo entero pero estoy desde el celular y me tengo que ir corriendo.

¡Hoy me voy a comprar una casa!
¿Cómo van las cosas «allá abajo»?
Nicolas

Sent from my iPhone

Giré hacia la mesa de luz, y excesivamente afectada, casi con miedo, acaricié *Touch of marvelous.* Era uno de los tres libros que había elegido para el viaje y me creí que algo tenía que significar, que lo nuestro también iba a llegar hasta las estrellas. Busqué el poema y lo leí en voz alta. Cerré los ojos. Acostada en la cama, con el libro contra el pecho, lo imaginé sentado en su sillón de cuero verde, copiando de la página al teléfono para mí, y me sentí acogida. Pero la sensación solo duró unos segundos. Mi mamá entró, sin llamar, a la habitación que compartíamos con mi hermano.

—¿Qué hacés acá encerrada? —dijo mientras señalaba con la nariz el tufo y se dirigía a abrir cortinas y ventanas—. Te busqué por todos lados, te estamos esperando para comer. Apurate. Y ponete linda, dale. Hoy es noche de Brasil.

Salió con el mismo impulso con el que entró. «Noche de Brasil» significaba que los huéspedes teníamos que vestirnos con los colores de la bandera nacional. Y que todo el resto de la velada iba a ser redundante.

Di un par de vueltas por el salón repleto de otros modelos de la misma familia, hasta que vi a mi papá y mi hermanito caminando con platos rebosantes.

—*Wow!* ¿Todo eso te vas a comer, Leoni? —le dije robándole una papa frita del montón que tenía entre siete piezas de sushi, un *hot dog* y un charco de *feijoada*.

—Sí, que aproveche que acá no nos cobran y tu mamá no se puede quejar —respondió mi papá.

—¿Me acompañás a buscar comida? —le dije a mi hermano.

Era mi primera vez en un Club Med. Mi familia empezó a ir de vacaciones a distintas sucursales de estos *resorts all inclusive* «de lujo» cuando se convirtieron en nuevos ricos con la crisis del 2001. Digo «de lujo» porque la gente que realmente consume lujo no se hacina con otra a comer de un bufet mediocre rodeado de gritos, en una especie de *club house* donde veranea la gente que vive en barrios privados. Es el típico lugar donde vale más el hecho de poder pagarlo que la experiencia en sí. La adolescencia me permitió elegir quedarme, y hacer vacaciones también, pero de la dinámica familiar. Sin embargo, ahora no los veía desde que me había mudado a Estados Unidos, y quería pasar tiempo con mi hermanito que, a sus seis años, se negaba a hablarme por teléfono.

Caminamos agarrados de las manos cantando «María la Paz», dando algunos pasos al costado y, otros, *pa' tras*. Mi hermano se reía y me miraba de una forma que me hacía sentir mucho más alta. Una mano que no vi llegar agarró la que tenía libre y se nos unió. Los GO son lo mejor y lo peor del Club Med. Son los locales hincha huevos de veintitantos a treintaypocos que te persiguen durante el día insistiendo en sumarte a todo tipo de actividades. Y son los chabones y minitas, de veintitantos a treintaypocos, con cuerpos esculpidos por el sol, la arena y el mar, que de noche se emborrachan hasta el *blackout* y se involucran en romances de una semana con vos.

—*Você é tão jovem e tão bonita que ele parece mais seu irmão do que seu filho* —me dijo Unrubiotaradobronceadoydivertido.

—*Es* mi hermano.

—*Ah muito bom, muito bom. ¿Como são chamados os irmãos?*

—Marta, y él es León. ¿Y vocé?

Unrubiotaradobronceadoydivertido me dijo otro nombre que ya no recuerdo y que no faltara al boliche esa noche, que íbamos a divertirnos.

Mi papá arrancó la conversación en cuanto nos sentamos, señalando con las cejas a una pareja de americanos que compartía la mesa redonda estilo *Miss quince* con nosotros.

—Estos titos son *galácticos.*

Eran dos, pero ocupaban más espacio que nosotros cuatro. Se habían servido comida (y postre, supongo para no volver a levantarse) para seis. Además de la docena de platos, cada uno tenía dos vasos *extra large* con más hielo que gaseosa, un tercero empezado, ella un Bloody Mary, y él, creo, una caipiriña.

—Mirá, mirá, mirá —me codeó—, mirá a Titamanía —Tita, Titamanía, Tito, Titos, son todas las personas que mi papá no conoce y sobre las que tiene algo que decir—. Tita —le dijo ahora a ella—, mirá que no te cobran si dejás comida en el plato, eh. —La señora, todavía engullendo, le respondió en inglés que no hablaba español—. Que qué *very good the food* acá, ¿no? —Todos esbozamos una sonrisita y asentimos a coro—. ¿De dónde son? —les preguntó inaugurando un diálogo que siguió entre muecas, señas y spanglish.

—De Wisconsin. ¿Y ustedes?

—Argentin

—¡Ahhhh, Maradona! —interrumpió «Tito».

—¡*El mais grande du mundo*! —respondió mi papá—. Sí, pero mi hija, acá, vive en los Estados Unidos de América porque es actriz

—Papá...

—Ah, ¿sí? ¡Qué bien, felicitaciones! ¿Películas? ¿Teatro? ¿En dónde podemos verte?

Mi papá respondió por mí y les dijo que había ganado un Oscar. Lo quise interrumpir para explicarles que no era así, que el Oscar lo había ganado la película, que yo solo aparecía muerta y en pelotas, pero abrí la boca y la volví a cerrar. Mientras él se llenaba la suya hablándoles de mi futuro prometedor, me distraje admirando la determinación y detalle con el que «Tito» comía *chicken wings*. A su izquierda tenía un plato colmado de alas fritas estilo coreano, con salsa agridulce y semillas de sésamo blanco y negro, enfrente dos bols —uno con salsa *ranch*, o quizá fuera un *dip* de queso azul, otro con bastones de apio y zanahoria— y, a su derecha, el plato donde dejaba los huesos. Tomaba una alita con la mano, hundiendo los dedos un tanto sobre la carne para tener mejor *grip*, la mojaba en esa otra salsa, y le daba el primer mordisco a la parte más carnosa. La separaba unos centímetros de la cara, observaba su propia huella mientras rescataba con la lengua el sabor que le había quedado en la comisura de los labios y todo alrededor.

Las luces frías del comedor rebotaban en la superficie glaseada haciéndola brillar todavía más; a un metro y medio de distancia, yo podía distinguir los folículos plumosos en la piel. Después se la metía casi entera en la boca, girándola hacia un lado y otro sobre su propio eje, como quien ajusta la frecuencia buscando algo en el dial. Chupeteaba el hueso, y con los dientes separaba el cartílago y lo trituraba. El ruido que Tito hacía al comer se escuchaba con los ojos, un beso adolescente en el reservado de un boliche. Mordía, succionaba, una y otra vez, hasta dejar el hueso completamente pelado, limpio como el sonido de un silbato, lo apoyaba en el plato a su derecha, se chupaba los dedos y volvía a empezar.

—Bueno, ¿qué novedad? —volvió mi papá.

—¿De qué?

—¡De los castings! ¿Cómo venís?

—Ah, bien. Qué sé yo. Bien.

—¿Tuviste muchos este mes?

—Sí..., un par. Igual, ahora en febrero seguro tenga muchos porque empieza *pilot season* y hacen todos los castings para las series nuevas que van a comenzar y eso. Tuve ese que les conté, y hoy mi agente me pidió que le mande un autocasting.

—¿Para una serie? —me interrumpió.

—Una película. Es bastante bueno el guion, va a protagonizar Benicio del To

—Es una máquina él. Buenísimo —me volvió a interrumpir.

—Sí..., igual es un casting. Voy a ver cómo hago para grabarlo acá. Tengo que conseguir a alguien que me lea por Skype o algo... —eran *Buffalo wings.* El bozo de Tito ahora relucía sudor y toda su cara mostraba el ardor.

—¿Y cuándo empezás a filmar la película?

—¿Qué película?

—La que nos contaste que te habían seleccionado.

—Ah. No —lo peor de todo era tener que explicarlo—, no dije que me habían seleccionado, dije que parecía que me habían seleccionado, que habían dicho que yo era la primera opción. Pero nada, ¿qué va a pasar? Lo mismo que pasa siempre, papá.

—¿Qué pasó, Marti? —preguntó León y vino a abrazarme.

—Que el director en teoría me amaba, que me hicieron ir a tres *callbacks*, que hice la prueba de cámara con los directivos del estudio, la prueba de química con el boludo de Josh Hutcherson, pero al final eligieron a otra. Lo peor de todo es que la directora de casting le había dicho a mi agente que el papel era mío, y nunca hacen eso. Jamás te dicen nada de nada a menos que te den el papel. No es que te llaman para avisarte que no te seleccionaron, o que fueron por otra. Pero pasaron dos semanas y la oferta no llegaba. Y yo no quería ponerme impaciente, no quería quemarle la cabeza a mi agente, porque sabía que si tenía alguna novedad me iba a avisar. Y un día la llamé y me dijo así como si nada que no, que al final los productores habían decidido ir con alguien «con nombre»

—¡Tito! —Mi papá frenó al mozo que pasaba por al lado como colectivo—. ¿Te puedo pedir más vino por favor?

Aproveché y pedí una Coca-Cola pero el mozo me dijo que eso tenía que servírmelo de la máquina del bufet, que estaba al lado de la mesa dulce, que el servicio de mesa era solo para bebidas alcohólicas. Fui hasta la fuente y esperé, atrás de un grupito de nenas de diez, doce años. Empujaban los vasos contra el dispensador una y otra vez, sirviéndose hielo, hielo y más hielo, y no paraban hasta que caían unos cuantos al suelo. Después, repetían presionando el botón de gaseosa. Algunas, incluso, las mezclaban entre sí. Fanta-Cola. Sprite con Guaraná. Hablaban sin parar, a la misma velocidad con la que la bebida salía ilimitada de la máquina, unas encima de las otras, y se reían de la última a la que el derrame de jarabe carbonatado le había empapado la mano sugiriendo que, quizá, era hora de frenar. Volví a la mesa con las manos vacías y me sumé al vino de mi papá.

—¿Está rico, Leoni?

—Es una hazaña cómo logran que platos de todas partes del mundo sepan exactamente igual —contestó mi mamá—. ¿No, Piru?

Mi papá asintió sin haber escuchado y contó que en la pileta había estado hablando con el exentrenador de Gabriela Sabatini. Mi mamá parecía al borde de algo, no sé bien qué. Mi hermanito se subió a la silla, pegó un grito, un salto y se fue corriendo.

¿Todas las relaciones devienen, tarde o temprano, en las conversaciones que mantienen mis abuelas cuando se juntan? Cada una habla de lo que le place —de aquel primo atribulado, los veranos en el campo, lo que dijo tal sobre la hija de, el doctor, o lo sola que se siente—. Se turnan para hacerlo y fingen escucharse, mientras no hacen otra cosa que esperar su turno para hablar, generando la ilusión de una conversación que no es más que dos monólogos entrecruzados.

Me pregunté una vez más por qué no se separaban. Estaba convencida de que las parejas en general, y mis papás en particular, no se separaban por los hijos. Pero cuando mi mamá habló, habló de una amiga del barrio privado, la que le había recomendado no sé qué tratamiento estético, de las vacaciones de invierno, de Europa, y me pareció que, en realidad, le estaba listando a mi papá las razones por las cuales no le pedía el divorcio.

Desperté con la luz del sol que entraba por la ventana, todavía algo borracha y semivestida, al lado del cuerpo desnudo de Unrubiotaradobronceadoydivertido. Tuve que volver corriendo y a la vez sigilosa a mi habitación, antes de que se levantara mi hermanito y destrabara la puerta que interconectaba con la de mis papás porque, a pesar de vivir sola en otro país, estando frente a ellos no sentía derecho a hacer mi vida.

Así seguí todo el resto del verano. Buscando que la confirmación constante de mi atractivo sexual reemplazara el rechazo emocional de no sentirme amada y esperando los mails de Nicolas Cage que llegaban con letargo. ¿Intentaba, así, establecer un límite y yo fallaba en reconocerlo por mi mismísima dificultad para ponerlos? Tuve miedo de estar forzando un vínculo, o más bien aceptando uno que no era el que quería tener en realidad, con tal de no perderlo del todo. Pero Nicolas Cage no desaparecía ni se acercaba. Sentí que me ponía en el congelador, que me «guardaba para después» y eso me enojaba y excitaba a la vez.

Durante los tres meses que estuve trabajando en Buenos Aires, mantuvimos la correspondencia pero algo había cambiado en él después del viaje a Hawái. No parecía dispuesto a asumir ningún compromiso emocional aparte del que ya había hecho. Cuanto más se alejaba, más firme era mi afán de cercanía; entonces, cuando venía por mí, me tenía que asegurar de darle espacio. La privación se hacía carne cada vez que él se alejaba: no solo lo deseaba sino que lo *necesitaba,* y esos dos verbos chocaban de manera fatal, dejando solo en pie la obsesión. Me propuse tratar a Nicolas Cage como a un animal salvaje: si me abalanzaba sobre él, iba a espantarlo; tenía que ganarme su confianza de a poco, ofrecerle algo tentador y sonreírle desde una distancia prudencial.

Esperé —y desesperé— una y otra vez a que lanzara la primera piedra y después sí, yo intentaba ser lo más graciosa, inteligente y seductora. Cada vez que nos escribíamos era la primera y última vez al mismo tiempo. La emoción a la altura de la situación, cada palabra justa, nueva e inspiradora, pero solo parecía durar tanto como la escritura en sí misma. No había garantías y la idea de un posible encuentro se fue alejando cada vez más mientras las conversaciones siguieron espaciándose.

Una mañana de marzo abrí mi buzón de mail temblando, de abstinencia, y su correspondiente pánico incipiente, para releer, por décimo día consecutivo, el último mail que le había mandado. El alcohol nos vuelve *needy, clingy* y un poco *creepy.* Nos hace escribir con errores de ortografía también. Mi mail era una versión pretenciosa y posmoderna del joven Werther, tres páginas enteras de verborragia amorosa. Mientras asfixiaba la vergüenza en la panza de mi perro, su respuesta finalmente llegó, más casual que nunca, y me sentí aliviada, pero no tanto.

De: nicolascage@gmail.com
Para: holamarta@hotmail.com
Enviado el: 19/03/2012
Asunto: Re: Astromancia

¡Hola, Marta!

¿Cómo estás? ¿Seguís en Argentina?

¿Tenés algún tipo de interés en ver nuestro show mañana? Te pongo en la lista +1 por las dudas.

Estoy alojado en el Four Seasons hasta el viernes.

¿Quizá podemos ir a tomar un *milkshake* de carne por Pahlermou?

No te gastes en buscarlo en Urbandictionary, me refiero a un bife puesto en una licuadora con leche.

¿Por qué decís que tenés un corazón terrible?

Qué miedo.

Nicolas

6

Nicolas Cage estaba en Argentina, a tres barrios del barrio en que nací. La única sorpresa era su ubicación exacta.

Hacía mes y medio me había desayunado con una gigantografía a la vuelta de mi casa que anunciaba a Unabandafamosa como *headliner* del Lollapalooza. Desde entonces imaginé, con mayor detalle cada día, mi reinado de local. Compré varias plantas y sábanas nuevas, reacomodé los muebles, conseguí un cuadro para el living. Las mejoras iban a hacer que pudiera cobrar más caro el alquiler temporal al volver a Nueva York a fin de mes.

Mi casa en Buenos Aires es un departamento de tres ambientes que mis papás me donaron cuando les dije, a los veinte, que me iba a ir a vivir con mi novio. Querían darme lo más importante para una hija: educación y techo; los cimientos sobre los que yo podría sostener una vida. Con el esfuerzo de muchos años y el golpe de suerte del 2000, estaban listos para entregarme las llaves de mi emancipación. Encontramos el departamento en dos meses, pasé seis haciéndole arreglos, usé un anillo de compromiso y, cuando llegó la hora de mudarnos, me fui del país.

Esa tarde quería ponerme algo que tuviera onda, que fuera cómodo, sexy y tierno a la vez. Me cambié una, dos, siete veces, hasta que me resigné con una combinación que cumplía con tres de los cuatro requisitos: cómoda no estaba.

Invité a Unaamigadelafacultad —no la veía hacía tres años— que me pasó a buscar en taxi. Nos bajamos a nueve cuadras del estadio, porque el taxista dijo que más no nos podía acercar.

Llegamos corriendo muy sobre la hora hasta la ventanilla donde un policía me indicó retirar las entradas. Del otro lado, tres mujeres que hablaban entre sí y me juzgaron de inmediato; quizá, sonreí demasiado. Les dije que estaba en la lista; preguntaron cuál; «La de Unabandafamosa»; se hicieron caras; dijeron que no había ninguna lista, que espere «un cacho». Me puse impaciente pero sobre todo nerviosa. ¿Estaba en la lista?

Una de las mujeres desapareció, volvió, llamó a las otras, desde el fondo.

Se hizo un silencio extraño... y Unabandafamosa empezó a tocar. Después de unos acordes de guitarra solitarios, la voz de Nicolas Cage rugió en la noche, alumbrando Núñez, moviendo el suelo.

La más bajita de las tres mujeres trajo una caja llena de sobres blancos y la puso sobre una mesa plegable. Caminó con los dedos sobre los lomos, paseando. Después de varias idas y vueltas levantó uno sin ganas, lo abrió y moviéndose hacia mí sacó una notita y cuatro pulseras de adentro: dos de purpurina plateada holográficas y dos naranja fluorescente. Vi que el sobre tenía mi nombre escrito a mano cuando lo dejó a un costado, junto con la nota. Me dio las pulseras naranjas, y con las otras dos todavía en la mano dijo: «Diviértanse».

Entré al Monumental como si fuera el cumpleaños de alguien a quien no conocía y al que no había sido invitada. Levemente incómoda, fingiendo un propósito, sintiéndome observada. Solo que nadie me miraba. Y a mí me había invitado Nicolas Cage.

Entonaba el segundo tema, el himno de mi generación, hacía ya dos estrofas. Caminé determinada, sonámbula, por el campo, en dirección al escenario, braceando entre más de treinta mil personas, dejando a Unaamigadelafacultad siempre un par de pasos atrás. Por momentos, la voz de Nicolas Cage parecía llegar de más lejos: había un viento tremendo que robaba el humo del escenario y traía ráfagas de él, y del canto, que se mezclaban con el polvo arremolinado del suelo y el olor a tabaco.

Noté que su color de pelo había cambiado. Su corte también. Lo llevaba más largo y con raíces verdes. No reconocí nada de lo que tenía puesto. De no ser por una de las pantallas gigantes que iluminaba mi cara con la suya, tampoco lo hubiera reconocido a él. En el escenario tomaba otra forma, otra potencia, otro ritmo. Era otro.

Sentí que nos mirábamos, aunque yo lo mirara a él, que tenía la vista perdida en mi dirección, cuando recibí un codazo en la nuca seguido de un «Caaaaraaameloo', cerveza, agua». A mi lado, un grupo de pibes y pibas fumaba porro y hablaba a los gritos de la banda que había tocado antes. Empezó a lloviznar.

Nicolas Cage se sentó al borde del escenario con las piernas recogidas y dijo que iba a cantar un tema nuevo. Con una mano sostuvo el micrófono, como espejo, con la otra se rascó la cabeza. Se peinó. Le dije a Unaamigadelafacultad que iba al baño, pero me dejé arrastrar por el mar de gente, hacia él.

Me pareció escuchar una frase de nuestros mails. Aunque me costaba reconocer lo que llegaba a mis oídos. No eran las más de cincuenta mil voces desafinadas que acoplaban, sino que la suya sonaba más dulce que nunca. Me fui acercando más y más, mirándolo, siendo su fan; queriendo que me viera y me cantara una canción.

Terminó el recital y volví a darme cuenta de que las pulseras naranjas eran las de admisión general... ¿Las holográficas eran para entrar al camarín? Igual, estaba empapada y tenía hambre, y así no quería verlo. Era mejor volver a casa, cambiarme, retocarme.

Le mandé un mail diciéndole que estaba para hacer algo más tarde, que me avisara qué plan.

Me dije que iba a esperar su respuesta hasta las doce.

Hasta las dos.

Las tres.

Las cuatro de la mañana.

Me desperté en el sillón del living con sol y resaca partiéndome la cara, maquillada y vestida. Pasé los siguientes dos días yendo a trabajar y esperando también, esta vez el mail que dijera hora y lugar para el encuentro palermitano que él mismo había propuesto, que tampoco llegó.

Al tercer día me levanté. Nicolas Cage ya estaba fuera del país, y yo estaba dispuesta a volver a mi vida. Me depilé —otra vez—, dediqué cuarenta minutos a maquillarme y peinarme, y me fui a un bar a ver a mi primo, que estaba con un grupo de amigos entre los que había uno con el que había estado un par de veces.

Al rato de llegar, me encontraba otra vez ensimismada y aburrida, haciendo una crítica minuciosa en mi cerebro de todo lo que veía, cuando llegó Nicolas Cage desde los altavoces del lugar. Fue un chiste de esos que no te causan gracia, te hacen mirar con desprecio y negar con la cabeza. Me distrajo del enojo el ruido de una risa forzosa. La chica que estaba enfrente de mí, la que se cogía a mi primo, unía las manos en un rezo pagano y las sacudía. Se reía más y tiraba la cabeza para atrás. Se reía sola. Se reía fuerte. Se reía haciendo notar su risa y con cara de sorprendida le negaba con la cabeza a absolutamente nadie. Me quedé mirándola fijo como diciéndole ¿De qué carajo te reís? Y en ese momento *supe*, en un solo instante, todo a la vez. Que tenía que preguntárselo en voz alta, y en un tono más amable. Que su risa, sus ojos, y todo su acting rogaban que alguien le pidiera una explicación. Y que Nicolas Cage era parte de esta.

No me sorprendí en absoluto cuando me dijo que conocía a los chicos de Unabandafamosa, pero sí cuando reveló que los había conocido ahí mismo, tres noches atrás. Traté de disimular mi incredulidad, rabia y angustia con poco éxito, y como una pésima actriz, le dije que *woooow* que qué onda, que si eran copados. Me dijo que sí, que mucho, que se había quedado charlando con el bajista hasta las siete de la mañana, que lo había acompañado al aeropuerto. Dije que qué bueno y la aguanté dándome detalles por cinco minutos más. Después le pregunté qué onda Nicolas Cage, que si era tan simpático y divertido como parecía. Me dijo que no lo había conocido. Que escuchó que se había ido del show directo al hotel porque había llegado de visita sorpresa su nov... No escuché más. Esperé a que dejara de mover la boca. Junté mis cosas. Y me tomé el primer taxi que encontré.

Al llegar a casa, la caza no fue tan difícil como había sido la primera vez. Escribí «nicolas cage novia» y encontré lo que hasta el momento no había encontrado solo porque no había vuelto a buscar:

Rebecca Owens

En mi cabeza, su novia era de revista. Rubia, con la piel bronceada y músculos tonificados, tetas gota de miel, labios rusos y ojos de gato. En mi cabeza su novia era una modelo de Victoria's Secret y, en la realidad, también.

Hice escrutinio de su perfil en toda red social donde la encontré. Facebook, Twitter, Instagram, Tumblr y hasta Pinterest, donde tuve acceso a su *moodboard* titulado «Dpto boho-minimalista en Chinatown». Pronto conocí la geografía de su año, el recetario de su abuela, cómo se veía de nena y cómo se iba a ver en cincuenta años gracias a una aplicación de filtros gratuita. Exactamente igual a su madre.

Cuando *scrolleando* llegué a la última página disponible de Google Images, volví a empezar «francesa tenía que ser es linda quién se cree que es se hace la nerd DIOS qué flaca acá parece que tuviera un leve retraso fuera de joda bidimensional es sale a comer pide una ENSALADA sí quiero la ensalada de la casa porfa el aderezo aparte puedo sustituir el pollo por más verdes sin remolacha ni tomates también sacale las nueces sí eso quiero un pedazo de lechuga nomás graciasssssayshgrrrrrrqué cuerpo que tiene la hija de puta pará pará pará un cachito pará o sea yo pensé que multitasking era hacerle mimos al perro con la mano derecha cortar el papel higiénico con la otra pasármelo por el culo sosteniendo el teléfono con los dientes pero quizá sea sacarte una selfie mientras te peinan qué bien rebecca sos un gurú directamente igual un poco se le ve la piel como ñññnni no parece tan seguro tiene granitos en la espalda y el culo el bozo medio manchado acá o no parece que hubiera amamantado a tres pibes con esas tetotas va a estar hecha mierda cuando tenga treinta qué edad tiene a todo esto es más chica que yo seguro todas amigas modelos de qué hablan cuando se juntan de kale tránsito lento yoga jugos organic avenue detox osho bolsitos de celine sufren porque tienen que hacer una campaña de verano en invierno ay qué tiernaaaa si estás tan buena que solo podés hacerte la graciosa y poner cara de boluda seguro querés ser actriz no encima va a terminar consiguiendo un papel sin haber hecho absolutamente nada podría tener un poco más de onda igual siento que en foto da sexy pero en persona cero sex appeal por quéééééééééé sale con ella se ganó la lotería genética nacer no es virtud cupcakes cupcakes hace ni pedos te tirás no becky seguro se ríe como una idio...». Una foto en la que estaba completamente desnuda, con las manos atadas, colgada de un gancho de carnicero en medio de un frigorífico, realizada para *Vogue* Italia, me frenó en seco y todo devino en tetas y vello púbico.

Rebecca Owens no se depilaba y no le importaba. Parecía mucho más mujer que yo, incluso siendo más chica. A los diecinueve, estaba completamente desnuda empapelando Google con su concha peluda mientras yo no podía ni coger con luz día. Parecía tan... libre. Fácil. Iba y venía, salía, bailaba, viajaba, se divertía: vivía como si los días fueran un recurso desechable ilimitado, en vez de esa cosa que se te escurre entre los dedos y no se recupera jamás. ¿No estaba apurada? ¿No la corroía el paso del tiempo, el miedo a volverse vieja y fea? ¿El terror a terminar sola? Si era así, no se le notaba. ¿Había hackeado el sistema haciendo que las cosas estúpidas fueran lo más importante? ¿Era más inteligente que yo? ¿Superior?

Me quedé mirando fijo las tetas de Rebecca Owens por un par de segundos más y pensé que las mías eran más lindas. Me di cuenta de que me sangraba el labio de tanto morderlo y de que estaba haciendo movimientos pélvicos sutiles, en el lugar, hacía rato. Me bajé las tiras de la musculosa dejando las tetas al descubierto, y empecé a acariciármelas despacito. Me imaginé abriéndole el ojo con los dedos pulgar e índice y colándole la lengua adentro. Para molestarla y someterla, sí, pero también para tocarla en un lugar donde nunca nadie la hubiera tocado. Me masturbé violentamente viendo fotos de la novia de Nicolas Cage en internet, imaginando que me la cogía con una botella de Heineken. Cerca del orgasmo, mi lujuria febril tenía poco y nada que ver con el deseo. Me estaba fregando el mogul rosa lo más fuerte que podía, haciéndome doler, y cuanto más me dolía más me calentaba y más fuerte me restregaba. Era como si quisiera arrancarme no solo el clítoris sino algo más del cuerpo, quizá el cuerpo en sí. Más que tocarme me rascaba, escarbaba mi vagina queriendo desenterrar algo.

Acabé, vi su cara devolviéndome la mirada desde la pantalla, y sentí mucha vergüenza y pena de mí misma. Quería odiarla, pero las ganas de lastimarla desaparecieron al instante de haber acabado y todos los pensamientos que me habían calentado me dieron asco. Yo me daba asco. Quería creerla estúpida, pero eso significaba que Nicolas Cage era lo suficientemente estúpido como para estar de novio con una estúpida, y no podía creer eso. La única estúpida era yo. Y quizá, el amor. El amor es estúpido, duele, lastima.

A mi papá no le gustaba que se viera tele mientras comíamos, pero tampoco hablaba mucho. Lo que sí, después de cenar mirábamos películas. Durante la semana, en el cable; los viernes a la tarde íbamos al videoclub y alquilábamos tres. Eso era algo que hacíamos en familia, algo que mis papás compartían conmigo aunque no me participaran en la elección de las películas y sus elecciones no me tuvieran demasiado en cuenta.

Una noche, mi mamá le rogó que la dejara ver *El joven manos de tijera* en la catorce pulgadas de la cocina, porque era una de sus películas preferidas o porque estaba enamorada de Johnny Depp. Tuve mucho miedo cuando apareció la figura despeinada en el ático: ese hombre pálido y ojeroso, lleno de cicatrices en la cara, enfundado en cuero negro y ganchos de metal, con manos de tijeras. Me puse a llorar. Mis papás se rieron y dijeron que era una película romántica, que no fuera tonta, que no fastidiara. Se ve que insistí con el asunto porque mi mamá me dijo que la dejara ver la película en paz y que si me daba tanto miedo me fuera a mi cuarto a jugar. Pero a mí también me daba miedo ir hasta el cuarto sola, así que me quedé, callada. Esa noche, el joven manos de tijera se mudó al living de casa, y se quedó viviendo ahí cuando nos fuimos, a mis dieciséis años, por el nacimiento de mi hermanito. Camuflado entre las guitarras de mi papá y la cortina de gasa que flameaba —las ventanas nunca estaban bien cerradas—, me acechaba día y noche. Se metía en mis sueños y los transformaba en pesadilla también.

Quizá fue de ahí que saqué la idea de que el amor duele, de que la persona que te ama te puede lastimar y viceversa.

Oliéndome los dedos, tijeretéandolos entre la boca y la nariz, pensé en cómo sería volver a ese departamento ahora, en cómo cruzaría el living sin tener que hacerlo corriendo, en cómo lo haría incluso con las luces apagadas, en cómo había llegado hasta Nueva York.

Pensé también que quizá el amor fuera como el resto de mis problemas. Mutante, siempre cambiante, y a la vez el mismo sentimiento. Cuando tenía dos años, tirar la cuchara de plástico al suelo desde mi sillita era irresoluble; a los siete, seguir haciéndome pis en la cama y ser la víctima de todos los chistes en la escuela era el fin del mundo; a los veinte había sido que no me viniera; a los treinta y dos, cuando estuviera casada, iba a ser que no no me viniera; a los cuarenta, querer divorciarme y no animarme a hacerlo; a los cincuenta, que no me venga de nuevo; a los setenta mojar la cama; a los ochenta la cuchara otra vez. Pero ninguno de estos problemas iba a ser realmente un problema un par de meses o años después. Había escuchado que el tiempo siempre acalla al dolor, y aunque todavía no decidía si eso era terrible o hermoso, o terriblemente hermoso, o hermosamente terrible, sabía que, al menos en ese sentido, el tiempo no estaba en mi contra.

7

Nicolas Cage me mandó un mail al llegar al siguiente país pidiéndome perdón y noticias. Había comido de más, se había sentido mal, la gente de la discográfica lo había tenido de un lado a otro; sentía mucho no haber llegado a verme. Le respondí las preguntas, le hice nuevas, e ignoré por completo lo que sentía en realidad. Esperé, una vez más, su respuesta, que iba a ser otra carta, ya no por su contenido o extensión sino por lo que tardaría en llegar. Nuestra conversación se volvió dura y seca, como todo lo que muere. Sus últimas palabras, una versión descolorida y fría de lo que alguna vez habían sido.

Toda carta demanda una respuesta, y cuando las semanas y los meses pasaron sin ella, supe que la correspondencia se había convertido en un monólogo y que el sentimiento ya no era, por definición, correspondido. Al estar involucrada no podía ver más allá de la desilusión del instante en el que me encontraba, pero confié en que todo es cuestión de tiempo, que el tiempo pasa y pasa todo el tiempo, y que, tarde o temprano, su recuerdo iba a desaparecer como el de cualquier otro sueño después de despertarme.

Volví a una Nueva York que no parecía haberme extrañado. Había seguido adelante sin mí. El *diner* de la esquina de casa había cerrado y otro igual ocupaba su lugar. Los colores, la gente y las mesas estaban ya en la calle, la ciudad entera florecida, y el calor del verano se sentía de lejos, como un perfume carísimo que anuncia la llegada de alguien importante. Los días me pusieron expansiva. O quizá, fue la posibilidad de volver a hablar inglés con alguien más que mi cabeza.

A la semana de llegar, pidieron verme para *Star Wars*. El deseo de ser otra es tan viejo como mi memoria —siempre insistí en ir disfrazada a todos lados—, pero fue a los seis años que se me abrió esa nueva dimensión donde podía desaparecer por completo: el inglés. Descubrir el lenguaje por segunda-primera vez, solo que plenamente consciente de estar asistiendo al acto, me resultó fascinante. Adelanté todas las tareas del ciclo escolar y completé el libro de ejercicios antes de mitad de año. Las palabras me resultaban tan livianas que me atrevía a inventar nuevas para reponer las que no sabía y lejos de sonar torpe o sentirme tonta, me sentía muy inteligente. Mis barbies empezaron a hablar un idioma engendrado, colorido y musical, en el que yo misma me perdía por horas.

Siempre me resultó más fácil actuar en inglés. Solo tengo que abrir la boca, dejar salir las palabras, y ya soy otra. Los actores franceses son todos excelentes porque no tengo registro de cómo se es falso en francés. En Argentina nunca había podido llorar a demanda, y todos sabemos que la calidad actoral se mide en la facilidad para el llanto. Pero cuando empecé a actuar en inglés, sentí la diferencia de inmediato. Decir *I need you* me conectaba con una angustia profunda, me permitía bucear en mí en busca de sentimientos que, como no me reconocían, no salían corriendo a ocultarse, y yo podía atraparlos, sacarlos a la superficie y exhibirlos frente a cámara.

Me llegó por mail la descripción del personaje: «20 a 40 años, acento americano (abierto a todas las etnias). Atractiva, en forma, inteligente. Hermosa mujer cuya sonrisa puede poner fin a una guerra» y la escena que tenía que preparar, una que reconocí de inmediato. Era la del bote de *La boda de mi mejor amigo*, la de «Kimi dice que cuando amas a alguien se lo dices, lo dices ahí, en voz alta, de lo contrario el momento se pasa, se pasa y se va».

Llegué quince minutos antes y tuve que irme a dar una vuelta porque estaban una hora atrasados y no había más lugar en la sala de espera. Entré, inevitablemente nerviosa, después de haber tenido sesenta minutos para compararme con el *array* de mujeres que había escaneado mientras llenaba la ficha, hice la escena una sola vez y el director de casting me despidió con una sonrisa fabricada al ritmo de: «Buen trabajo, gracias por venir». Cuando salí del metro de vuelta a casa, me encontré con una llamada perdida de Miagente y un correo de voz que decía: «Llamame».

Quería saber si seguía con las clases de acento, y si no podía tomarlas más seguido; dijo que no me lo tomara a mal, pero que volver a Argentina a hacer esa película indie había sido, como ella me había advertido, contraproducente, y que el director de casting la había llamado enojado, reclamándole que lo conocía demasiado como para hacerle perder tiempo en plena carrera para encontrar a su próxima estrella con una chica que no sabía hablar inglés.

Los primeros dos meses se transformaron en seis. Al principio, como no lo veía, lo veía en todos lados. Sus canciones sonaban en las fiestas, los chicos se vestían como él, las chicas repetían sus gestos. Lo veía de lejos, comprando mandarinas en mi barrio. Alimentando a un gato detrás de una ventana o en la pintada en la pared de una escuela. Si no encontraba una excusa para traerlo a colación, me la inventaba. Si quería, su nombre rimaba con todo.

La abstinencia me hizo sentir que era hora de ponerle fin a toda una vida de buscar que los otros me completen. Tenía que ocuparme de mí misma. De conocerme, de empezar a identificar quién era yo y qué quería. Pero sin darme cuenta, terminé por buscar que objetos inanimados hicieran el mismo trabajo. En medio año, todo se duplicó. Los cigarrillos y el alcohol. Mi armario y mi biblioteca. Las mantas tejidas a ganchillo. Platitos, copitas, cuadritos. *Knick-knacks*. Cristales, aceites esenciales, hierbas. Souvenirs ajenos de lugares en los que nunca había estado. La mayoría de las cosas que compraba eran usadas, llenas de vida vivida por otros. Miroommate viajó a Europa, para no volver, y yo desplegué mi humanidad hacia un cuarto más. Coleccioné botellas vacías de perfume, condimentos de *delivery*, porcelana japonesa.

De Buenos Aires había traído algo más de ropa de cuando era chica, el uniforme del colegio y de patín artístico, algunos disfraces, dos bolsas ziploc con medicamentos vencidos que había encontrado en mi departamento y creí podía llegar a necesitar. Me daba pena tirarlos y sabía que mal no me podían hacer, que a lo sumo actuarían solo de placebo. No sé cómo me las arreglé para que en unas semanas pareciera que habitaba ese nuevo cuarto hacía décadas. O sí sé. Acumulando. Comprando. Comprando todo lo que veía. No hacía compras caras pero sí inútiles, muchas compritas pequeñas que terminaban sumando una barbaridad.

En enero del año anterior había viajado a Tailandia a filmar el anuncio de una pasta de dientes blanqueadora, con derechos para todo el mundo. Eso era lo que me gustaba de mi trabajo, la sensación de no hacer nada y ganar mucho. La de estar sacando provecho. A los ocho meses de empezar a trabajar como camarera ya lo había dejado: mi cálculo era que con esa plata podría vivir dos años y cuatro meses tal como vivía, sin tener que hacer nada ni privarme de nada, y después, vería.

Recostada sobre ese colchón logré, de manera torpe pero comprometida, evitar la intimidad conmigo, que siempre hubiera algo entre yo y yo misma. Una noche volví al departamento con un chico más chico que yo, aunque tampoco tanto, y me dijo entre risas que se sentía una ladilla, que sentía que estaba en la casa de una señora, que no parecía la casa de una chica de veinticuatro años. «¿Qué es esto, una *urna*?», dijo.

Subconscientemente lo seguí esperando. Cada vez que creía haber engañado al recuerdo por completo, alguien volvía a invitarlo. Como cuando su voz me embrujaba, hipnótica y dañina a través de las conversaciones ajenas y el cling cling de los cubiertos en un restaurante, o el nombre de alguien nuevo era el suyo, o cada vez que andaba en patines o usaba la campera de jean de Scooby Doo. Cosas que eran mías desde mucho antes de conocerlo ahora me recordaban a él, solo porque le habían gustado.

Por el contrario, yo estaba en todos lados, pero no estaba en ninguno. Me esforcé por mantenerme activa, implementé decir «Sí» a cualquier plan que se me presentara, pero el entusiasmo duraba poco. Me aburría. Me aburría mucho. Una noche, una de tantas de ir y volver e ir, terminé en el nuevo *happening*; Chez André ya se llenaba de Alexa Chungs y Jimmy Choos, e iba a cerrar sus puertas en uno o dos meses más, justo cuando el resto de la gente empezara a lograr entrar. Adentro estaba una Unaestilistaargentina con un grupito de su mundo, y supe que, si me presentaba sola, Elporterodominicano me dejaría pasar. Los lugares cambian, pero el guardián de la puerta siempre es el mismo.

A los quince minutos, volví a salir. Fumaba un cigarrillo en la entrada cuando insulté al destino, o a Dios, no me acuerdo, por ponerme a prueba justo cuando trataba, o decía que trataba, o trataba un poquito, de olvidar. A poco más de media cuadra, Nicolas Cage caminaba solo en mi dirección. La ansiedad es conocida por nublar la vista pero, sobre todo, la capacidad de actuar de forma racional. Cuando pasó al lado mío, yo estaba tan ocupada contando mis pulsaciones, haciendo ruidos guturales, confirmando mi propia existencia y capacidad respiratoria, apagando el cigarrillo, chupando con la lengua el sabor de un Menthoplus para pintarme la boca, que no lo miré. La ansiedad es eso: salir del presente para anclarse en una puja eterna entre buscar remediar el pasado y evitar el futuro.

Sentí que se me iba, una vez más. Agarré el celular, me aseguré de que estuviera en silencio y me lo puse en la oreja. Caminé rápido, pasé a Nicolas Cage y cuando llegué a la esquina me paré con la discreción de un niño a «hablar por teléfono». Le clavé la mirada encima. Él también me miró. Mantuvimos el contacto visual hasta que me pasó por al lado, unos treinta y dos segundos después de que yo supiera que, en realidad, no era él. El parecido era inusitado.

Quizá yo también me parecía en algo a lo que él llamaba amor porque cuando terminó de cruzar la calle, dio media vuelta y me sonrió. Hizo un gesto hacia el semáforo, esperó a que cambiara y volvió a cruzar, hacia mí. Me dijo «Hola», me reí y le dije «Hola». Me dijo que me había visto parada en la puerta de Chez André y me preguntó si valía la pena entrar. Le respondí «Ahora sí», haciéndome la canchera, la misteriosa, y sin saber muy bien para qué hacía todo eso o qué buscaba. Después, lo llevé conmigo.

Esa noche me fui a dormir con Unchabonigualanicolascagequenoeranicolascage, pero no dormí en absoluto. No paré de mirarlo. Maniobré con cautela extrema el celular, fingiendo que leía algo, para sacarle una foto a su cara dormida. Se la mandé a Mimejoramiga, con quien chateaba a diario pero no veía hacía cuatro años, y esperé a que me felicitara. Por momentos, la emoción era la de haberme acostado, por fin, con Nicolás Cage.

El asunto de la noche fue un chiste que quedó. La segunda cita estuvo motivada por la posibilidad que me brindaba su poca predisposición para el diálogo de proyectar mi imaginación. La tercera, por la continuidad del sexo decente. Y de ahí en adelante, supongo que la compañía. Unchabonigualanicolascagequenoeranicolascage era cálido, me trataba bien, compartía mi gusto por la poesía, los juegos de mesa, el whisky y los cigarrillos, y se sabía divertir. Tenía sentido del humor; aunque no fuera tan gracioso, se reía de mis chistes, y a veces, lo que uno aporta a la pareja tiene que ser suficiente para los dos.

Siempre me jacté de haber tenido una infancia normal. La certeza irrevocable de que yo había tenido una infancia feliz. Nunca me faltó nada. Mi papá me llevaba a la mañana al colegio, y a la tarde, aunque tarde, mi mamá me iba a buscar. Eran los típicos novios eternos que se toquetean todo el día; compinches, alegres, bromistas; dos buenas personas que funcionan mejor juntas que separadas. A Martita le gustaba disfrazarse y cantar las canciones del Topo Gigio frente al espejo del living. Cantaba «Usa zapatillas como yo y bailamos juntas rock and roll, oye muchos discos y cassettes y como una chica ella se ve. Es mi mamá (Es mi mamá). No hay otra igual (No hay otra igual). Es mi mamá. Sensacional. Es tan dulce y tan sencilla, mami es una maravilla. Es como una hermana más».

Pero más allá de la certeza de felicidad, de algunos flashes anaranjados —con cierto *flare*, cierto ruido, cierto brillo— y alguna que otra escena que repetía porque la escuché, pero no estoy segura de haber vivido o haber visto en una película, no tenía, hasta hace poco, recuerdos de mi niñez. Siempre me incomodó escucharlos hablar a mis primos durante los asados, por la claridad con la que recuerdan las fiestas, los cumpleaños, la Nochebuena en que mi papá y sus hermanos, borrachísimos, prendieron fuego el árbol algodonero del vecino y tuvieron que venir dos camiones de bomberos y un patrullero que se los llevó detenidos.

Al escuchar cualquier anécdota anterior a mis catorce o

quince años, no lograba situarme en la escena. Era como si lo que me contaban le hubiera pasado a otro. Al verme en las fotos, tampoco me reconocía. Después de muchos años, lo primero que logré ubicar con nitidez fue la certeza de haber estado, y haberme sentido, casi todo el tiempo, sola.

La virtud que más destacaban mis padres es también la que adquirí a más temprana edad. Fui una bebé —y después una nenita— en sus palabras, *perfecta*: extremadamente tranquila y callada. Nunca les di ningún susto ni disgusto. No tuve paperas, ni varicela, lo máximo que subió un termómetro en mi axila fue a 38,7 el invierno en que me agarré bronquitis. No me abrí la frente ni me partí un diente. No metí dedos en el enchufe ni pila en mi boca; nunca tomé de un vaso que no fuera el mío. «Era como si no estuvieras ahí», repite con anhelo mi mamá y la anécdota que más veces cuenta es la del día que me olvidaron en Ferreiro, su pizzería preferida, porque yo había estado tan «Callada y tranquila» que se acordaron que me habían llevado cuando la moza salió a los gritos y corrió hasta la esquina para alcanzarlos. Dice mi mamá que cuando entró a buscarme yo seguía en mi sillita, igual, «Quietita y callada como un ángel».

Cuando entré a la primaria, me empezaron a dejar sola en el departamento. La oficina donde trabajaban juntos mis papás quedaba en la misma cuadra en la que vivíamos. Mi mamá me buscaba a la salida del colegio a las cinco de la tarde, y la rutina era pasar a saludar a mi papá, para después quedarme en el departamento esperando a que terminaran de trabajar y volvieran, a eso de las siete u ocho. Mi mamá me llevaba, le pedía Sonrisas, me daba Nesquik, y yo me quedaba clavada en la silla de la cocina hasta que ella o los dos volvieran.

Me sentaba en la que más cerca estaba de la tele, de espaldas a la pared, con visión frontal de la puerta de entrada. Ir a mi habitación implicaba atravesar el pasillo, con todos sus monstruos. En el living estaba el joven manos de tijera. Por la ventana del comedor se veía el departamento en el que vivía una anciana con su hija, que muchas veces salía desnuda al balcón y gritaba. Al lado de la cocina había un patio, y solo me atrevía a acercarme a la puerta para cerrarla y abrirla y cerrarla y abrirla corroborando una y otra vez que estuviera bien cerrada. También había un pequeño baño de servicio, pero a esa edad, cualquier ruido bastaba para que dos metros fueran un océano y yo me aguantara el pis por horas. Llamar a la oficina era molestar y estaba reservado para emergencias reales, que nunca eran las mías, así que frente al miedo, yo prendía la tele. La clave era prenderla antes de que se fuera mi mamá, a un volumen que no provocara su enfado y subirla al máximo al instante en que ella se fuera. Me esperaban tres horas de inmovilidad, en la silla o abajo de la mesa aferrada a la pata ancha de algarrobo que me tranquilizaba con su olor a Blem.

La tele era un bálsamo anestésico y analgésico. Miraba cualquier cosa. *Sailor Moon*, *Caballeros del Zodiaco*, *Thundercats*, *Power Rangers*, *El zorro*, *El chavo del 8*, *Animal Planet*, patinaje sobre hielo, lo que hubiera en Cablín o The Big Channel. Pero lo que más me gustaba era enganchar una película que pudiera ver entera. Agarraba la revista del cable, y bajando y subiendo el dedo índice por las columnas, buscaba y buscaba. Quizá lo de no mirar ficción sea algo nuevo, después de todo. En ese entonces, atestiguar el principio y el final de una historia me traía calma. Vivir las vidas de otra gente, aprender lo que eran e implicaban distintos trabajos, qué chistes funcionaban y cuáles no, qué cosas estaban bien y cuáles no, qué se podía perdonar y qué no, cuáles eran las reglas y sobre todo cuáles las excepciones, entender cómo funcionaba la vida, básicamente.

En la tele también aprendí todo lo que sé sobre el amor. Entendí que ninguna chica tiene vida propia y que para ser feliz hay que ser satélite de la vida de alguien más. De la vida de un hombre. Igual que lo hacía mi mamá.

Una noche, tres o cuatro meses después de la noche en que conocí a Unchabonigualanicolascagequenoeranicolascage, me tiré en el sillón del living y prendí la tele. Hice zapping con una expresión facial neutral y tratando de desoír cualquier tipo de pensamiento. No había hecho nada en todo el día pero estaba exhausta. La falta de acción me regala horas y horas donde no hago otra cosa más que pensar. Y pensar es siempre un arma contra una misma. Las horas se estiran y engordan, los pensamientos se hilvanan unos con otros, se enredan, se anudan. Yo me aferro a ellos como me aferraba al rosario cuando todavía creía y rezaba a Dios. Sostengo entre las manos por semanas, a veces meses, mis micromasoquismos. Lavar los platos, pero cada cinco o seis días. No sacar la basura hasta que se desborde y caiga al suelo, adentro del bajo mesada, donde no hay baldosas y me es imposible limpiar del todo bien por la porosidad y textura de la losa. Sacarme una foto de mi peor perfil y quedarme mirándola por horas. No hacer nada por exterminar la plaga de moscas de fruta que anuncian que adentro algo se está empezando a pudrir.

Cuando el aburrimiento me toma a mí, yo tomo vino. Fui a la cocina y rescaté una botella de sauvignon blanc de 6,99 dólares de entre las vacías de coca zero, agua, whisky, leche y más vino que se acumulaban sobre la mesada. Volví al living con una copa llena a temperatura ambiente y busqué en la guía digital los canales comunitarios, esperando encontrar alguna cura, o un cura predicando en español o portugués. Algo de lo que burlarme.

De golpe me llamó la atención la cabeza de un hombre mayor flotando en un croma. Solo se veía su cara, sus manos y un escritorio atestadísimo de papeles. El resto de la pantalla estaba cubierta por una proyección animada, muy noventas, del universo. El programa se llamaba *Harvey's Earth and Beyond.* Harvey hablaba sobre la *Spaghettification*. Era el maridaje perfecto entre lo nerd, lo bizarro y lo gracioso.

«Nicolas Cage amaría esto», pensé, y al pensar en él me di cuenta también de que lo había olvidado.

En la pantalla flotaba un número al que la gente podía llamar para conversar con Harvey. Llamó una chica y me costó decidir si era muy buena actriz o alguien que la estaba pasando mal en serio. Creo que un poco de ambas. Se la escuchaba desesperada, y eso me hizo sentir mejor. Le dijo a Harvey que había tomado ácido para ver el programa y que ahora no podía soportarlo, que necesitaba que pararan las proyecciones, que le habían invadido el departamento entero. Harvey le sugería acostarse en el suelo y cambiar de canal, pero la chica seguía gritando que no se iban y que por favor por favor por favorrrr alguien hiciera algo. Me reía en voz alta cuando escuché un mensaje de texto sonar en la distancia. Me levanté, un tanto fastidiada, y fui a buscarlo preguntándome quién carajo y para qué mierda me escribía, molesta conmigo en mi propia casa, por no tener el teléfono en silencio.

Cómo va?

Nicolas Cage me volvía a escribir, el 4 de octubre de 2012 a las 8.23 p. m., después de cinco meses y veintiséis días de silencio absoluto. ¿Podía reaparecer así, de la nada? Supongo que podía. Tenía la capacidad física de hacerlo. Acababa de hacerlo. Tenía también esa puntería inconsciente que tienen todos los tipos que cuando ven que una está a punto de soltar, vuelven al ataque.

Arenosa. Vos?

No sé bien qué quise significar, quizá solo una cierta incomodidad. La mentira la elaboré después.

¿Hacías relojes de arena?

No
Ramón y yo volvimos de la playa
hace una hora y 23 minutos.

Llevaba ocho días sin salir más que para darle una vuelta a la manzana.

¿A qué playa fueron?

Hubo olas gigantes la semana pasada!
De casi tres metros
muchos cambios de corriente, el mar llevó y trajo cosas
Está ideal para salir a buscar
Quise decir «bucear»

Pensé que mi amigo estaba bromeando cuando dijo
que chequeara el estado del mar en MagicSeaweed
antes de salir.

No sé por qué seguía inventando. A veces prefiero ni empezar las cosas, porque una vez que empiezo no sé cómo parar.

Magi *Sneezeweed*

Probaste las sopas Maggi?? Esas curan cualquier resfrío

Le mandé a Nicolas Cage una foto de la Maggi sabor pollo instantánea que tenía en la alacena.

Necesito.
El gin no es tan mágico al día siguiente

Soy la reina y ama del contrabando sopero argentino

La gran R&A del CSA

Quise preguntarle para qué me escribía y si ya estaba soltero, pero solo me animé a un:

En qué andás?

En brooklyn, cenando con unos amigos,
nos vamos para la playa después.
Deberías venir al mar la próxima luna llena!
Se pone carnosa y sexy

Me seguirías hablando si me vuelvo peluda y feroz?

Tengo un fetiche con el pelo

Eso es porque sos medio lampiño

Hair enough
(Suficiente pelo, que también suena a «tenés razón»)
Qué opinás del pelo sucio?
En la cabeza.

Me gusta el olor a pelo sucio
El mío o el del chico que me gusta
Tenés el pelo sucio?

Dirty and Hairy
(Sucio y peludo)

Escribimos a la vez.

Como Dirty Harry

Dirty Harry

Dos veces.

Wow

Wow.

Es mi segundo *pornstar* favorito

Corrí a la habitación, agarré el vibrador, me lo puse entre la bombacha y la concha, lo encendí. Seguimos chateando sobre nada por poco más de una hora, hasta que James Bong se quedó sin batería, menos de un minuto previo a que él dijera:

Bueno, nosotros vamos a ver una película ahora
Buen partido de texto!
Top 500

No podemos ni jugar las eliminatorias para el mundial con eso, pero *okay*.

Tenemos que seguir practicando

Cuando dejé el teléfono y me levanté del sillón estaba borrachísima. Unchabonigualanicolascagequenoeranicolascage me había escrito un rato antes, y me dio culpa seguir ignorando su mensaje ahora que me había desocupado, pero enseguida mi mente se ocupó con otras urgencias. Fui a rellenarme la copa de vino y ya estaba llena. Agarré la botella, la levanté y el peso en mi mano fue la segunda sorpresa de la noche. No había tomado absolutamente nada.

A la edad en la que mis compañeros de colegio aprendieron a tomar decisiones, yo incursioné en cuestionármelas. Los sentimientos de mis papás siempre fueron expresados como hechos. Entendí que no tenía hambre si ya había comido más temprano, que estaba fastidiando. Que si la sed era de verdad no necesitaba una bebida y podía simplemente «tragar saliva». Que si las chicas no me invitaban a jugar por algo era. Que si me sacaba 10 la prueba había sido fácil, 7 no había estudiado lo suficiente, 8 o 9 era una vaga porque quien se saca un 9 puede sacarse un 10. Aprendí de muy chica a poner mis certezas y gustos en duda, a tergiversarlos, porque yo misma y mi criterio no somos de fiar.

Frente a la ausencia de mis papás puse, siempre, mis decisiones en manos de otros. La primera edición de *La Dorotea*, que me robé de la casa de los abuelos maternos, fue mi primer oráculo, el lugar donde encontraba respuestas a todo con tan solo abrir y dejar que el dedo señalara un párrafo al azar. Pedir opinión a toda mi agenda telefónica antes de hacer algo, preguntarles a desconocidos en foros de internet, interpretar el poso del café, los mensajes de los sueños, las líneas de mis manos, consultar el i-ching o el tarot, el horóscopo, o, en situaciones extremas, a una vidente, son otras formas que encontré de derivar mi responsabilidad. A veces es más fácil simplemente seguir indicaciones. Quizá por eso soy actriz.

Pensar que me rigidicé y transformé en una niña adulta a edad temprana para complacer las necesidades de mis padres me resulta, todavía hoy, increíble. Creer que tengo poderes psíquicos: *totalmente probable.* «Abracadabra» abrió, una tarde de aquellas, el camino que cimentó *Hechizo de amor*. A los siete años me convertí en una pequeña bruja. Pegamento, tierra, condimentos, pelo. Saliva y sal. Prender velas, quemar papeles, enterrar plegarias y uñas en una maceta. De ahí en adelante, atribuiría todos mis logros y golpes de suerte a entes abstractos o al error, a mis hechizos y sus poderes. El año pasado, por unos meses, también lo llamé «cocreación».

Quince años después, y con los mismos recursos emocionales, le di un ultimátum al universo. Le pedí que me diera, en el plazo de siete días, una señal concreta e inequívoca de que Nicolas Cage era el amor de mi vida. Yo no pensaba hacer más nada. No iba a escribirle. Si él solito no aparecía en el transcurso de una semana, entendería que lo que tenía que hacer era borrar su número y, no solo metafóricamente, enterrar todo lo relacionado con él.

El amor siempre nos requiere un sacrificio. Yo le ofrecí mi propia sangre. Fui a la cocina, agarré la caja de lata azul de galletitas importadas donde guardaba parte de lo innecesario, y busqué un kit de costura que había traído del Club Med.

Tomé la aguja, la quemé apenas con un encendedor, y me perforé el dedo anular derecho, el de la vena directa al corazón, el de «para siempre». En mi cabeza todo era mágico y espiritual, pero en la realidad fue una mierda. Para empezar, me dolió un montón y no me sangró nada. Un solo pinchazo no bastó para que brotara la sangre y me sentí estúpida pinchando temerosa mi propia piel una y otra vez. Me puso de muy mal humor que hacerme sangrar no fuera más fácil. Sostuve el momento igual, aunque por dentro ya lo sentía arruinado. Quise escribir con mi sangre sobre un papel cuyos bordes había quemado en el fuego de la hornalla —por estética—, un rezo pagano que describiera el amor y al hombre ideal, una serie de profecías que se cumplirían en cadena hasta depositarme en el final feliz. Pero obvio que la sangre apenas corría, perezosa, y tuve que agarrar una birome bic cualquiera para escribir mi biblia.

Una vez que terminé, deslicé el pulgar y el índice sobre el dedo profeta, haciendo presión en dirección a la uña, intentando sacar hasta la última gota posible, como pasta de dientes. Con ella escribí, sobre todo lo demás, su nombre, enorme, brillante, escarlata. Dejé el futuro en manos de las hermanas destino y casualidad, puse el papel debajo de la almohada e intenté dormir.

8

Ese domingo a la tarde, puse mi Moleskine y dos libros que no leería en un bolso de cuero, abrí la puerta y salí del departamento. Pasé de largo el espejo del vestíbulo del edificio y después de dos pasos me volví, como quien se da cuenta de que se olvidó algo. De pie frente a los buzones de correo, analicé mi reflejo. Tenía puesto el pantalón del pijama abajo de un jogging de la selección argentina, un remerón apolillado que estrenó mi papá en los ochenta y mi mamá transformó en uniforme de gimnasio para el 2000 y zapatillas de lona desatadas. Pensé que mi aspecto general era el de una persona deprimida, aunque ya no me sintiera así, pero por las dudas me olí la remera.

Las ganas me habían prendido hacía un par de días nomás, o sea, dos. Había salido a comer con mis amigas y sus novios, me había hecho un masaje en un spa del barrio chino, la mani-pedi, y hasta había llamado a mi agente para que ampliara el *deadline* de un *selftape* que «no había llegado a hacer». «No podés salir así mirá si me cruzo con alguien hay chicos lindos en pick m —me reí— mirá si me lo cruzo». Llamé al ascensor, subí, me saqué la ropa en el living y, mientras mi perro saltaba y ladraba excitado frente a mi brevísima ausencia, busqué un vestido que pudiera gustarle a Nicolas Cage. Me lavé las axilas, me arreglé un poco la cara, me puse una tirita sobre el grano de punta amarilla que me había salido en la frente, me hice una cola en el pelo y volví a salir.

Pick Me Up quedaba en una esquina frente al Tompkins Square Park, y algo en la calidez de su ambiente contrastando con los picos nevados del parque en invierno remitía a un parador de montaña. Durante el resto del año, la vista gritaba Verano. Era un café prehipster, como Nicolas Cage, que le ponía aceite de coco a su café filtrado cuando el aceite de coco todavía no era un artículo de uso doméstico habitual. Todas las mesas y sillas eran diferentes, una colección tan casual como exacta, igual que el resto de la decoración. Cuadritos tejidos con ganchillo, anuncios de lata de otros cafés, óleos rurales y sueños *paint-by-number*, candelabros con cera de décadas. Era el único café en todo el East Village que no se llenaba de modelos y boludos que no se afeitan solo para mostrarte que pueden no hacerlo. Estaba abierto todo el día y el pasaje del café al vino resultaba tan natural como la dimerización de la luz que sucedía, a la par, adentro y afuera.

Todavía no era del todo bilingüe —en mis sueños se hablaba mi lengua materna— y atraparlo todo me requería un esfuerzo consciente. Por eso disfrutaba tanto de estar ahí. Podía sentarme y apagar el mundo, sin siquiera correr el riesgo de escuchar sobre él accidentalmente como me hubiera pasado en cualquier café o calle de Buenos Aires. Allá siempre sabía, de una manera u otra, qué estaba pasando; que *algo* le sucedía a *alguien* en *algún lugar*; que la vida seguía en movimiento por más que yo me detuviera. A menos que me quedara encerrada en mi departamento, sola. Y eso era lo que quería. Pero también quería sostener la ilusión de «tener una vida», evadir la culpa e inutilidad que me hacían sentir las horas de encierro. Estados Unidos me regalaba esa posibilidad. Las conversaciones y vidas ajenas no eran más que ruido de ambiente para mí, o todavía mejor, un ensamble urbano que musicalizaba y acompañaba, sin distraerme de mis propios pensamientos. Vivir en Nueva York era como estar sola en mi casa. No conocía a nadie, no tenía responsabilidades, nadie esperaba nada de mí, así que cuando salía de mi casa, seguía en casa.

Le dije a Elcamarerohabitual que necesitaba «Algo grande y caliente», haciéndome la graciosa, sintiéndome muy sola. Me sugirió un americano. Me reí de su chiste involuntario. Le dije que no podía ingerir más cafeína, que ya me había tomado cuatro *shots* en el día. Lo que no le dije fue que era mentira, que luchaba contra una resaca furiosa, y que uno de los síntomas más violentos era el resurgir potenciado de la ansiedad. El simple hecho de agacharme a levantar una media había disparado cincuenta minutos de rezarle a Dios con una caja de Rivotril en la mano, y mirar fijo el contacto de mi mamá en el teléfono, sin llamarla. Me ofreció algunos tés herbales que no me tentaron. Le pedí un descafeinado y me lanzó la mirada ofendida de quien atestigua la profanación del grano sagrado.

—Sí, ya sé, soy un asco. Quiero agua sucia, por favor.

Era mi forma de coquetear. Hacerme la cínica y malhumorada. Elcamarerohabitual no me gustaba, pero sentía una compulsión por gustarle igual. A él y a cualquier hombre con el que interactuara. Más que gustarles a ellos necesitaba sentirme gustada yo, como si con eso algo de mi presencia quedara justificada.

Me trajo un tazón enorme y una *cookie* de avena gratis. Saqué *Motorman*, lo apoyé, pero en vez de abrirlo me quedé mirando el café. Puse los codos sobre la mesa, la cabeza entre mis manos, pestañeé un par de veces forzadamente. Me soné el cuello, dejé sonar una queja en la garganta, y después dos o tres más.

El pánico se acerca despacio. Los pensamientos, como avalancha. Sumándose y volviéndose cada vez más pesados. La respiración, todo lo contrario. Liviana, superficial. El mundo gana velocidad.

Hice un recuento de la cantidad de vino que había tomado, sumé mililitros. Googleé.

ml x kg coma alcohólico
coma alcohólico al día siguiente?
puedo morir de resaca si no morí borracha

Siempre busco respuestas que ya sé, que ya busqué, esperando encontrar nuevas.

Coágulos embolia interacción loratadina alcohol
clonazepam depresión del sistema nervioso central
coma muerte

Cerré los ojos con fuerza. Me mordí los labios. Me dije que no. Me dije «Hacé el 54321». Cinco cosas que puedo ver. Cuatro cosas que puedo tocar. Tres cosas que puedo escuchar. Dos cosas que puedo oler. Una cosa que puedo saborear. Abrí los ojos y miré por la ventana por primera vez desde que había llegado.

—Uno. Un camión amarillo y rojo de mudanzas. Bien. Dos... ehhm la chica. Una chica apurada con una bolsa de papel madera llena de cosas. Tres... NICOLQUÉ

Me levanté, me volví a sentar, me sentí confundida y mareada. Mi corazón latía afuera del cuerpo, mis manos se volvieron frías y húmedas «No era él no puede ser él vive en brooklyn qué hace acá no sale nunca no puede porque yo lo pensé y no tengo la esquina», giré la cabeza hacia la derecha y lo vi, inequívocamente él, riéndose de algún chiste que él mismo o el chabón que tenía al lado había hecho. Agarré el celular y sin pensarlo escribí:

CREO que acabas de pasarme.

East 9th?

Sí. Eras vos.

Si hubiera leído siquiera una oración, si el pelado no me hubiera ganado la carrera al baño justo antes de que se liberara la mesa que finalmente tomé, si me hubiera pedido un café regular y no hubiera tenido la conversación que tuve con el camarero, si no hubiera dormido hasta las cuatro de la tarde o no hubiera vuelto a cambiarme, Nicolas Cage hubiera pasado por Pick Me Up como pasó por otros cuatro restaurantes en la misma cuadra, sin ser detenido por nadie. Nueva York era demasiado chica o el destino enorme, pero de los 86.400

segundos que tiene un día, había solo cinco en los que mi mirada podía coincidir con él, y lo hizo.

Escribí «Estoy en el café, vení a saludar» y antes de enviarlo recibí «Vení a saludar!», pero lo mandé igual. Estuve a punto de chequear mi reflejo disimuladamente en la pantalla apagada del celular, pero las campanas que anunciaban la apertura de la puerta fueron más rápidas, y ahí estaba, en la esquina de mi ojo, la sonrisa vampírica de Nicolas Cage, avanzando hacia mí.

Cuando me abrazó, de la misma forma pesada y envolvente en que lo había hecho las veces anteriores, noté que él también temblaba. Agarró una silla de la mesa vacía de al lado, se sentó frente a mí e inmediatamente llamó al mozo. Había un chabón de pie junto a nosotros con cara de confusión, que lo miró a él y se dijo a sí mismo, en voz alta, «Supongo que nos quedamos».

—¿Te estamos interrumpiendo? —preguntó Nicolas Cage.

—No —dije mientras guardaba Moleskine y libro, intactos, en el bolso—. ¡Hola!

Me presentó a su amigo por el nombre de pila.

—Soy Marta —dije, dándole un beso en la mejilla.

—¿Cómo?

—Marta —repetí—. ¿*Martha*? Pero *em-ei-ahr-ti-ei* —dije intentando un acento lo más americano posible, después de haberlo saludado a la argentina. La risa desfachatada de Nicolas Cage, mi antidepresivo.

Se pidió un té verde helado y su amigo, me enteraría después, Elhijodeldueñodelarollingstone, uno de esos jugos de fruta y verdura.

—¿¿Y?? ¿¡Cómo estás!? ¡Pasó mucho tiempo! —dijo Nicolas Cage.

—Sí, mal... ¡Un embarazo!

Sentí que era medio border la comparación y tener tan a mano la cantidad exacta de meses sin verlo, pero él se rio y dijo:

—¡Un poco más, de hecho! ¿Estuviste acá en Nueva York todo este tiempo?

Le dije que no y le pregunté cómo lo había pasado en Argentina.

—¡Estuvo buenísimo! Me hubiera gustado poder quedarme unos días más. Me compré una remera que tiene una palta. ¿Fuiste al show? Fue raro...

—¿Raro? La gente es rara. El show estuvo buenísimo.

—Gracias... El público argentino es intenso. No vi algo así en ningún otro lado. Quizá en Brasil. Lo pasé increíble. Pero contame de vos, quiero saberlo todo.

Nos contamos anécdotas irrelevantes y nos prestamos atención como si fueran asuntos de estado. Elhijodeldueñodelarollingstone entraba y salía del café, a la par que entraba y salía de llamadas telefónicas. En los breves lapsos que pasaba con nosotros, se ocupaba de tratar de levantarme sin apartarme, ni por un instante, la mirada de los ojos. Yo intentaba desacoplarme, giraba levemente el cuerpo hacia Nicolas Cage, bajaba el mentón, lo subía, me ladeaba hacia un costado como si me estuviera cayendo, pero su intensidad no me soltaba. Me había amarrado las pupilas con un hilo invisible que seguía, en contra de mi voluntad, los movimientos de las suyas. Nicolas Cage, mientras tanto, le concedía el espacio, o al menos su silencio. Bajaba la mirada y movía los dedos, parecía estar contando segundos. Cuando su amigo se fue por decimoquinta vez, me dijo que había visto una película la noche anterior que le había hecho pensar en mí.

—¡Ayer vi una película que me hizo pensar en vos! Se llama *Daisies.* Es de una directora checa, de los sesenta, muy surrealista y hermosa. Hay una escena donde hay una guerra de comida.

Elhijodeldueñodelarollingstone volvió a entrar y lo interrumpió al grito de:

—¡Nos vamos a Islandia! Mañana. Salimos a las diez de la mañana. Marta, ¡vos venís también!

¿Qué?

—¿Cuánto frío hace? No sé si tengo ropa lo suficientemente abrigada —dijo Nicolas Cage y la mera idea de que pudiera faltarle algo me descolocó.

—No te preocupes, vamos a estar bien. ¿Por qué no llamas a Rebecca a ver si quiere venir? Tengo que confirmar cuántos somos para el hotel. Traigan algo de comida para el avión. Tenemos servicio de bebida y todo eso, pero los *snacks* que hay son malísimos.

Tres cosas. Primero, no podía comprender cuán naturalmente hablaban de irse a Islandia «mañana» en un jet privado. Segundo, ¿me iba *yo* a *Islandia, mañana*, en un *jet privado*, con *Nicolas Cage y Elhijodeldueñodelarollingstone*? Tercero: Rebecca Owens. Sentí mariposas en la panza al escuchar su nombre, y por mariposas me refiero a insectos peludos rozándome los órganos por dentro y generándome náuseas. Agarré el celular y fingí estar ocupada mientras grababa cada palabra de la conversación en mi cabeza.

—Mhm... No sé. No creo que pueda venir —dijo Nicolas Cage.

—Llamala, ¡dale! —insistió Elhijodeldueñodelarolling-stone.

—Bueno, ahora en un rato.

—No, ¡dale! Llamá a Rebecca ahora.

—Está bien, después vemos.

—¡Llamá a Rebecca, dale! Es un segundo.

—Hablo más tarde y te aviso.

—No, dale, llamala que necesito saber cuántos vamos a ser.

—¿Quieren que la llame yo? —exploté. Y antes de dar lugar a cualquier tipo de respuesta agregué—: ¿Quién mierda es Rebecca?

Elhijodeldueñodelarollingstone dijo «La novia de Nic» y Nicolas Cage no dijo nada.

Elhijodeldueñodelarollingstone miró a Nicolas Cage, él me miró a mí, y yo miré a Elhijodeldueñodelarollingstone, devolviéndole su propia mirada, una virulenta que buscaba penetrar en nosotros y causar estragos.

—Pensé que era código para Mick Jagger —dije.

—¿No la conoce a Rebecca? —le preguntó a Nicolas Cage.

—No, todavía no coincidimos —me apresuré a contestar yo, protegiéndolo de una ola muy alta.

—Uh, Rebecca es lo más. Nos hicimos amigos en Ibiza, fotografiando para Victoria's Secret hace dos años, antes de que se conocieran con Nic. Vos la amarías.

Nicolas Cage sonrió, pero estaba incómodo y le incrustó una mirada a su, intuía, «amigo». Se levantó. Salió del café.

Dos cosas más. Elhijodeldueñodelarollingstone parecía haberlo hecho a propósito. Y Nicolas Cage seguía de novio. Ahí estaba mi respuesta, servida en bandeja, sobre la mesa. Sobre la mesa estaban ahora también los codos de Elhijodeldueñodelarollingstone que había tomado el lugar de Nicolas Cage. Bajó los antebrazos, recostándolos, y abrazó sus manos en un revolver. Me apuntó, a quemarropa, literal. Instintivamente me tiré un poco hacia atrás, para evitar que sus dedos me tocaran las tetas.

—Bueno... ¿Quién sos?

Elhijodeldueñodelarollingstone hablaba como los actores de Hollywood, con una ceja levantada y dos tonos más abajo. Estaba tan bueno y se sabía tan canchero, que ya no tenía gracia.

—*Soy tu padre* —le dije—. ¿A qué se van a Islandia?

—A qué *nos* vamos.

Me dijo que era fotógrafo y que trabajaba para la *Rolling Stone*, pero no me dijo que la revista era de su padre. Me habló de un evento que había en Reikiavik, pero no logré seguirlo del todo porque mi atención intentaba descifrar algo en la expresión facial neutra de Nicolas Cage al teléfono, al otro lado de la ventana. Dijo algo de Yoko Ono. Dijo algo de Lady Gaga. Dijo algo de todo pagado. Me pidió mi número y mandó un mensaje que tuve que responder, en el acto, con mi dirección. Dijo que un auto iba a pasar a buscarme a las seis de la mañana para llevarme al aeropuerto.

Nicolas Cage terminó la conversación que duró menos de un minuto y medio, y mientras decía «No viene, yo voy» se sentó, esta vez, en la mesa de al lado, a mi lado.

—Parece el baile de las sillas —dije.

—*Es un mundo darwiniano, querida* —respondió Nicolas Cage con *sassy voice.*

Se levantó y me obligó a cambiar de lugar con él. Después dijo:

—Uy. *Fuck*. ¡Se suponía que iba al ballet el martes! Pero calculo que puedo cancelar...

—Vas al ballet.

—Sí. Voy al ballet. Como podés ver, soy un tipo muy cultivado.

—Como el yogur.

Nicolas Cage me miró y después de dos segundos lanzó una carcajada. Volvió a mirarme y asintió repetidas veces, dándome su total aprobación, mientras seguía riendo. Mi «genialidad» era el resultado de un sobreesfuerzo y cálculo constantes. Pero su presencia me intoxicaba, y los chistes y el sentido interconectado del mundo brotaban de mí como el humo de un cigarrillo.

—Me encanta tu vestido —dijo cuando finalmente recuperó el aire—. ¿Dónde lo compraste?

Sonreí por dentro y fuera.

—En Tailandia. En una feria vintage. ¿Te gusta?

—Me encanta. ¿Eso son ecuaciones? —dijo estirando la mirada.

Aproveché la oportunidad, me levanté y acerqué mi nueva silla pegándola a la de él. De pie, aprisioné sus piernas entre las mías y le impuse mi pelvis. Vi en sus ojos las ganas de agarrame por las manijas de la cadera y ensartarme.

—Sí... Tiene ecuaciones, muy *cool* —me dijo, muy *cool.*

—¿Sos bueno para la matemática, chico culto? —le pregunté.

—Más vale.

—*Okay*. A ver. Juguemos un juego. Tenés que pensar en un número del uno al diez.

—Cinco.

—¡No! —Me reí—. ¡¡No lo digas!! ¡Pensalo!

Hizo cara de piensa piensa y dijo *Okay*.

—No. Siete no, cambialo.

Lo dije sin pensarlo, pero aparentemente era el número exacto que él había pensado porque sus ojos se desorbitaron y, después, me miraron con sospecha.

—Raro. *Okay*... Listo.

—Multiplicalo por nueve.

—*Okay*.

—Ahora sumá los números. O sea, si la cuenta te dio 67, hacés seis más siete.

—Creo que necesito una calculadora.

—¡Dale!

—¡Listo!

—Ahora restale cinco.

—*Okay*...

Lo miré fijo a los ojos un instante de más, atravesándolo con la mirada. Se puso absolutamente fucsia pero me la sostuvo, por primera vez. Pude sentir el esfuerzo enorme que hacía por no desviarla; había algo en la intensidad de la mía que no podía resistir. El impulso era tirármele encima y violarlo.

—Ahora vas a representar ese número en el alfabeto. Si es dos, por ejemplo, haces A, B —le mostré contando con los dedos—. Un tres sería la C, y etcétera. ¿Está?

—*Okay*. Espera... ¡*Okay*!

—Ahora vas a pensar un país que empiece con esa letra.

—Mhm... No estoy seguro de que haya... Ah. Sí. Sí, hay. *Okay*, lo tengo.

—¡Bien! Ahora... mhmmm —fingí pensar una vez más mientras saboreaba la tensión—. Vas a pensar en un animal que empiece con... a ver mirame. Mirame bien a los ojos, dale —si no lo obligaba, no lo hacía. Hice ruiditos de pensar y me automasajeé las sienes—. Con la segunda letra de ese país.

Pensó por unos segundos y anunció que lo tenía. Volví a escarbarle la mirada con intención unos cuatro segundos más. Sus ojos ahora me sonreían embelesados, casi sin timidez.

—Uy... ¡No! Pará. Está mal. Lo hiciste mal, Nicolas.

—¿Qué? ¿Por qué? Tengo Di —y antes de que pudiera terminar rematé:

—En Dinamarca no hay iguanas.

Sus ojos brillaron, como los míos cuando atestigüé magia por primera vez. Sin consciencia alguna de que los trucos suelen ser parte de ella. Dije que tenía que ir al baño.

Me miré al espejo y estaba hermosa. Más hermosa de lo que me había sentido o visto jamás. Sus ojos, al mirarme así, me llenaron de belleza. Todavía tenía el grano gigante en la frente, con la tirita medio despegada, pero ya no importaba, porque yo estaba enamorada «No podés estar enamorada amar a alguien lleva tiempo tres o cuatro meses mínimo creo te acordás cuando le viste la sonrisa la primera vez...» con las manos y el peso del cuerpo apoyados sobre la bacha de loza blanca, cerré los ojos y me dispuse a repasar nuestro primer encuentro, de principio a fin. Me mordí tanto los labios que cuando volví a mirarme al espejo, tenía el inferior absolutamente blanco. Me miré una vez más, con la emoción al borde del llanto. Tenía la esperanza de que todo iba a estar bien, me sentía bien, me sentía fenomenal. Sin embargo me temblaban las manos, y la vista se me nubló. Me las llevé a la boca y me mordí los dedos. «Basta», me regañé en voz alta. Respiré profundo, tiré la cadena y me lavé las manos por nada, pero no había papel y el secador eléctrico no funcionaba. Volví a la mesa y, mientras me sentaba, sentencié impostando normalidad:

—Mis manos están mojadas, ¿alguien quiere agua?

Nicolas Cage levantó la mano y me ofreció los cinco. Descansé mi palma sobre la suya, y la calma fue volviendo, suave. Hubo un acuerdo tácito: cruzamos los dedos y sacudimos el rezo conjunto de un lado a otro repetidas veces; primero rápido, después bajamos la velocidad y finalmente lo apoyamos en la mesa. Sentí como la cara se me llenaba de sangre, y los labios también. Cómo se elevaba la temperatura en todo mi cuerpo y cómo la concha hinchada me empezaba a convulsionar igual que la noche en que, sentada en el suelo, a un costado del sillón donde se abrazaban mis papás, vi la mano de Kate Winslet deslizarse por la ventanilla del auto. O como cada vez que a partir de ese momento busqué, por las tardes, películas sin codificar en los canales altos del cable, escuchando los gemidos y esperando a que apareciera un pezón distorsionado y pixelado entre tanto ruido gris.

Nos sostuvimos por unos cuantos largos segundos hasta que finalmente nos miramos a la vez. Después volvimos a bajar la mirada hacia las manos. De vuelta a los ojos, donde nos sonreímos, tímidos. Fui yo la que solté: abrí y dejé ir su mano. No fuera a ser cosa que él soltara primero.

Desde ese momento en adelante, estuvimos solos en la mesa, aunque no en un sentido literal. Jugamos otro juego. Uno de los dos tenía que decir tres palabras en voz alta —como por ejemplo «Cuchillo, fideo, osteoporosis»— y después hacer una cara que representara la esencia de alguna de las tres palabras. El otro tenía que adivinar cuál era. El criterio de representación era tan preciso como inexplicable. Era otro de mis trucos, o quizá, una prueba. Una prueba de que habían fallado, en mayor o menor medida, todos los anteriores. Pero Nicolas Cage no perdió ni una sola palabra de las mías, y logró comunicarme las suyas a la perfección.

Le dije que había quedado en ir al cine con Unaamiga y que tenía que irme corriendo. Me dijo que tuviera cuidado. Pedimos la cuenta y quiso pagar. Le dije que ni lo soñara, que pagaba yo, y me agradeció cuatro veces por su té verde, todavía sorprendido de que alguien pagara la cuenta por él. Notó mi maletín de cuero y dijo que le gustaba mucho. También notó que le faltaba la correa principal. Le dije que se me había roto y que hacía tiempo le buscaba un reemplazo sin éxito, y me comentó que él tenía una correa militar que quizá pudiera quedarle bien.

Salimos del café y esperamos a Elhijodeldueñodelarollingstone que asumimos estaba en el baño.

—¡Mirá! —dijo Nicolas Cage señalando.

Había una tarta en el suelo, entera, con un *Congratulations!* en chantilly color cielo intacto, al lado del tacho de basura.

—¿Podemos? —Me sonrió con una malicia que sentí propia.

Apoyamos un pie cada uno y la aplastamos lento, mostrando los dientes y haciendo ruiditos de ascoplacer. Con los pies encremados dibujamos cosas en la vereda.

9

Traté de mirar la película, pero solo repasé todas y cada una de las cosas que había dicho y hecho Nicolas Cage. A los quince minutos, el teléfono vibró, sin querer justo entre mis piernas.

http://fanpop.com/images/CopenhagenZoo-2011-3.jpg

Nicolas Cage me mandó el link a una foto de una iguana en el zoológico de Copenhague.

Lo enterré entre mis muslos, los crucé apretados y no respondí.

Diecinueve minutos después, volví a vibrar.

Qué lindo encantarte

Tampoco respondí. Moría por hacerlo, abandonar la película, a Unaamiga, al estúpido de su novio, y correr a mi cama para chatear con él en bombacha. Pero el cine y los codazos de Unaamiga cada vez que mi cara se iluminaba me ayudaron a regularme. Una hora y tres minutos más tarde:

No podía contener la excitación. Quería levantarme y gritar. En la oscuridad, hice movimientos pélvicos en el aire como un perrito mientras me mordía los labios y tiraba los ojos para atrás. Retuve la última vibración celular, y la evoqué una y otra vez contrayendo los músculos del ano. Me puse la campera encima y deslicé la mano adentro del pantalón. Formé un puño y me rocé, primero despacio, después como pisando papas, cuidando de no alterar la aparente quietud que se replicaba en la campera. Visualicé nuestras palmas entrelazadas en la negrura del techo del cine y repetí contra mi concha el movimiento que habían hecho juntas sobre la mesa. Me seguí tocando hasta que terminó la película, pero no logré acabar en ningún momento porque mis pensamientos se fugaban hacia el futuro.

Volví a mi casa y, a las once y media de la noche, recibí un mail de Nicolas Cage con el asunto *Daisies*. Era el link de YouTube a la escena de la película donde Pelirroja y Morocha destruyen un bufet. Me pregunté qué de esa escena le habría hecho pensar en mí. Si la voracidad aterradora con la que comían o que su hambre fuera insaciable. Si el deseo primitivo de limpiarse los dedos como hueso de pollo o lo fálico del cuchillo desgarrando la torta. Su impertinencia infantil, la desfachatez de sus movimientos espásticos. El silencio de la sed o la sinfonía de las cosas que se rompen. La vitalidad que se escondía entre tanta destrucción.

Me masturbé tres veces y en vez de la concha me toqué el cerebro. Lo que más me excitaba era la potencialidad. Comí cereales y malvaviscos, miré y descansé y miré *Daisies*, tomé vino, comí palomitas con polvo cheddar, me bebí una coca entera, actué todo nuestro encuentro una y otra vez en mi cabeza. Los minutos y las horas se arracimaban, las seis de la mañana al acecho. Lo que más quería y temía en la vida era irme a Islandia con Nicolas Cage. ¿Por qué no me había insistido él? Al despedirnos me había dicho «Nos vemos muy pronto», pero no me había dicho «Nos vemos mañana». Me había chateado y emaileado, pero no había mencionado «mañana». Me molestó que fuera Elhijodeldueñodelarollingstone el que parecía más interesado en que fuera. Aunque, a regañadientes, lo entendía. Empecé a armar la valija, a probarme cambios de ropa que descartaba al instante por ser demasiado o demasiado poco, pero me sentía principalmente angustiada y nerviosa. ¿Qué iba a hacer con Ramón? No confiaba en nadie como para que lo cuidara, ni siquiera en un lugar especializado, y llevármelo era imposible con tan poco aviso. Aunque podía viajar conmigo en avión sin problemas, necesitaba al menos dos días para poder tramitar su certificado de salud para hacer migraciones y todo el *shebang*..., a menos que lo traficara. ¿Podía traficarlo sin problemas siendo que viajaba con Nicolas Cage y Elhijodeldueñodelarollingstone en un avión privado?

A eso de las dos de la mañana, empecé con gases. Tenía colon irritable y humor también. En teoría, nada de gluten, nada picante, nada crudo, cero lactosa, cero estrés; música tranquila al comer. No probaba la cerveza desde los diecinueve años. Me imaginé mis pedos llenando el interior del avión como humo espeso y verde fluorescente. Me vi sentadita en el asiento de cuero blanco, con una copa de champán enfrente, no pudiendo salir corriendo mientras el monstruo de metal empezaba la carrera hacia un cielo completamente despejado. Me vi teniendo el ataque de pánico de cada día estando suspendida entre dos lugares. Ni acá, ni allá. Detenida y en movimiento. Sospechando que, subida a un avión, busco escapar de un lugar más que llegar a otro. Diciendo «miedo a volar», significando «aterrada de haberme atrevido». Temiendo no tanto que se caiga, sino llegar a destino. A un nuevo país, un nuevo idioma, una nueva vida, a mí. A lo que no conozco. Más que la muerte, temiendo la vida. El mensaje que todavía no entendía, repitiéndose en alta voz una y otra vez *Always put your oxygen mask on first before assisting others.* ¿Qué iba a hacer sola en una islita oscura en medio de la negrura oceánica, *sin* mi perro, *con* Nicolas Cage? ¿Y si no lograba sostener esa versión mía que le había gustado, que había aparecido en los breves lapsos geniales que habíamos pasado juntos? Me dije que lo importante ahora era encargarme de los pedos. Tenía que sacarlos todos afuera antes de las seis de la mañana, antes de que el cheddar radioactivo marinara en mis intestinos. Me consolé pensando que al menos no tenía pedos de minita, esos que huelen a verdura y se dispersan tímidos en el ambiente. Mis pedos eran varoniles, ácidos, pesados, densos como el aceite. Mis pedos tenían nombre propio. Me tiré un abrigo encima y me fui caminando a Rite Aid.

Las excursiones nocturnas a la farmacia eran mi rutina preferida. Había semanas en las que no salía de mi casa en todo el día, pero en algún momento de la noche agarraba a Ramón y nos hacíamos una escapada. Comprábamos. Comprábamos cualquier cosa. Algún premio o juguete para él. Cigarrillos, maquillajes, cremas, productos y accesorios para el pelo, *snacks*, remedios de venta libre, gaseosa para mí.

Recorrí las estanterías agarrando todo lo que no necesitaba, lo que no iba a usar y, divertida, hice una lista mental de los productos que me recordaban a Nicolas Cage. Llegué a la estantería once, «Salud digestiva», y mientras trataba de decidir qué formato de Gas-X® «máxima potencia» llevar, vi un frasquito de Los Picapiedra con gomitas de colores. «Fibra para niños, ayuda a regularizar el movimiento intestinal». Me tentó, me pareció un hallazgo, así que lo compré también.

De camino a casa, mientras leía el prospecto completo de Gas-X®, decidí abrir las gomitas para no prenderme el segundo cigarrillo del tramo. Recomendaban ingerir dos por día, así que saboreé una violeta y una naranja. Pero también venían amarillas, verdes y rojas, como los Yummies, y tuve que probarlas. Para cuando terminé de armar la valija me había comido medio frasco y todavía no sabía qué hacer con Ramón.

A las cuatro de la mañana empecé a evacuar. El primero hizo tal estruendo que Ramón se giró sobresaltado. Me reí. El resto no tardó en llegar. Todo marchaba bien. Me fui a la cama porque con tanto movimiento una punzada anidó en mi estómago. Me puse en esa típica postura de yoga, una suerte de reverencia con el culo para arriba, y me quedé con la cabeza de costado, mirando a la nada; ajena a los estruendos y al dolor que irrumpían en el medio de la noche, como otra guerra lejana transmitida por televisión. Lo que siguió al bombardeo fue un desastre. Pasaron menos de diez minutos y tuve que correr al baño porque, sin previo aviso, el estado de la materia cambió. Sentada en el inodoro con una diarrea incontenible, me puse a llorar de miedo de rabia de estúpida.

Me agarró hipo. Me agarró, también, una punzada en el pecho, justo dos dedos por encima del pliegue de la teta izquierda, y supe que iba a morir. Empecé la búsqueda frenética en Google, el llamar a mi perro que me miraba llorar, y eructar y cagar y solo atinaba a lamerme la cara cada vez que me doblaba entera hacia el suelo, con el culo todavía encastrado en el inodoro. Cuarenta minutos después, la panza me dio un descanso, pero la punzada persistía, y se volvía cada vez más fuerte. Cuando me levanté, la vista se me nubló, la mano izquierda se adormeció, me faltó el aire. Y faltando una hora para que pasaran a buscarme, bajé como pude a la calle, paré un taxi, y me fui a urgencias.

En 1995 fui de campamento por primera vez. Estaba en segundo grado, iba a dormir fuera de casa dos noches. El primer día no me bañé. Me escondí, porque temía desnudarme enfrente de mis compañeras y más frente a los adultos. La segunda noche, todos los chicos y las chicas estábamos sobreexcitados. Corríamos de una carpa a otra, nos encerrábamos a oscuras, invitábamos varones a donde no debíamos. Elprofesordegimnasia, un imbécil de jogging gris que disfrazaba su violencia de humor —se reía a carcajadas de que a mí no me saliera la voltereta para adelante ni la voltereta para atrás; le decía a Unacompañerita que si comía menos iba a correr más rápido, etcétera—, nos dijo a los gritos pelados que volviéramos a nuestras carpas, que a partir de ese instante no quería ver a nadie más moverse ni abrir la boca. Que nadie saliera «Ni para ir al baño» porque habría consecuencias. Su voz era igual a la de mi papá. A pesar de las ganas y el miedo, cerré los ojos con fuerza y me obligué a dormir.

A la mañana siguiente me desperté antes que el resto, sudada y muerta de calor. Primero sentí el olor, después lo que me había pasado. Salí de la carpa y busqué, entre la carpa y el sobretecho, con los vientos de por medio y a plena luz del día, nerviosa, apurada, y recagada —de miedo también— una bombacha limpia en la mochila que había armado mi mamá. No encontré y me fui corriendo al baño. El cubículo diminuto, el gris de los años y la mugre, todo lleno de sarro. La urgencia es más importante que completar bien la tarea. Miedo y vergüenza. No toco nada. De pie, con la bombacha pesada entre las piernas separadas, tiro del papel higiénico atenta a que ningún ruido invada el baño, sintiendo la amenaza de las voces que se acercan desde afuera. Armo rollitos, bolas gigantes de papel, y arrastro la mierda de la bombacha. Hago lo que puedo y me las vuelvo a subir. Tengo la frente marcada. Todos me miran, todos me pueden oler.

Durante el resto del día me siento lo más lejos posible, última en la fila, no hablo con nadie. En el micro de vuelta me siento adelante con la maestra. Hace muchísimo calor. Siento mi propio olor pero nadie dice nada. Me arde, me quema, me pica. Cuando llegamos al colegio, espero a que vengan a buscarme mis papás, que llegan tarde, pero no tanto. Mi papá me saluda, como siempre, palmeándome la nuca; su muestra diaria, torpe, de varón, de cariño. Se ríe y espera a que yo me ría, como siempre, también. Pero esta vez no lo hago. Mi mamá pregunta: «¿Qué te pasa?». Le digo: «Nada». Subimos al auto, y en cuanto arrancamos, ella se da cuenta. Inhala de un saque, la golpea el asco y con la violencia del golpe dice: «Mmmhhh, ¡qué olor a mierda!». Se gira y yo, después de tanto contener, lloro, pero no digo nada.

Mi papá y mi mamá se miran y empiezan a reír. Se desternillan de la risa que les corta las palabras, los: «¡Te hiciste caca encima!». Los «Pero vos sos estúpida, sos tonta, ¿cómo no pediste ayuda?, te puse dos bombachas, no te bañaste, te hubieras cambiado, te dejaste todo cagado. Piru, ¡¡se dejó puesta la bombacha cagada!! Pobre saco de dormir, va a haber que prenderle fuego. Pero ¡cómo no te sacaste la bombacha por lo menos! ¿¿Qué les dieron de comer, caballo muerto?? Piru, Piru, ¡subí la ventana que se va a llenar el auto de moscas!». Los dos se ríen, hacen chistes, se divierten. A veces, dos personas incapaces, imperfectas, incompletas, se juntan para lograr una mente afilada, y en vez de usarla como herramienta, la usan como arma. Me empiezo a reír yo también, entiendo que es gracioso que sea tan inútil. Cuando llegamos a casa, mi mamá me lleva al baño, me lava el culo, me muestra su asco y me lo dice frente al espejo. Tengo el culo lleno de ronchas. «Soy un asco, soy una tonta»: mi nuevo mantra.

El médico de guardia me sonrió. Dijo que me quedara tranquila, que no era un infarto, que era muy probable que fueran: «Gasecitos atascados, mi niña». Me dijo niña aunque claramente yo me viera como mujer, aunque tuviera su misma edad. Me dijo que igual íbamos a hacer todos los estudios.

Entre la inspección-auscultación-percusión-palpación abdominal y el electrocardiograma, empecé a bocetar el mensaje que iba a mandarles a Nicolas Cage y a Elhijodeldueñodelarollingstone. «Surgió algo grande»... «Perdón por el corto aviso»... «Me quiero matar que no puedo ir a Islandia»... y algo laboral en la línea del me acabo de enterar que me quieren hacer una prueba de cámara para una película con Colin Firth, el casting es en Londres, donde ya es de mañana, donde el sol volvió a salir. El médico me dio alprazolam y simeticona, aunque yo ya había tomado ambas, y me dijo que, para ayudar a eliminar el gas generado por el exceso excesivísimo de fibra que había consumido, iba a colocarme una sonda rectal. Como si fuera su entrada, el teléfono se iluminó en mi mano. A las 5.26 a. m., recibí un mensaje de texto de Elhijodeldueñodelarollingstone.

¡Hola Marta! Perdón pero al final no hay lugar en el avión... *Hangueamos* a la vuelta?

El médico me preguntó si estaba lista. Mientras preparaba la manguerita que iba a entrar unos «Cinco o diez centímetros, no más», adentro de mí, me indicó que me pusiera en posición fetal que, de cualquier forma, era la que yo hubiera elegido.

A las 7.27 a. m. me despertó un mensaje de texto de Nicolas Cage. Era una foto fuera de foco de algo baboso e indistinguible.

Cené una pasta de pato increíble ayer.

Me quedé en cama todo el resto del día, en un estado de euforia permanente, perdiendo espléndidamente el tiempo pensando en él. Viajamos a Argentina para el cumpleaños de mi papá. Nicolas Cage había aprendido a hablar español y aunque tenía un acento americano marcado, mi papá no se burlaba de él. Era el centro de atención; bajo su ala, con la nariz pegada a su axila, yo lo escuchaba relatar historias, entretener a mi familia, llenarse el buche diciendo cuánto me amaba y cuán especial era. Después del asado, mi papá lo honraba prestándole una de sus guitarras, la Fender Stratocaster blanca, y le dictaba los acordes de «El fabricante de mentiras» que, por primera vez, yo cantaba feliz. *Children smiled when they looked at me and love could make me cryyyy, fatheeeeeer*, estaba improvisando una versión en inglés de «San Francisco y el lobo» cuando, a las 3.50 p. m., el sonido de un mensaje de texto me despertó del ensueño.

Acabo de aterrizar en *Iceland*

Está helada la tierra?

Está fría, oscura, mojada y algo tenebrosa.

Le conté de mi supuesto casting para que pensara que mi vida también era ajetreada y que a mí también me estaban sucediendo cosas geniales. O para que no haber ido quedara un poco más de mi lado. Me pregunté cuánto saldrían los mensajes de texto desde Islandia. Y me regodeé en la potencia de lo latente.

Los días que siguieron prácticamente tampoco dormí. No me alcanzaban las horas del día para hacer todo lo que quería hacer. Yo, una mujer deseante, una mujer deseada. Leí dos novelas en un día con el sol del parque estrellándose en mi frente. Me anoté en pilates, fui al supermercado y llené la heladera de frutas y verduras. Hice empanadas caseras y, con la masa que sobró, buñuelitos de batata. Fui al Film Forum a ver *It happened one night* con música de piano en vivo, y me recorrí el Central Park entero en patines, solo para poder contárselo después.

Tres días más tarde, mientras caminaba por el Museo de Ciencias Naturales con Nicolas Cage al lado, haciéndole comentarios sobre todo lo que veíamos, que me anotaba para contarle después, me llamó Miagente. Querían verme al día siguiente para el papel protagonista de una película con Ryan Gosling.

Hasta ese momento, solo me había movido la culpa. Iba a audiciones para las cuales no podía encontrar argumentos en contra lo bastante convincentes. La medida era siempre la expectativa y el deseo de otros. El noventa por ciento de las cosas las podía rechazar con facilidad. No quería ser *typecasteada* como latina en un papel que no tuviera propósito más que ser accesorio de la trama de otro personaje más importante (masculino). Así que solo iba a audiciones para proyectos que tenían *A-list celebrities* confirmadas y si mi personaje era uno de los principales. Quizá, solo me presentaba para papeles para los que sabía que no iba a quedar seleccionada. Proyectos que eran demasiado buenos como para que se me dieran a mí, de un nivel competitivo altísimo. De esa forma, evité romper con mi narrativa del fracaso. Casting tras casting potenciaba la voz que me decía que no era lo suficientemente buena, ni lo suficientemente linda, ni lo suficientemente especial. Pero esta vez había algo distinto, lo sentía en mi cuerpo, en la seguridad con la que mis piernas sostenían al resto. Algo me había tocado. La mano de Dios. O algo así. El anhelo es lo más parecido a la fe que experimenté en mi vida. Todo eso que me habían dicho de

Dios, yo lo sentía estando cerca de él. En su presencia, había esperanza.

Leí el guion de un tirón. La descripción del personaje era la que más me gustaba de mí. Tenía los ojos grandes y siempre vivos. Era latina, pero no tu latina típica de televisión. Le gustaba leer y escribir, era inteligente y fuerte, aunque vulnerable; sabía decir que no. No estaba dispuesta a pagar los platos rotos por el estúpido de su marido, que sí era un latino estereotípico —traficante de drogas, moreno, convicto— pero bueno, no importaba. Si bien era una película de perfil alto, la cercanía que me generó el personaje me hizo sentir que, si me comprometía de verdad, este casting podría ser más que un punto muerto.

Memoricé las ocho páginas que me habían pasado, estudié y ensayé toda la noche y, con la ilusión intacta de los pájaros que cantan a las tres de la mañana, al día siguiente fui al casting. Viajé en metro hasta el Distrito Financiero, esquivé maletines, cafés extragrandes y al infaltable indigente anunciando el apocalipsis, subí por un ascensor hermético hasta el piso veintitrés y caminé por un pasillo angosto lleno de oficinas hasta que encontré la que buscaba: 2304. Me di cuenta entonces de que ya había estado ahí. Pero al entrar, las sillas de plástico del hall no estaban ocupadas por el catálogo entero de Benetton: todas chicas absolutamente disímiles que lo único que teníamos en común era la condición de extranjeras. Me resultó extraño ser la única y chequeé el mail de Miagente, para confirmar que no me hubiera confundido de día u horario. Mientras llenaba el formulario de ingreso —vacío— con mis datos, se abrió una puerta y se asomó una chica que dijo: «¿Marta? ¡Gracias por venir! Te estábamos esperando. Completá tranquila, que ahora te vengo a buscar».

Mi lado brujo supo ese día que el trabajo era mío. Embelesé a la cámara y a la directora. En general, el problema es que me voy de la escena o nunca entro: juzgo el trabajo propio y ajeno con un pie afuera, narro una historia paralela, odio a alguien en el set, armo la lista del súper o me angustio por algo malo que todavía no pasó. Pero las poquísimas veces que logro estar presente, mi trabajo logra algo importante también: tener verdad.

El 14 de octubre salí de la audición sintiéndome extasiada y encontré un doble arcoíris al pie de una gran montaña con caballos blancos que corrían salvajes bajo el rayo del sol. Nicolas Cage me había mandado, a las 4.23 p. m., una cascada de fotos desde Islandia.

Ah *wow*.
Qué bajón encontrar caballos al final del arcoíris
en vez de un duendecito millonario,
pero igual HERMOSO.

Jaja
No te puedo explicar lo que es esto.

Mandó otras tres fotos.

Vimos ballenas y glaciares
¡Y unas focas muy graciosas que vos hubieras amado!
¡Estoy por despegar para Reikiavik pero vuelvo mañana, *hangueemos* pronto!
✌

Qué lindo
Sí, *hangueemos.*

Te escribo cuando esté de vuelta

Hecho. Disfrutá de Ravi Yankar!

El costo de un mensaje de texto enviado desde Islandia era de veintisiete centavos de dólar.

Al día siguiente, a las 9.23 p. m., Nicolas Cage me volvió a escribir.

Acabo de volver a *tinytown*,
creo que me voy a dormir temprano hoy.
¿Querés que nos tomemos un jugo mañana a la mañana?

Dale, sí. Podemos hacer mañana argentina?

¡Sí! ¿Cómo a qué hora?
Argentime

Riendo
Tipo once?

Pick me up?

Pick me up!
Y por *Pick me up* no me refiero a Alzame
Me refiero al café.

10

Parecía sorprendido de verme. Me sonrió de lejos, se acercó, y se sentó enfrente de mí. Estiró el cuerpo sobre la mesa y me dio un beso en la mejilla. Nos abrazamos, con torpeza y cariño, durante unos cuantos segundos.

—¡Tengo algo para vos! —dijo Nicolas Cage.

Era un nene a punto de mostrarme su muñequito preferido. Puso apurado una bolsa de tela sobre la mesa y comentó que la tenía desde los diez años, que era su favorita. De color hueso, con un dibujo de cuatro pares de manos sosteniendo el mundo, decía: «¡Está en nuestras manos!». La abrió, sacó una correa militar, cuidadosamente enrollada, y me la entregó diciendo: «Tomá».

Elcamarerohabitual se acercó e interrumpió el momento preguntando qué queríamos. Nicolas Cage pidió un café negro y yo un té de peperina. Bostecé.

—¿Tenés sueño? —me preguntó.

—Un poco. No dormí mucho anoche.

—¿Saliste?

—No... No sé, una estupidez... Fui a cenar con amigos, y

empezamos a hablar de los reptilianos y eso, y un amigo contó la historia de una amiga de su mamá. La mina trabaja como vidente para la CIA, y aparentemente le instalaron una especie de chip en el cerebro que funciona como antena y puede amplificar las señales que recibe

—Aliens —me interrumpió.

—Sí, exacto. La cuestión es que la mina tuvo un accidente de auto jodidísimo y quedó internada, paralítica. La tienen que someter a una operación superarriesgada de columna, y la noche antes... se despierta a las tres de la mañana con un reptiliano parado en la puerta de la habitación. Dice que no sabe cómo fue exactamente que se comunicaron, que no puede situar si hablaron, o en qué idioma lo hicieron si es que lo hicieron, pero que se comunicaron. Y que el reptiliano le dijo que le iba a arreglar la espalda, que estaban muy agradecidos con ella por su trabajo. A la mañana siguiente se despierta, va al baño y a mitad de camino se da cuenta de que está caminando de vuelta, sin dolor ni nada.

—*Wow*.

—Mal. Y bueno, nada, no me pude dormir porque siempre ego y fantasía, y yo pensaba que se me iba a aparecer un reptiliano ahí en mi casa. Y me pasé toda la noche diciendo en voz alta «sos rebienvenido acá, pero porfa porfa no me asustes, no te aparezcas de golpe, avisame si vas a aparecer primero y listo».

Nicolas Cage se reía tan somnoliento que parecía drogado.

—¿Y apareció?

—Obvio que no, ¡les chupo un huevo! No necesito ningún *fix* ni nada tampoco. O sea, sí. Pero otro tipo de *fix*.

—Sería muy bueno que se te aparezca un reptiliano en el medio de la noche y te diga *I'm here to fix you... a drink* y se ponga a hacerte una margarita.

Reímos demasiado alto. Con Nicolas Cage nos tambaleábamos todo el tiempo en el borde de una estupidez tan abrumadora como hechizante.

Volví a bostezar y él también. Nos miramos y sonreímos. Me dijo que estaba cansado y que por cansado se refería a *jetlagged*, que le dolía mucho la cabeza. Me mostró una conversación de mensajes de texto que había tenido con su papá donde le mandaba fotos desde Islandia y el padre respondía cosas como «*Wowchi.* Hermoso». Dijo que tenía un papá *muy cool.* Después, me preguntó excitado si tenía novedades de la película. Pero no le había contado nada del casting grande que había tenido *AH* Dudé de si le había dicho Colin Firth o Christian Bale así que le dije: «¿De esa peli grande que es tan tan grande que no puedo decir nada al respecto». También dije que me había ido bien pero que al final les pareció que daba demasiado joven para el papel. Por suerte llegó Elcamarerohabitual antes de que me enredara más en mi propia mentira. Trajo dos tazas y dijo: «Cuidado, está caliente». Agarré la mía y me la acerqué a la boca. Me di cuenta por el peso que estaba vacía cuando ya la había levantado —mi mirada en Nicolas Cage— así que di un sorbo al aire y actué como si me hubiese quemado.

—*Fuck*. Está recaliente. ¿Querés probar?

— Sí, por favor.

Le entregué la taza vacía con cuidado. La sopló despacio y después dio un sorbito.

—Mmm, ¡está muy caliente! —sopló. Volvió a beber—. Qué rico que está.

Me devolvió la taza y nos sonreímos. Elcamarerohabitual volvió con una tetera y la dejó en la mesa.

El hechizo fue tan potente esta vez que me perdí casi todo lo que dijo durante la siguiente hora. Los dos estábamos con los codos sobre la mesa y los cuerpos inclinados al amor. Demasiado cerca como para que pudiera prestarle atención. Intercalé asentimientos y sonrisitas para hacer ver que lo escuchaba, pero estaba completamente hipnotizada por el sonido de su voz, que me adormecía. Me acunaba la mente y la hacía flotar sobre una cresta espumosa.

No me acuerdo de nada de lo que hablamos porque a veces la historia no está en las palabras sino en lo que hace que necesitemos sacarlas afuera. Como si lo importante no fuera haberla vivido, sino poder compartirla con otro. Sé que habló de Islandia, de sus primeras veces, de eBay, pero no logré retener más que los titulares. Me acuerdo de sus labios. Del agujero entre ellos que deja ver cómo su lengua se apoya sobre la espalda de las paletas en cada silencio. De cómo sus labios no parecen querer soltarse cuando abre la boca, de cómo se retienen, pegoteados como amantes nuevos. De cómo su boca nunca está abierta o cerrada del todo. De los distintos tonos de rosa, de lo agrietado y lo seco. De mi necesidad de pelarlo con los dientes. Me acuerdo de cómo los humedecía con su propia lengua, de vez en cuando, y cómo eso me calentaba. De las ganas de meter el dedo índice entre ellos una vez más, como esa primera noche. De cómo se tomaba el labio inferior entre los dedos índice y pulgar en las breves pausas que hacía mientras me contaba algo y sonreía como un nene de cinco. Me acuerdo de su piel pálida, la distancia exacta entre sus cejas y cuán independientes parecían ser la una de la otra. Los setenta y seis movimientos distintos que pueden hacer. Sus ojos impredecibles, que se iban hacia el suelo, al quiosco de la esquina para pensar algo en privado antes de volver. Ojos fugitivos, escurridizos, que se resisten a quedarse en un solo lugar, a mirarme de frente. Nicolas Cage emulaba el movimiento ocular típico de alguien que miente, solo que él buscaba algo real de donde agarrarse, como un chico perdido que busca a su madre en el *shopping*. Me acuerdo del gorro que tenía puesto, el animal que tenía bordado. Los jeans, las botas de cuero marrón. Sus medias de lana gruesa, rojas, blancas y amarillas. De su remera gastada; la camisa naranja, celeste y lila a cuadros de Brooks Brothers que llevaba encima.

De golpe dejó de hablar. Sentí el silencio que no se detuvo, y noté que me estaba mirando con las cejas arqueadas. Repitió el gesto una vez más. Me sentí como tantas veces en el set, la mala actriz expuesta. Sabía que era mi turno de hablar, pero no había estado presente en la escena para nada. Todo lo que podía hacer era improvisar y rogar por una risa.

—Hay un osito de peluche en una estantería y se cae... ¿Te parece gracioso?

—Mhm... ¿no? —dijo confundido y algo desconfiado.

—¡Al osito tampoco!

Me empecé a reír y por suerte se contagió.

—Es bueno —me dijo.

—Es mi chiste preferido.

—Siento que se puede adaptar ¡y funcionar prácticamente con cualquier cosa!

—¡Sí! ¡Mal! A ver... ¿por ejemplo?

Sonrió, se puso fucsia, y bajó la mirada.

—Mhm... No sé —se encogió de hombros—. No se me ocurre nada ahora... —Su mirada aún no se levantaba—. Siempre me dejás expuesto.

Sonrió tímidamente y me lo quise devorar. Me sorprendió por completo la noción de que yo pudiera intimidarlo a él de alguna forma. Su teléfono empezó a sonar. Lo miró rápido pero no contestó.

—Bueno... ¿y dónde estás viviendo? —se me escapó.

Sabía que ya no vivía en la casa que yo había conocido y que todavía no se había mudado a la playa, pero no me había dicho nada más. Ahora sí, estaba incómodo de verdad. Apoyó los codos sobre la mesa y la cabeza en las manos. Levantó los hombros otra vez, hundiéndose en sí mismo aún más, y me respondió mirando para abajo, con una expresión facial conflictuada:

—Estoy viviendo en Chinatown. Temporalmente.

Hubo un silencio.

—En lo de mi novia.

Era la prueba que necesitaba. Lo que no sabía era para qué la necesitaba. Qué iba a cambiar, o qué quería lograr exactamente. Pareció molesto por un segundo, como si yo hubiese roto un pacto, como si ese tema estuviera por fuera del mundo que habitábamos juntos, el que yo tenía permitido tocar. Me volví a preguntar si la tensión romántica podía ser sentida unilateralmente o si es una mecha que quema por ambos extremos. Sabía la respuesta. Los dos sabíamos lo que hacíamos pero fingíamos que no.

Me sentí confundida. ¿Qué significaba «temporalmente»? ¿Existe tal cosa como desmudarte una vez que te mudaste a vivir con tu pareja? ¿O lo temporal era la ubicación geográfica e iban a mudarse con Rebecca Owens a la casa en la playa, a la que predije que se mudaría conmigo la noche que nos conocimos?

Nicolas Cage justito dijo que iba al baño, dispuesto a empezar de cero al volver. Tan resuelto a fingir demencia respecto de la existencia de su novia como yo creía estar. Pero la moral, o el enojo, me empezó a morder. No me había despertado a las ocho de la mañana porque tenía algún tipo de interés en tener un amigo nuevo. Y aunque me costaba comprender por qué cualquier otra persona, y en especial Nicolas Cage, se juntaría con alguien a esa hora de la mañana, necesitaba más que mi propia impresión de que le pasaba lo mismo. Y por «le pasaba lo mismo» me refiero a que estaba irremediablemente enamorado de mí. Seguía persiguiéndome mi propia cola cuando volvió, se sentó, y dijo:

—Nunca me contaste bien cómo terminaste viviendo en Nueva York.

—¿Querés la versión larga o la corta?

—Te voy a pedir la corta, me vas a decir algo lo suficientemente críptico y brillante como para que te pida la larga, y ahí voy a hacerlo.

—¡¿Quién obliga a quién a ser genial?! —Me reí—. *Okay*. Hagámoslo. ¿Querés la versión corta o la larga? —pregunté con *sassy voice*.

—La corta.

—Necesitaba un cambio —le dije fumando un cigarrillo invisible, con desgana y superación.

—¡Buen trabajo! *Okay*, ¿cuál es *la versión larga entonces*? —preguntó.

—Bueno... *Necesitaba un cambio* —repetí. Después, queriendo parecer una persona resuelta, dije «No», hice un chasquido y empecé el simposio—: es cierto que el cambio no puede venir de afuera, que el cambio está en uno y todo el *shebang*. Pero la realidad es que a veces cambiar de escenario ayuda... Me resulta más fácil saltar al vacío que ir pasito a pasito.

Se quedó mirándome. Le costó ubicar exactamente qué era lo que quería decir, hasta que esbozó:

—Te envidio. Envidio lo fácil que te resulta dejar atrás las cosas que no te hacen bien, empezar de cero. A mí... Vos sos... —se encogió de hombros—. A mí me resulta muy difícil el cambio —reculó—, a veces.

—No creo que me sea *fácil*, es solo que me acostumbré. De hecho, siento que sostener hábitos es más fácil que cambiar..., no sé, digo, incluso más allá del esfuerzo o sufrimiento que pueda implicar sostener ciertos hábitos. Qué sé yo..., corté con mi novio y sentí la necesidad de estar en un lugar nuevo, donde no me conociera nadie, no le debiera nada a nadie, donde nadie esperara nada de mí. Así que me anoté en una escuela de teatro acá y compré un pasaje de ida.

—¿Lo haces a menudo? Digo... ¿Irte así? ¿Dejar todo atrás? —pareció asustado.

—¿No...? No sé..., supongo, no sé. Solo si lo siento como una necesidad —nos quedamos en un silencio que no pude sostener y disparé, ensayado—: ¿Sabés qué es lo más hermoso de las relaciones cuando empiezan?

—¿Qué?

—Los puntos suspensivos. Lo bueno de las relaciones cuando empiezan son los puntos suspensivos, gramaticalmente hablando. Esa elipsis que exige una continuación, la posibilidad de todo, la emoción de ver qué sigue, qué llega. Y lo terrible de las relaciones es cuando los puntos suspensivos quedan al final...

Nicolas Cage arqueó las cejas y se llevó los dedos a los labios.

—Los vínculos necesitan, bah, los vínculos no, nosotros, nosotros necesitamos de un punto —seguí—. Un punto *final.* Y supongo que no podía terminar de separarme estando ahí, y necesité irme de verdad. Dejar todo atrás, incluso la sensación de estar dejando algo atrás —Nicolas Cage me miraba, buscándose adentro—. No sé, la naturaleza de las relaciones románticas es... ¡monstruosa! Y tan matemática a la vez que asusta... Es tipo dos extraños se conocen, se reconocen, se desean, se enamoran. Los meses o los años pasan y empiezan a *des*enamorarse, desean a cualquier cosa que camine excepto al otro, se *des*conocen y, eventualmente, terminan volviéndose extraños otra vez... Tres relaciones después, una tarde cualquiera te preguntás qué será de la vida de esa persona que en un momento era la vida entera para vos.

Vi la sorpresa no tanto crecer, sino cachetearle la cara, dejándolo completamente pasmado. Me daba su mirada pero cuando se la devolvía, me la sacaba de golpe. Quise seguir pero el guion se me iba acabando y, sin darme cuenta, de a poco, me adentré en la verdad.

—Me enamoré de un chabón y me separé de otro. Peleábamos todo el tiempo. Bah..., él me peleaba. Era muy celoso. Y dos años después, entendí que también era alcohólico. Me acuerdo de que me pedía que lo mirara a los ojos y me hacía preguntas a ver si era capaz de mentirle. Me decía, mirándome así, agarrándome la cara, que yo nunca lo iba a cagar porque si lo cagaba me iba a agarrar cáncer... Al principio me parecía hermoso. Me convencí de que nadie pelea tanto por algo que no vale la pena. Me repetía a mí misma que no era que peleáramos sino que estábamos todo el tiempo a punto de reconciliarnos.

Nicolas Cage asentía y negaba con la cabeza a la vez. Le conté que las peleas empezaron tímidas, pero que con la práctica fueron inflando el pecho. Que me empezó a lanzar cosas —libros, zapatillas—, cosas que no se rompían al caer, que no dejaban evidencia. Que nos mordíamos, ya no en un contexto sexual. Que yo lo empujaba en esas situaciones y me creía que la violenta era yo.

—Un día —dije—, después de una pelea horrible, de la vez que más miedo tuve, me agarró fuerte de la mandíbula y me dijo: «Basta. Paremos. Te amo como nadie te amó ni te va a amar nunca. Yo te amo en serio» —le repetí a Nicolas Cage con la cadencia exacta que lo había escuchado de mi primer y único novio. Hice una pausa—. Y yo le respondí: «Yo también».

Respiré hondo.

—«También»..., la palabrita vacía. No significa nada en sí misma. No tiene peso, ni emoción. Cuando estás enamorada necesitás literalidad, pronunciación. Necesitas *decir*, *mostrar*, *gritar*. Supongo que en ese momento me di cuenta de que si no lo podía ni decir, menos podía sentirlo —concluí.

—Qué miedo... y qué triste —volvió a mirar para adentro—. ¿Sabés que siempre me pregunté cuándo el mundo es más real, si cuando estoy enamorado o cuando no?

—¿Y qué pensás?

—Bueno, en general depende de si *estoy enamorado o no*

—dijo Nicolas Cage con *sassy voice*—. No sé. Cuando me enamoro veo todo como si fueran dibujos animados, la gente se vuelve más simpática y amable. Pero quizá así es como realmente son las cosas, solo que cuando estoy deprimido, o desconectado de la ternura, pongo un filtro gris por sobre todo y hago foco en lo negativo.

La depresión es lo contrario al amor. ¿La depresión es lo contrario al amor? Me quedé rebotando. Después dije:

—Puede ser... Creo que se trata de eso precisamente, ¿no? Que no es tanto poner o correr ese «velo invisible»..., filtramos de una manera u otra. En la calle siempre hay alguien devolviéndote la sonrisa y también alguien que te putea porque caminás mirando el celular.

—Sí... Es una cuestión de foco. A mí me pasa todo el tiempo, tipo, cada vez que no me viene empiezo a ver embarazadas por todos lados —dijo Nicolas Cage, saliendo a la superficie una vez más, en busca de aire.

Me reí en exceso y lo empujé.

—¡Sos un idiota, Nicolas!

—¡Gracias! Y... ¿extrañás Argentina?

Una bomba me explotó en la cara. Sentí cómo se me abrían los poros y erizaban los pelitos. Una mano helada subió desde mi espalda hasta la nuca, me abrazó el cuello por detrás y presionó tanto que, cuando intenté, no logré tragar. Todo enmudeció conmigo, excepto el sonido de mi propio corazón que cada vez se volvía más fuerte. No supe qué contestar, principalmente porque era una pregunta que nunca me había hecho hasta ese momento. Calculo que lo miré con cara de perro mojado porque con un levísimo gesto de pena me susurró: «¿Qué pasa?».

Me había aventurado en dirección a la verdad, y ahora me sentía completamente perdida. Le dije «No sé». Le dije «No sé, no sé, no sé» haciendo una fuerza enorme para no llorar. Después, tomé aire lo más profundo que pude y hablé de corrido y rápido, como si hubiera abierto la válvula de un chaleco salvavidas y todo ese aire estancado se hubiera apresurado a salir. Al final, le pedí perdón. Le dije que era todo mentira. Que no era mentira, pero que sí, que la verdad era que no sabía bien por qué me había venido, que simplemente me sentía muy sola y hacía años que me faltaba el aire y no podía entender por qué. Que había viajado a Nueva York porque en Argentina no podía estar. Ni yo sé muy bien por qué le pedía perdón. Supongo que por existir.

Apoyó su mano caliente en la mía. Me quedé en silencio sin atreverme a mirarlo.

Quise desaparecer. Y vi que el viaje había sido otra de las tantas formas en que lo había intentado. Irme lejos, apañármelas sola, sufriendo en silencio y sin molestar a nadie. Dejar a Marta atrás, y ser *Martha*, la que habla otro idioma, la que si quiere puede ser alguien distinta todos los días. Probar personajes hasta que alguno le quede. Quizá, algún día, hasta dejara de actuar. Pensé en la ilusión que me había causado la idea del viaje a Nueva York, en busca de la ficción que tanto necesitaba. La que iba a aprender en una de las mejores escuelas de teatro del mundo sí, pero también el tipo de ficción por la que vale la pena vivir. Todas las cosas interesantes, en las películas, siempre se situaban en Manhattan: los grandes amores, pasiones, carreras, tragedias. Pero a los dos meses de llegar dejé de ir a la escuela, pese a lo que después comenté a periodistas y familiares. Al año, apenas salía de mi casa. No había ido ni a la estatua de la Libertad todavía. Tal vez transformar dos meses en años fuera una forma de sobrevivir.

Compré la idea del exilio como algo temporal; un paréntesis. Un irse a otro lado, lejos, esperar tranquila a que el tiempo pase, y las cosas se arreglen en casa, para poder volver. Pero de a poco empecé a sospechar que ya no estaba de viaje sino que vivía sola en otro país. Durante los primeros veintitrés años me mudé de hobby en hobby, de carrera en carrera, de grupo en grupo, de chico en chico. Después, tuve edad como para mudarme de ciudad. Quizá el plan siempre fue que nadie se acercara lo suficiente como para darse cuenta de que soy imposible de amar. Internet se convirtió en mi casa y mi familia, los vínculos más profundos los sostuve online, y aunque emigrada, viví como una vive en el exilio: en una espera constante, flotando en múltiples estar-por, en promesas y probabilidades. Puedo situar el día en que abrí ese paréntesis, pero después el tiempo se estiró. Yo me abstraje y desconecté. Todo el tiempo tenía la sensación de extrañar a alguien. Pensaba que extrañaba a mi familia, pero al volver a Argentina me había dado cuenta de que lo que extrañaba era algo imaginario, y entonces extrañé a Nueva York. Nicolas Cage tenía razón, yo siempre me estaba yendo a otra parte.

Le sonó una alarma en el celular. Todavía tenía la mano apoyada sobre la mía y me acompañaba en silencio. Me dijo que tenía una reunión en Midtown a la una y cuarenta, pero que quizá podíamos ir a caminar un poco antes, que me iba a hacer bien. Le dije que sí, que tenía que pasear a Ramón y que quizá podíamos irlo a buscar y después caminar hasta su reunión. Me dijo que le parecía bien.

Las únicas fotos que tengo de Nicolas Cage son fotos en las que está de espaldas. Teníamos nuestro café, nuestros chistes internos, nuestro pequeño y hermoso pasado, pero no teníamos una foto juntos.

Y si nunca nos vieron juntos, ¿existo?

Lo que más me molestaba era que tampoco tenía Facebook o Instagram, solo un Twitter de la banda desde el cual no me seguía. Me daba vergüenza tener que googlearlo cuando mis amigas argentinas me reclamaban una foto. Sentía que me exigían una prueba, que no se creían mi relación con él, o al menos la subestimaban. Cuando dijo que era su turno de pagar y encaró al mostrador, tuve el impulso de registrarlo, de retenerlo en algún otro lugar aparte de mi memoria.

La foto y el regalo que me había dado esa mañana iban a tener la capacidad de materializar el pasado y darle integridad. Esperé a que llegara, comprobé nerviosa que el celular estuviera en silencio, lo levanté con las dos manos como respondiendo un mensaje de texto, apagué el flash y disparé una foto a sus espaldas.

—¿Es de niños tu remera? —preguntó Nicolas Cage mientras yo me abrigaba para salir.

—Podría ser... Pero es una que se me encogió en la secadora y le hice este dibujo con sharpies.

—¿Lo dibujaste vos?

—Sí, pero copié los dibujos de internet.

—*Wow*. Estoy impresionado. ¿Qué dice?

Estiré la remera como para que pudiera leer mejor. Se acercó, demasiado.

Esa mañana lo había calculado todo. Me desperté a las siete sin poner ninguna alarma. Me lavé los dientes, me depilé, paseé a Ramón, me duché y me hice unos huevos revueltos. Faltando tres horas y diez minutos para encontrarlo, me dispuse a preparar la casa. Era hora de mostrarle mi pequeño oasis y a Ramón. Me divertí pensando en los comentarios que los dos íbamos a hacer sobre mi vecindario. Limpié, escondí los libros que me avergonzaban de la biblioteca y dejé a la vista todo lo mejor: puse un disco de los Beach Boys, que sabía que le gustaba, en el tocadiscos. Me hice una escapada al quiosco donde compré flores frescas y *snacks*, por si le daba hambre. Al volver, me cambié al menos cinco veces antes de decidirme por unos pantalones de lanilla YSL y esa musculosa encogida.

No es que tenga toda ropa de Yves Saint Laurent, Prada o Martin Margiela, no soy lo suficientemente rica, famosa o estúpida como para endeudarme comprando ropa de diseñador. El setenta y cinco por ciento de mi vestuario es ropa vintage que conseguí hurgando, hasta en el último rincón de la última caja fuera de estación, de alguna feria americana excluida del circuito comercial. Cuando encuentro cosas de marca les cambio la etiqueta por el de otra prenda más barata. El resto de mi armario se conforma por cosas que tengo desde que soy chica, ropa de niños y básicos de supermercado (Walmart por lo general).

El pantalón era del tipo espanta hombres; esos que pertenecen a mujeres de negocios, que no son una segunda piel. Tiro por encima del ombligo, piernas amplias. Igual, hacía que mi culo pareciera más duro y alto de lo que realmente estaba. El top lo había elegido porque tenía el escote preciso.

Lo suficientemente profundo como para que, con un poco de esfuerzo, él pudiera llegar a vislumbrar mi lunar preferido, pero no de la profundidad exacerbada de quien quiere poner las tetas sobre la mesa, como otro tema de conversación.

En la semana más inspirada del año —¿de la década?— había adquirido también el hobby de dibujar la ropa. Compré, en una librería artística, un paquete de veintiocho marcadores permanentes de colores y copié —en un short, tres remeras, el bolsillo trasero de un jean, unas mallas y una cartera— dibujos y frases de una página de Facebook que se llamaba «Felices los ñoños». Esa mañana, Doraemon y Nobita Nobi montaban un Diplodocus y un Tiranosaurio Rex respectivamente, con sonrisas de «acá no pasa nada, no hay ningún peligro». Abajo vivía la frase: *We are great pretenders!* Pintarla, usarla, fue un rapto de inconsciencia calculada.

—¿Nos la pasamos fingiendo? —leyó preguntando Nicolas Cage.

—Sí. Y ellos también.

Sonreímos, haciéndonos cargo.

—¿Querida, he encogido a los suéters? —dijo Nicolas Cage con *sassy voice.*

—No. Este sí es un suéter de niños.

—Debí saberlo.

Cuando entramos, mi perro —mi cómplice— no apareció. Su ausencia nos mostró la puerta abierta del cuarto y nos depositó en la cama, donde nos esperaba panza arriba su sexo expuesto, en mi nombre. Dije: «Él es Ramón». Mencioné que iba al baño porque quería hacer pis, pero porque quería dejarlo solo, respirando mi cuarto. Lo que hice en el baño no hace falta narrarlo. Volví y Nicolas Cage estaba sentado en mi cama, con el perro encima.

—¡Qué hermoso que es!

Ramón le lamía la cara y yo me sentía irracionalmente celosa.

—No sabía que tocabas la guitarra —dijo asombrado. Se dejaba lamer con total comodidad, la intimidad era desfachatada. Un poco me calenté.

—Ah, no. Es de un amigo. Se mudó a Barcelona y me la dejó porque la tiene en venta.

Nicolas Cage me preguntó si podía probarla. Le dije que sí, pero que no tenía amplificador. Dijo: «No importa». Me acerqué, se la ofrecí y cuando la agarró, me incliné para alzar al perro a upa. Como en un enroque, nos rozamos, pero solo por un segundo. Le pedí un beso a Ramón, pero en realidad a Nicolas Cage. Mientras me envolvía el aliento fétido, y una lengua que no es ni suave ni rasposa, Nicolas Cage tocó la guitarra. Una melodía que no supe reconocer. Más que como propia. El germen de una canción que algún día terminaría de escribir para mí. Nuestra historia cantada por millones de voces, yo a viva voz en todo el mundo.

—Es hermosa esta guitarra —comentó mientras sus dedos se pavoneaban por el mástil, ágiles, fuertes, bellos y furiosos como una esfinge.

—Es una Fender Telecaster del 64 —dije de memoria.

Sonrió.

—Es muy hermosa. Me gustaría poder probarla con un ampli.

Quise acostarme al lado suyo hasta morir y ya. O coger.

O mejor dormir un rato, abrazados. Quedarnos en mi cuarto para siempre, solos, juntos, lejos de todo y todos. Pero me quedé quieta donde estaba, mirándolo con cara de miedo quizá, y le dije:

—¿Vamos?

Salimos del departamento con Ramón y empezamos a caminar *uptown*. En Manhattan, las calles son las que dibujan la ciudad en sentido horizontal y las avenidas las que permiten recorrerla de arriba abajo y viceversa. Es en las segundas donde todo es inclemente. El tráfico, los turistas, el sol que parte al medio o el viento que ruge como si a ambos extremos de la ciudad hubieran abierto las ventanas. Aunque es cierto que también hay algunas avenidas este-oeste cada cierta cantidad de calles, es en sentido norte-sur que es imposible hacer una caminata plácida. El tramo que teníamos por delante: cuesta arriba.

—*Shit.* ¡Me olvidé las bolsitas! —dije.

—¿Las qué?

—Las bolsitas. Del perro.

—¡Ah! No te preocupes, algo inventamos.

Me alivió habérmelas olvidado. Que me viera agachándome, con el perro tironeando, la cartera campera pelo todo tendiendo a la caca; el rastro marrón sobre la vereda, mi cara y la escena invadidas por el olor a mierda que inevitablemente invade; hacer algo tan mundano, tan cotidiano, me avergonzaba.

—Así que... —apunté—: ¿Tiene novia tu amigo, el de la *Rolling Stone*?

Nicolas Cage se puso serio. Muy serio. Jamás lo había visto así, ni siquiera cuando hablábamos de la muerte. Dijo:

«No». No se rio, ni sonrió, ni siquiera me miró. Me quedé callada unos segundos. Y lo hice a propósito. Después, me reí.

—Ah, *cool*. Es interesante él... ¡y lindo! —Levantó las cejas y siguió mirando el suelo. Dejé pasar dos segundos más y agregué, con un chasquido—: Porque estaba hablando con una amiga mía el otro día, y pensé que quizá deberían conocerse. Siento que podrían gustarse...

Como cuando de chica tiraba una moneda, mi ofrecimiento dio vida a la estatua, que me miró y me dedicó una sonrisa entusiasmada.

—¡Sí! ¡Tenemos que engancharlos!

Ahora sí, le disparé. A quemarropa:

—¿Cuánto hace que estás de novio?

Me miró. Y me desmiró.

—Hace poco más de un año —dijo volviendo a un lugar de incomodidad. Hice un cálculo rápido y entendí que habían empezado a salir apenas antes de que nosotros nos hubiéramos conocido. Nicolas Cage me despertó del monólogo interno cuando rompió el silencio para agregar—: No sé... Es una chica dulce, pero... no sé... No sé.

Después de otro silencio, largo, por fin levantó la mirada y me la entregó.

—No digo que no sea *feliz*, porque lo soy...

Otro. Silencio.

—*Soy* feliz..., pero... viste..., las relaciones son complicadas. Tenemos nuestros altos y bajos, es difícil mantener el equilibrio —dijo transformando sus manos en balanza.

—¿Es *dulce*...? —repetí incrédula. Y lo rematé—: ¿Como los malvaviscos?

Me miró y no dijo nada. La violencia nos sorprendió a ambos, violenta como es. Resoplé. Tan fuerte como pude, más fuerte de lo que hubiera querido. ¿Cuánto más tenía que darle para que me eligiera? ¿Cuánto más tenía que ser? Con la mirada le dije que su novia debería ser genial, inteligente, lo más del universo; que dulce eran los gestos y las golosinas; pero con la boca a lo único que me atreví fue a:

—Bueno, al menos ya superaron la crisis de los ocho meses, ¿no?

—¿Supongo...? Más tipo la crisis del año —dijo.

—¿Ah, sí? Mirá. Leí algo de que a los ocho meses la atracción sexual, el *crush* desaparece. Químicamente hablando, hay algo que en el cuerpo deja de surtir efecto..., pero ni idea, calculo que eso es algo que después se puede trabajar...

—Sí..., hay que trabajarlo. Y mucho. Mucho.

—Mhm... Es difícil a veces —dije como si tuviera más experiencia en relaciones de la que realmente tenía—. Pero por otro lado está bueno, ¿no? Es como que cuánto te «gusta» la otra persona deja de distraerte y empezás a conocer a la persona que hay ahí atrás de la que te armaste vos.

—Sí. Y es difícil...

—¿Cuántos años tiene ella...? —Apagué mi cigarrillo sobre su cadáver, falsamente distraída.

—Es chica.

—¿Cuán chica?

—Muy chica.

—Bueno, yo soy bastante más chica que vos...

—Más chica que bastante más chica que yo.

Asentí.

—Yo me estoy viendo con un chico de quince. Y por viendo no me refiero a juntarnos en mi casa y pararnos a un metro de distancia posando los ojos sobre el cuerpo del otro.

Se rio. Se puso serio. Me inspeccionó con los ojos apretados.

—¿En serio...?

—¿No?

Entrecerró los ojos otra vez.

—¿Sí...? —no sé quién lo dijo, pudo haber sido cualquiera de los dos.

—Obvio que no. Y... decime, ¿vos entendés todo lo que te digo? —le pregunté, dispuesta a sacrificar mi acento con tal de seguir hurgando en su novia.

—El noventa y ocho por ciento del tiempo —dijo—. ¿Vos a mí?

—El noventa y ocho por ciento del tiempo. El otro dos por ciento es cuando te digo: «Estás loco».

Me dijo algo en inglés shakespeariano que no pude retener, nos reímos y le dije:

—*Estás loco.*

Todas las horas frente a la tele que moldearon mi encanto y entrenaron las salidas rápidas por fin debutaban en primera. La adrenalina del vivo, de su feedback, era cocaína para mí. Estaba jugando el partido de mi vida y me daba el lujo de hacer jueguitos.

Sentí que Ramón tiraba de la correa y me impedía avanzar. Cuando bajé la mirada, terminaba de girar sobre sí mismo para acomodarse en cuclillas.

—Ay. No. *Fuck!*

Nicolas Cage siguió mi mirada y corrió hacia la calle. Literalmente dispuesto a arriesgar su vida por mí, se paró sobre el carril de bicicletas, giró, levantó la cabeza hacia el cartel que había en el poste de luz, y dijo:

—¡Marta! ¡Prohibido estacionar antes de las 7 p. m.! ¡Vámonos!

Me agarró del brazo y me hizo correr. Doblar en la esquina, salir de la avenida. Seguir corriendo. Correr una cuadra entera más. Frenamos de golpe para recuperar el aliento de la risa y la corrida o porque había una obra en construcción obstruyendo el paso.

La vida con Nicolas Cage podía ser así. No tenía por qué cargar una bolsa llena de mierda caliente. Podía dejar la mierda atrás y salir corriendo como si nada, riendo de la emoción, ahogada de vida.

Me tapé los oídos y caminé rápido, adelantándome para atravesar el camino estrecho marcado por cinta de Precaución a ambos lados. Me di la vuelta a la mitad para comentarle algo sobre el ruido de los taladros y nuestra escapada, y lo agarré *in fraganti* mirándome el culo. Lo acusé con ojos de película, ojos ofendidos, ojos de «Cómo pudiste hacerme esto a mí».

—¿¡¿¡¿¡¿¡Me estabas mirando el culo!?!?!?!?

—Sí. Perdón.

Sonrió, se puso absolutamente fucsia y bajó la mirada. Nos reímos con un exceso que al recordarlo me da un poco de vergüenza. Por fin sobre una calle tranquila, a dos cuadras de nuestro destino, le dije:

—¿Querés jugar un juego?

—Seguro. ¿Cómo es?

Se me había ocurrido días atrás, mientras recorría el botánico de Brooklyn para tener algo más que contarle. Lo había guardado junto a un puñado de chistes que me parecían inteligentes, listos para ser usados cuando lograra hacerlos encajar.

—Es el Juego de Woody Allen. Se llama «¿Cuál es tu perversión?». Vos pensás en alguna perversión que tengas. Y yo te puedo hacer hasta diez preguntas. Solo podés responder con «Sí» o con «No», y yo tengo que adivinar cuál es tu perversión.

—¿Qué tipo de perversión?

—Una sexual.

—*Okay*... ¿Puede ser cualquier cosa?

—Sí, siempre y cuando sea verdad. Y tuya.

—Bueno... ¡Hagámoslo! Dejame pensar...

—¿Listo?

—Sí.

—¿Está relacionado con animales?

—No.

—¿Necesitás algún objeto para llevarla a cabo?

—No creo. ¿Las manos cuentan como objeto?

—¡Nicolas! ¡No me podés decir! ¡Solo sí o no!

—*Okay. Okay!* Supongo que no. *Okay*, NO.

—Bien. ¿Está relacionado con los pies?

—No.

—¿Implica espiar algo o a alguien?

—No.

Yo llevaba la cuenta con dedos orgullosos.

—¿Involucra la presencia de algún familiar?

—Nooo. ¡Por Dios! ¡Marta!

Me reí.

—¡Bueno! ¡¡Bien!! ¡Solo quería estar segura! ¿Necesitás de alguien más, o sea, de otra persona?

—Nope.

—Es algo que hacés solo.

—Sí.

—¡Esa no era una pregunta! Mhm... ¿Implica pensar en tu mamá?

—*No necesariamente* —dijo con *sassy voice.*

—¿Implica acabar en objetos personales de otra persona mientras esa persona no está?

Se rio.

—No.

—¿Irías preso si te agarran en el acto?

—Probablemente.

—¿La llevaste a cabo alguna vez?

—Sí.

—*Fuck!* —me había quedado sin dedos con los que contar—. Diez. Mhm... No tengo la más puta idea de qué puede ser. Me rindo... ¿Qué es? ¿Cuál es tu perversión?

Se encogió de hombres, tímido de golpe.

—Me gusta estar solo en espacios públicos. Pero no en la ciudad, o la calle, más bien en la naturaleza, en la playa o la montaña. Y necesito estar absolutamente solo. Y bueno..., ahí..., me gusta desnudarme y...

No se animó a ponerlo en palabras.

—Ah. ¡Cierto! Me dijiste que le hiciste el amor a la luna una vez y yo pensé que te estabas haciendo el poeta. Ahora tiene sentido.

—Te juro. Fue increíble. De hecho, *traté de invitarla a salir en Islandia...* —dijo con *sassy voice.*

—¿Ah, sí? ¿Y?

—Sí... Era muy tarde de noche. O temprano a la mañana,

en realidad. No me podía dormir, así que salí del hotel y fui a caminar por la montaña. Me acosté en el suelo. Estaba congelado. Y era todo tan hermoso. Me sentía tan libre. No se escuchaba ni un sonido. Solo el gorjeo de algunos pájaros. Y de golpe vi una luz enorme, brillante, gigante en el cielo. Y fue tipo... *¿Es acaso mi amante esa?* ¿Lunita, sos vos? No. Pará. ¿Es un avión

—¡Era Superman! —lo interrumpí excitada. Se rio.

—No, en serio. Vi un *fucking* OVNI. Brilló muy muy fuerte por unos segundos y después desapareció por completo. Me cagué todo y volví corriendo al hotel, medio en bolas.

—Supongo que te lo merecés por intentar acosar a la luna.

—Soy desagradable.

—Sí.

Repitió «Sí», se rio y miró el teléfono:

—Se me está haciendo tarde para la reunión...

—*Okay*! Podemos seguir jugando la próxima.

—¡Pero quiero saber la tuya ahora! Hagamos una ronda más...

—Lo que digas vos.

Caminamos unos pasos y nos paramos frente a la boca del metro de la 28th Street y Park Avenue. Até a Ramón en una reja y apoyamos la espalda en la pared de un edificio.

—Podés hacerme diez preguntas y después tenés que adivinar.

—*Okay*. ¿Lista?

—Ahá.

—¿Involucra personas del mismo sexo?

—No necesariamente.

—¡Solo podés decir sí o no! —me regañó.

—*Wow!* ¡Miralo a él! ¡Qué rápido aprendés! Supongo que la respuesta es «No necesariamente».

—¿Involucra a algún familiar?

—No necesariamente.

—¡Marta!

Me reí.

—No.

—¿Necesitas algún objeto?

—*¿Las manos cuentan como objetos?* —dije con *sassy voice*.

Se rio.

—No.

—Entonces no.

—¿Irías a prisión por hacerlo?

—No creo, no, copión.

—¿Implica un vagón de metro?

—¿No?

—¿Involucra algún espacio público o armas?

—No...

—¿Involucra comida?

—¡Buena pregunta! Pero no.

Una señora mayor se acercó y, sin preguntar, empezó a acariciar a Ramón. Miré a Nicolas Cage con intención.

—Así que esto era... ¿Te calentás cuando la gente toca a tu perro?

Gemí «Ay, sí», bajito, y apoyé la cabeza con suavidad en su hombro. Gemí, de verdad, muy suave, dos veces y le susurré «No aguanto más». Se puso absolutamente azul, ni fucsia ni rojo, y sonrió. Contenido. Me reí con fuerza.

—No. No es esto.

—Me rindo —dijo—. ¿Qué es?

Me miró a los ojos y se quedó ahí. Más tiempo que nunca.

—Me gusta masturbarme al lado de una persona que duerme, no necesariamente alguien con quien cogí o cojo.

—*Wow... Okay...* —dijo. Se mordió el labio e inhaló profundo.

Retrocedí medio paso, todavía mirándolo. Éramos dos cables pelados, uno enfrente del otro, cuidando de no tocarnos porque sabíamos que una sola chispa era suficiente para causar un incendio. La nueva forma ajustada que adquirieron sus jeans me llamó a notar la parte interna de su muslo izquierdo, ahora invadida.

—¿Sabías que las Bananas en pijama miden ocho pies y nueve inches y usan zapatos talla diecinueve? —salté.

Explotó en risa y aprovechó el impulso para casualmente bajar la bolsa —que colgaba de su hombro derecho— hasta su mano, para tapar la erección.

—No lo sabía, no. Pero estoy seguro de que este es el tipo de información que en algún punto de la vida voy a necesitar, así que, ¡gracias! *Fuck* voy retarde a la reunión...

—Perdón... —obviamente me hice cargo yo.

—Está bien.

Abrió los brazos invitándome a un abrazo de despedida.

Siempre fui flaca. Bueno, siempre no, pero a partir de los seis años fui muy flaca. Pielyhueso flaca. Escarbadientes flaca. En la primaria se burlaban. «¿Sos nadadora? Nada de pecho, nada de espalda». Del secundario progre al que fui la llamaban a mi mamá preguntándole si no era anoréxica, o si estaba segura de que comía y no vomitaba después. No lo era y no lo hacía. Siempre había comido lo que se dice bien; y a pesar de los Ensure y los índices de masa corporal que siempre eran insuficientes, los estudios de sangre rutinarios daban bien y mi estado de salud física era «excelente». Con los años entendí que la mejor dieta es el insomnio, y que siempre fui flaca porque tengo glándulas suprarrenales hiperexigidas por un hipotálamo estresado. Desde chica, cualquier persona que me conociera por primera vez comentaba algo respecto de mi flacura. La frase que se repetía, prefabricada, una y otra vez, era que daba la impresión de que si me apretaban fuerte iban a quebrarme. Y yo crecí creyéndomelo. Creyendo que nadie me podría abrazar sin romperme.

Pero cuando Nicolas Cage me envolvió esta vez, con esos brazos fuertes que me podían contener entera, sentí que me hundía en su pecho y que, con su presión y calor, más que quebrarme, unía todos mis pedazos rotos. Los fundía al punto de que temí y deseé desaparecer en él. Me acarició la espalda y yo lo imité, por unos once segundos. Mi cuerpo entero pegado al suyo, encastrados a la perfección, una combustión espontánea quemando en el medio. La sangre me hervía, y temí que me soltara primero, así que lo solté yo, una vez más. Al hacerlo me sentí inmaterial, como si los bordes de mi cuerpo hubieran desaparecido y necesitara de él para volverme a sentir yo misma. En contacto con su piel, me sentía definida.

Separándome apenas unos centímetros, lo miré a los ojos. Sonrió, se puso fucsia, y bajó la mirada.

—¡Me divertí un montón! —dijo.

—Sí, fue muy divertido. ¡Chau, Nicolas!

Le di un beso en la mejilla, sintiéndome apurada sin poder identificar muy bien por qué. Agarré a Ramón, di media vuelta y empecé a caminar. Lo escuché repetir «¡Chau!» y me volví a mirarlo. Él también me miraba. Repetimos el mecanismo dos veces más, nuestros ojos y sonrisas encontrándose cada vez. Después, caminamos en direcciones opuestas. Y nos giramos una última vez.

Caminé dos cuadras y frené en seco. La gente me miraba en exceso y me paranoiqueé pensando que tenía algo en la cara, que había tenido algo en la cara todo ese tiempo. Me senté en las escaleras de un *brownstone* y abrí la cartera. Agarré el teléfono y me miré en la aplicación de la cámara. Me inspeccioné la cara y los dientes, desde distintos ángulos. Todo se veía normal, aunque levemente desacomodado por la euforia. Agarré la correa militar que me había regalado, me puse los auriculares y le di play a «Total Eclipse Of The Heart». Inhalé profundo, cerré los ojos, y olfateé la correa como una perra en celo durante toda la canción. Con cada sorbo de aire, y cada línea, me autogeneraba escalofríos y piel de gallina, y estoy casi segura de que canté en voz alta o de hecho grité desenfrenada.

La imagen es grasa como hamburguesa para resaca de domingo, pero yo *era la felicidad*. Había algo patético en mi actuar, porque siempre hay algo patético destilando del amor, y muchísimo amor en la génesis de todo lo patético. Seguí saltimbailando hasta casa, con la canción sonando en *repeat*. Ramón no tiraba de la correa, ni parecía frenar más veces de las que yo consideraba necesarias. La gente me miraba y sonreía, como en las películas. Sentí un impulso fuerte de ayudar a los demás, de estar a disposición, de acercarme, entregarme; y me ofrecí a una señora mayor para ayudarla a cruzar la calle. ¡Las ardillitas! ¡Hermosas! ¡Poblando los árboles, compartiendo la experiencia de vivir con nosotros en perfecta armonía! ¡Los pájaros! ¡Si hasta las ratas eran criaturitas de Dios, con sus ojitos simpaticones y caminar musical! Era tan delirantemente feliz que mi amor ahora incluía al universo entero. ¡Me amaba encima! ¡Me cogía encima! Y necesitaba compartir esa alegría, así que cuando vi a una parejita adolescente besándose en la puerta de mi edificio les grité:

—*¡¡¡¡ÁMENSE!!!! ¡¡¡¡DISFRUTEN PORQUE ES LO ÚNICO QUE IMPORTA!!!!*

11

Me desperté al lado de Unchabonigualanicolascagequeno-eranicolascage. La habitación estaba completamente oscura. Corrí apenas la cortina, como para dejar entrar un solo rayito de sol, y lo miré dormir por unos minutos. Su sueño, tan profundo como la respiración; sus piernas trabando las mías como un candado. Toda su cara brillaba por la ausencia de pensamiento. Parecía seguro y en paz; la boca un poco abierta; la almohada, el pecho tibio y generoso de su madre.

Las mañanas con él eran mi momento preferido del día. O al menos, el que menos me pesaba. Todavía pegados a los sueños, la mayoría de las veces con los ojos aún cerrados, nos entregábamos al calor de la ternura y nos acercábamos un poco al amor. Él se quejaba si yo amagaba con levantarme para ir a hacer pis, y me apretaba más fuerte contra su pecho, su panza, su pelvis. Entonces yo envolvía su brazo y le entregaba todos los besos que reprimía durante el resto del día. Era la hora en que nos permitíamos quedar desarmados, cuando todavía faltaban quince minutos para que se corporizaran las paredes que cada uno había levantado, hacía años, a su alrededor.

Me pregunté si no podría llegar a quererlo. Me obligué a quedarme con la pregunta un rato; a no saberlo todo siempre, a no decidir cómo serían las cosas de antemano. Sentí que me podía enamorar en ese momento, mirándolo, sin que me mirara. Al dormir parecía no necesitarme, y eso me permitía acercarme. Seguí mirándolo, forzándome a la posibilidad. Pensé que si yo me entregaba él iba a hacer lo mismo. Pero ni siquiera pensé en sus sentimientos en realidad, porque por momentos me creía que aquel vínculo dependía únicamente de mi voluntad. No reparé —no quise reparar— en lo que no le pasaba a Unchabonigualanicolascagequenoeranicolascage conmigo; lo asumí una extensión de mi deseo: si yo me enamoraba, él me iba a seguir. Y si yo lograba conformarme con él, él podría hacer lo mismo conmigo. Tarareé, muda, mientras lo acariciaba:

so if you wanna be with me
with these things there's no telling
we just have to wait and see
but I'd rather be working for a paycheck
than waiting to win the lottery
*ah-ha mm-hmm**

Pensé en levantarme y sorprendernos con el desayuno en la cama. Inaugurar ese «Primer día de mi vida». Estiré el brazo y agarré el teléfono de la mesita de noche, para mirar la

* Letra de «First day of my life» de la banda americana Bright Eyes.

hora. Ya no era de mañana y Nicolas Cage me había escrito, a las 2.06 p. m., después de haber pasado una semana entera sin establecer contacto alguno.

¿Cómo anduviste, Marta?

Nicolas
«Hola!
Bien..., y vos?

Un poco ansioso estos días, y *slightly cagey*

Googleé *cagey.* Quería decir encerrado, atrapado...

Hay un lobo del otro lado de la puerta?

No
Yo soy el lobo...

Suspiré y dejé el teléfono boca abajo, en penitencia. La pierna de Unchabonigualanicolascagequenoeranicolascage me pesó y me dio calor. Volví a agarrarlo. Nicolas Cage me proponía hacer un cameo en la película de un amigo suyo. Me quedé mirando el techo. Dieciocho minutos después insistió:

Creo que va a estar buena la película.

Me saqué a Unchabonigualanicolascagequenoeranicolascage de encima con cuidado y me fui sigilosa a la cocina. Molí café, para uno, mientras pensaba en cuán fácil y peligroso era mentirme a mí misma. Lo que me enojaba no era la mentira, sino su vulnerabilidad. Que no pudiera sostenerse.

Hola.
Cobrame más.
Por «cobrame» me refiero a «contame».

Por *cagey* me refiero a Nicolas Cagey

Me reí a mi pesar. Una, dos, tres veces. Pero cuando lo vi escribiendo, y borrando, y escribiendo, y borrando, lo corté en seco.

Esperá.
Si no estás muy ocupado...?
Hacemos déjà vu hoy más tarde o mañana?
Y me contás mejor.
No puedo chatear ahora.

Déjà vu?

Me refiero a tomar un café?

Ah, lenguaje en código
En francés
Creo que voy a necesitar un *rain check*
(Un vale para otro día...)
¿O me aceptas efectivo?

Continuará...

No estaba ocupada y me sentí una estúpida por haber gastado la carta en unos mensajes de texto tan cortos. Me volví a reír, no sin rabia, del chiste imbécil de Nicolas Cagey. Unchabonigualanicolascagequenoeranicolascage me llamó desde el cuarto. Apagué el teléfono y me acosté al lado suyo. Me empezó a besar la espalda y trazó una línea alrededor de mi cintura, como si fuera la primera vez. Cerré los ojos, pero no pude contra el deseo de que los labios que me besaban fueran los de Nicolas Cage. Quise que Unchabonigualanicolascagequenoeranicolascage desapareciera para revelar al original; o al menos para dejarme sola y permitirme alimentar la ilusión a través del teléfono. Estaba tan metida en mis pensamientos que no sentí las caricias. Al darme cuenta, me entristecí; por mí, y por nosotros, por los humanos. Por todo este universo hecho de ausencia. Pensé en los átomos, dándome la razón, estando compuestos por un noventa y siete por ciento de vacío. No estamos casi en ninguna parte. Vivimos anhelando llegar a un lugar que no conocemos, deseando los labios que todavía no besamos, la pija que no nos cogimos, el trabajo que no tenemos; lamentando lo que no vivimos, lo que nos perdemos. Olí el hartazgo en mi aliento. Sentí que de a poco, pero sin freno, me estaba pudriendo por dentro. Necesitaba enfocarme. Y lavarme los dientes. Empezar a hacerme presente en mi propia vida y de una manera realista. Dejar de transformarla en la espera constante de aquello que me iba a salvar de mí misma y hacerme sentir mejor: el casting, el cheque, el texto, el *delivery*; el amor, el *breakthrough role*; las doce en Año Nuevo. Supe que buscar el amor de una persona que amaba a otra me distraía de lo que sí podía tener; de lo que tenía, ahí, enfrente de mí —o atrás, de hecho—. De mis propias necesidades también, y quizá por eso, entendí, me resultaba tan intoxicante.

Me di la vuelta y Unchabonigualanicolascagequenoeranicolascage me miraba como si me quisiera en serio. Pero él estaba detenido en otro lado también. Seguía en la mañana en que su ex se había levantado para viajar a París y lo había dejado, sin dar ningún tipo de explicación. Yo era una vasija para todo ese amor que ya no podía usar, que le sobraba.

Lo nuestro era una especie de soledad colaborativa. Dos personas que habían decidido estar solas, juntas. Hacía ocho meses que nos veíamos pero no estábamos en una relación. No había compromiso; a veces pasábamos semanas sin vernos o hablar y después terminábamos durmiendo juntos, sin mediar explicación, como si hubiésemos amanecido juntos también. Al principio abotonados en celo, fuimos el actor principal de los *hits* de la memoria: pasada para él; futura para mí. Después, cada vez más, empezamos a hacer eso que hacen las parejas treinta minutos antes de dormir, esa otra tarea del hogar. En el último tiempo, ya prácticamente no me lo podía coger. Algo que empezó como una leve incomodidad, ardor, se convirtió en la sensación de estar siendo penetrada por un cactus. Un cactus que a su paso me desollaba por dentro. Si lograba acallar el dolor los primeros quince minutos, el cuerpo se iba rindiendo o, en realidad, ganándole a la razón. Si me concentraba lo suficiente —lo hacía evocando distintas versiones de mi fantasía cimentada— hasta daba lugar a un placer que me llevaba al orgasmo. Pero la cándida se volvió sedentaria, y desplazó la uñita de libido que tenía. Hacía algunas semanas que las yemas de los dedos de Unchabonigualanicolascagequenoeranicolascage se transformaban en las uñas de mi abuela cuando veían venir el sexo. Virulentas, y distraídas por la novela de la tarde a la vez, me recorrían sin esquivar los lunares. Sus caricias me dolían y me daban miedo. Sus intentos por acercarse también. Me había pasado lo mismo con mi primer y único novio. La cercanía atraía el dolor. Y hasta ahí llegaba mi experiencia.

Me ofrecieron un papel secundario. Miagente me llamó con la excitación de quien tiene una buena noticia y cometió el horror de decirme que me había llegado la oferta antes de decirme que no era para el papel principal. La voz se me transformó en hilo en contra de mi voluntad y, a pesar de estar al teléfono, no logré enmascarar la desilusión. El pozo en mi panza hacía eco de todas mis palabras, las volvía densas y pausadas.

—Dale, Marta, ¡demostrá un poco de entusiasmo! Es una película importante.

—Ya lo sé. Estoy contenta. Pero ¿qué pasó? ¿Sabemos quién quedó seleccionada para Irene?

—Le hicieron una oferta directa a alguien con nombre. Una actriz británica, no pude averiguar cuál.

—Pero —pero nada. No tenía sentido—. ¿Y qué personaje voy a hacer yo? Porque no hay otra latina...

—Están trabajando en el guion. Dijeron que vas a tener una o dos escenas, pero carnosas, con Ryan Gosling.

Me aposté a mí misma a que por «carnosa» no se referían al sustento, sino a que iba a tener que hacer de latina puta. Y me molestó, pero no tanto.

Sandy golpeó a la ciudad de Nueva York el 29 de octubre de 2012. Fue un ciclón tropical destructivo y mortal que dejó a dos millones de personas sin luz, apagando medio Manhattan. Yo me quedé también sin agua caliente, gas, ni fecha de resolución, así que por unas semanas me mudé a lo de Unchabonigualanicolascagequenoeranicolascage que vivía en Brooklyn. Nos argumenté que mis amigas argentinas estaban en las mismas condiciones, pero la verdad es que vivía buscando picos de *rating* que cortaran con la monotonía. Y vivir forzosamente con él me resultó una historia más digna de ser contada.

Mientras se sucedían los saqueos en el bajo Manhattan —algo que jamás imaginé ver tan lejos de Argentina—, la historia se repitió, al otro lado del río, mañana tras mañana. Yo amanecía con Unchabonigualanicolascagequenoeranicolascage y me escapaba a la cocina para encontrarme con Nicolas Cage. Desayunábamos juntos, jugábamos juegos que me traían toda esa alegría infantil que alguna vez había sentido y no había podido expresar. El emoji menos usado; Qué parte de mi cuerpo es; *Analgrams*; HECCA (acrónimos); *meating after lunch* fueron algunos de los juegos que nos inventamos. Pasábamos la tarde juntos también, en ese lugar reservado de mi plexo solar al que acudía entre un encuentro y otro, donde seguía cultivando nuestra historia. El repaso de sus mensajes y los míos, un abono potente; las evidencias de su reciprocidad se erguían como secuoyas, y yo me dormía una siesta a su sombra. No necesitaba que fuera real, necesitaba que fuera posible; era ahí donde se sostenía y enraizaba mi deseo, en la tierra fértil de las posibilidades, todo era deleite y sonrisas.

Durante esas dos semanas, la presencia celular de Nicolas Cage arrasó implacable también, y se llevó el último aliento de interés que me quedaba por su *doppelgänger.* Así que cuando finalmente nos despedimos, yo lo hice para siempre.

Los siguientes dos meses pasaron más o menos igual, para mi sorpresa o no, hablando a diario con Nicolas Cage pero sin hacer planes concretos para vernos. Él estuvo viajando mucho, y yo estuve, sobre todo, esperando. Justifiqué su ausencia, una vez más, con la imposibilidad inmediata de nuestro amor. Nicolas Cage me amaba, no había duda de eso, yo solo tenía que tener paciencia y esperar a que él terminara de darse cuenta también. Aguantaba comportamientos suyos que no toleraría de ninguna otra persona, como la inhabilidad para responder mensajes de texto en tiempo y forma, solo porque era Nicolas Cage.

Aceptaba que no tuviera tiempo para mí; de alguna manera, no ser tan importante, ser algo en su vida que podía esperar, me parecía bien, lógico. El plan era que se acostumbrara a mi presencia, que me fuera conociendo cada vez más, que nuestra cotidianidad terminara de enamorarlo medio distraídamente. El fin de su relación con Rebecca Owens era un fruto maduro al caer, de esto tampoco tenía dudas. Lo había visto en sus ojos, lo había escuchado en su voz. Tenía que confiar en que la rutina me anclara en su vida hasta volverme necesaria, mientras su vínculo con la modelo de diecinueve años seguía ajándose contra el borde de los días. El correr del tiempo no podía hacer otra cosa que jugar a mi favor.

El 20 de diciembre, a las 11.45 p. m., estaba sola en mi departamento haciendo flan casero cuando recibí el siguiente mensaje de Nicolas Cage, desde Michigan:

> Estoy un poco preocupado por el inminente fin del mundo,
> pero excitado por la posibilidad de recibir iluminación
> espiritual directo del centro de la galaxia

En las últimas semanas los medios yanquis nos habían atosigado tanto con el fin del mundo vaticinado por los mayas, que las estanterías de supermercado habían vuelto a vaciarse (de alcohol, agua y papel higiénico) una vez más después del huracán.

Lluvia de magma!!
Querés compartir un whisky conmigo
antes del fin del mundo?
O *whine*

Whine sonaba como vino, pero significaba queja.

Por favor. ¿Cómo hacemos?
Tomemos whisky
De nada sirve quejarse a estas alturas.

Me serví más de una medida de Jack Daniels en un vaso con tres cubitos de hielo, saqué una foto y se la mandé a Nicolas Cage.

Ahora servite vos.

Solo tengo *Meyer lemon*

Bueno. Me sirvo doble entonces.

Okay... Está bien...
Voy a tomar todo lo que me queda de tintura
para sueños lúcidos.
La preparan con alcohol.

Hecho.

Una noche fría y solitaria para esta alma
Supongo que está bien, no veo la hora de entrar
en la vagina del espacio.

El espacio es mi putita
Si te hace sentir mejor... Yo también tengo frío
y estoy sola, y los australianos siguen vivos,
según CNN.
Entonces... Qué te da miedo?

Miedo a perder las comodidades anestesiantes
de la vida moderna, pero también me excita pensar
en empezar a vivir de verdad

Y estar en infinitas dimensiones a la vez
Que todo lo posible sea.

Sí...
La verdad que no me entusiasma
demasiado esto de morir
Tenés algo que confesar antes del fin?
Quiero irme sin culpa. Tengo una confesión.

Cuál es?

No, yo pregunté primera.

Nicolas Cage dejó de responder por siete minutos.

Mierda. Se acabó el mundo allá en Michigan?

No, me llamó mi *gf*

«Mi *gf*» no. Tu *girlfriend*. Tu novia. Nicolas Cage es del tipo lector que no abrevia las palabras, que chatea con comas y puntos, que escribe *I am*, que no ahorra en caracteres porque conoce el valor de las palabras así como el de los silencios. Pero la culpa se le escurría hasta por la lengua. No era capaz de mencionarla por su nombre jamás, ni siquiera era capaz de deletrear su título entero. La reducía a una mera abreviación. Hacía un tan buen trabajo para evitar mencionarla que yo también me olvidaba de que existía.

Entonces era el fin del mundo, *su novia* lo llamaba, hablaban por seis minutos, y eso era todo. Sabía que todo era también un juego, pero igual me creí importante.

Tengo mucho que confesar.

Dispará

Mmm..., bueno, supongo que podría confesar
cualquier cantidad de cosas.
¿De qué categoría de confesión estamos hablando?

Quién soy, Dios?

No puedo verte en este momento
Así que tal vez
Confesión 1: Soy muy viejo.
Confesión 2: Una vez, cuando tenía 8, me metí
al cuarto de mi hermana y me escondí abajo
de su cama para mirarla a ella y una amiga vestirse
después de la ducha.

Ahá.
Buen comienzo.
Confesión 1: Una vez hice pis en un *wee wee pad*

Qué es un *wee wee pad*?

Le mandé a Nicolas Cage una foto de los pañales de Ramón.

Confesión 3: Me gusta hacerle pis en las piernas
a la gente en la ducha.

Riendo
A mí también!
Confesión 2: Una vez fui con mi primo a una fiesta
en el piso 25 de un edificio, y como él le tiene pánico
a los ascensores decidí acompañarlo por la escalera.
Habíamos tomado fácil dos litros de cerveza
cada uno, así que al llegar al piso 14 yo ya
no aguantaba más, e hice pis en la alfombrita
de bienvenida del departamento 1401.

Haha
Qué animal!

Bueno, bueno, si vamos a juzgarnos no
confieso más 👺
Tu turno

Era solo una observación fáctica!
Prefiero hacer pis en la pileta de manos antes que en el
inodoro, no me preguntes por qué.
Algo de la altura.

Yo hacía pis en la pileta de la cocina cuando
mi roommate monopolizaba el baño.

Confesión 4: Solía rezarle a Dios para convertirme en nena.
Creo que eso ya te lo había contado...
Era muy chico

Sí

Sentí su abrazo en la distancia. Yo también le había pedido a Dios, hasta los doce años, que me convirtiera en nene. Después, empecé a pedirle tetas. No quise robarle el foco, así que esa confesión me la guardé.

Y te acordás por qué querías ser nena?

No me acuerdo

Cuando era chica me frotaba el pecho con ese
moco que se forma abajo del jabón en la bañadera
para que me crecieran las tetas.

Muy bueno! Alguien te dijo que funcionaba?

No, me lo inventé.
Era un hechizo
De hecho tuvieron que llevarme al pediatra porque
me empezaron a doler
Y el pediatra dijo que tenía las glándulas tan inflamadas
que se me había formado una pelota de tanto tocarme
Mi mamá se enojó conmigo.

Jajaja
Cuando tenía 9, escribía una y otra vez con mi pistola
de agua «Rodney king estuvo aquí» en la pared
del garaje de mi casa.

Fingí estar embarazada varias veces cuando trabajaba
en el restaurant para que me dejaran más propina
También: La ternura la suelo expresar con violencia.

A los 16 iba a Rite Aid a comprar preservativos para parecer
un chabón *cool*, pero volvía a mi casa, los inflaba con agua,
y los tiraba a la calle desde la terraza
Me desvisto entero para ir al baño.

Cuando me enojo mucho escupo las paredes o el suelo,
después me siento doblemente estúpida mientras lo limpio.
Extraño el sonido que hacen los piojos cuando
los matás con la uña, y la dedicación
de mi mamá para sacarlos de mi cabeza.
Aunque fuera súper bruta y siempre me lastimara.
Se me hace agua la boca de solo pensarlo, literal.

Extraño a mi papá pero cuando lo veo
me siento incómodo en su presencia.
Cuando voy de visita a lo de mi mamá,
le doy de comer mis mocos a la perra.
A la perra de mi mamá
No a la perra de mi mamá
Aunque...

Ríoooooooo

Te juro por Dios que le encantan.
Si me saco un moco delante de ella y no se lo doy,
se pone como loca, me busca la mano y no me deja
en paz hasta que se lo doy.

Mi perro hace lo mismo pero con sus legañas!!
Me obliga a dárselas! Te lo juro
Una vez me puse mantequilla de maní en la axila
para que me la chupara.
Y por axila realmente me refiero a axila.

Está bien. Dios sabe cuál axila. Va a perdonarte.
Me besé con una chica de 16 años cuando tenía 25.

Solo se besaron?

Sí, solo nos besamos
Estaba muy drogado
Estoy casi seguro de que le quité la virginidad
a una chica irlandesa, en una habitación de hotel
en Alemania, sin protección, mientras todavía estaba
con mi novia de la universidad 😬

Wow.

Igual no le estaba metiendo los cuernos...
es una historia larga

Cuando iba a la facultad mi mamá no me dejaba
invitar chicos a dormir a casa, así que empecé
a salir con una chica, solo por venganza supongo.
Me calentaba hacer lo prohibido

Mmm *hot*
Le vi la vagina a mi prima en un hotel en la florida
Éramos chicos, pero no tan chicos

Riendo
Yo estuve muy enamorada de mi primo
Una vez nos besamos

Una vez me masturbé pensando en mi tía
Una vez tuve relaciones sexuales en
la cama de mis padres

Lo primero que me metí en la vagina
fue la pierna de una Barbie.

¡Qué imagen tan interesante!
Me gusta mucho el sexo anal, más de
lo que logro comunicar

Coger vos?

Sí

Nunca me cogieron por el culo

Baddaboom!!
Hmm...

Me gusta meterle los dedos en el culo a los chicos
Jaja

Chicos que conocés?

Supongo!

Te gusta tener el control.
Me gusta que se me sienten en la cara
y sentir un poco del olor a transpiración
en los pliegues

Confesión 17: Me está calentando
un poco esta conversación.

Lo vi escribir y borrar y escribir, como tantas otras veces, solo que esta vez en vez de quedarse callado, me dejó muda a mí.

Confesión 18: Me caliento a menudo con nuestras
conversaciones y después siento culpa y a veces
inclusive las borro por miedo a que mi *gf* las vea
y después me pregunto qué carajo estoy haciendo y
esa vez que tuvimos esa conexión psíquica rarísima
mientras buscabas cosas en tu departamento completamente
a oscuras entendí lo que me decías y tenías razón yo
acababa de masturbarme pensando en vos y probablemente
borre esta conversación también ni bien terminemos.

Tardé unos minutos en responder, no por generar misterio sino porque necesitaba ser realmente elocuente y detallista con mis fantasías.

Hey! Es el fin del mundo, por qué no dejarlo salir

Dos minutos después, insistió:

🎬!

Seis minutos después yo todavía no estaba satisfecha con el mensaje.

Bueno decí algo!!

Confesión 19: Ayer a la noche cuando terminamos
de hablar me masturbé pensando en que hoy
nos encontrábamos a tomar un café irlandés,
o solo whisky. Y mientras vos hablabas fingiendo
normalidad yo te interrumpía con un beso en
el medio de una oración cualquiera.
Y después te decía que vinieras a mi casa
y cogíamos como animales. Ni bien llegábamos yo
me sacaba la remera y a vos te salía semen de los ojos
de solo mirar lo que vos mismo llamabas
«las tetas más perfectas del mundo». Y entonces me las
empezabas a besar y lamer y yo te acariciaba el pelo
como si fueras mi bebé. Y después ibas a besarme la panza
pero bajabas directo a la concha porque no aguantabas
las ganas de comérmela. Y yo te daba la vuelta
y te agarraba la pija y estaba tan tan dura
que me la tenía que meter en la boca y al instante
sentía tu sabor en esa gota saladita que
se escurría para mí. Y ahí me cogías muy muy fuerte
desde atrás, y después me dabas la vuelta y cogíamos
despacito mirándonos a los ojos y acabábamos juntos
y rogábamos por que el mundo terminara hoy
porque el polvo nos había despersonalizado
completamente y quiénes éramos nosotros
ahora que habíamos cogido así.

Mierda!!!

Y seguro la próxima vez que nos veamos vamos
a actuar como nenes de 5, y vamos a negar
todas estas palabras y fingir que no pasa
absolutamente nada entre nosotros.

Quizá sea represión más que negación...

Perdón si crucé la línea pero
«hey! Es el fin del mundo, por qué no dejarlo salir!!»

No cruzaste la línea, estamos intercambiando
información fáctica.
Es todo fantasía...?
Y eso está *okay*...

Sí...?

¿Debería sentirme culpable?

Culpa antes es moral, culpa después es culpa.
La imaginación es un lugar seguro.

La imaginación está *okay*.

Sí
Lo que no estaría *okay* sería tipo tener sexo por Skype
y no vamos a hacerlo
No? 😇

Claro. Eso sí sería cruzar la línea...
No me gusta nada sentirme tramposo sabés?
Pero bueno, eso es mi problema

Lo sé
Bueno, no quiero hacerte sentir mal...

Me lo hago a mí mismo
Jaja

Disfruté de cada encuentro y conversación
que tuvimos y nunca esperé más nada
O sí
«Pero bueno, ese es mi problema».

Me parece increíble que se me ponga dura
y furiosa de solo leer «Filmé un videíto para mandarte»
y que después me mandes un Papá Noel de juguete
bailando al lado de una botella de leche derramada.

A mí se me pone dura y furiosa cuando
decís dura y furiosa

Tu pija?

Mi enorme y gorda máquina de hacer bebés

Jajaja

Sabés qué, Nicolas?
La próxima vez que te vea te violo las palabras.
Quizá sos pésimo besando y nos lo sacamos de adentro,
y podemos seguir violándonos los cerebros y ser amigos
Tipo, amigos de verdad

Voy a preguntarle a mi hermana si violarse mutuamente
es considerado violación
Es abogada

Ja

Pensé en esa opción..., pero no estoy seguro
de que vaya a pasar eso.
De hecho, estoy casi seguro de que no va a ser así
Rayos

Confesión 20: Cuando nos conocimos y nos vimos
tres veces sin que intentaras nada pensé que eras gay.
Con tu primer email todo cobró sentido.

Nicolas Cage empezó a escribir y después de medio minuto paró. Volvió a escribir.

Borré la confesión 21.

No es justo.
Se puede acabar el mundo...
Reescribí

Jaja
Creo que tengo mal cableado el cerebro

Del 1 al 10 qué tan mal estaría si te llamo ahora y nos masturbamos en silencio?

7,3

Siendo 10 lo menos mal, no?

Estoy confundido

Por?

Capítulo complejo en el manual de «Es infidelidad?
Asterisco reglas para el fin del mundo».

Jaja
Oíme
O me das 10 minutos o me llamás ahora.

Nicolas Cage escribió y paró. Volvió a escribir.

Si te llamo estamos callados y no lo discutimos después?

Sí.

El 21 de diciembre, a la 1.57 a. m., recibí una llamada de Nicolas Cage. «A fuego lento» —la había asignado como *ringtone* para su contacto en chiste a mí misma— irrumpió en el silencio nocturno y avanzó por todo el departamento. Me quedé paralizada mirando el celular. Era la primera vez, desde que nos habíamos conocido, que Nicolas Cage y yo íbamos a hablar por teléfono. «La cama a la cama», pensé, corrí y me tiré de cabeza en el colchón. Exhalé. Contesté.

El silencio era una luz alumbrando el escenario por ambos lados. La primera en no decir nada fui yo. Apurada, torpe, me metí la mano en el pantalón del pijama y gemí apenas, como para que supiera. Me llegó un lamento amortiguado y supe que él también se estaba tocando. Su respiración me empañaba la oreja; su boca abierta sobre el teléfono, más que lejos, estaba muy cerca.

Estaba caliente y a la vez no. La situación me calentaba, pero mi vagina no respondía. Estaba completamente seca. Tenía tanto estímulo de golpe, que me costaba enfocarme. Me sentí presionada a rendir, a sonar sexy y a llegar al orgasmo, rápido. Esto, yo sabía muy bien, era la receta para el desastre. Pensé en agarrar a James Bong, pero me daba vergüenza necesitarlo. ¿Qué clase de putita era yo? ¿Cómo no me iba a mojar toda escuchándolo gemir? ¿Cómo no me acababa encima? Los minutos pasaban y yo estaba cada vez más lejos del orgasmo, y de él. Me dio rabia tener que recurrir, una vez más, a mi fantasía de cabecera. Pensaba que con Nicolas Cage iba a ser distinto... Quizá, concentrarme en el sonido de mis propios gemidos terminara por calentarme. Puse el celular en altavoz, me lo apoyé en las tetas, cerré fuerte los ojos, abrí la boca y empecé a vocalizar.

Nicolas Cage es mi papá y yo tengo siete años. Tengo también una bronquitis tremenda —la cual me va a dejar de regalo un asma perpetua— y estoy delirando de fiebre. Es la primera vez que estoy tan enferma. Llevo cinco días en cama, mi mamá ya no cambia las sábanas porque las empapo a cada rato. Huelo a sudor rancio y acetona. No puedo dormir, me tiembla el cerebro. Mi papá entra al cuarto y me pregunta cómo me siento.

—Tengo miedo, papi.

—Estoy acá. ¿Me hacés un lugarcito así me siento? Me quedo hasta que te duermas.

—¿Me prometés que no te vas a ir?

Se saca los zapatos y se sienta en la cama. Empieza a acariciarme el pelo con toda la ternura del mundo junta en una mano, no parece importarle que esté oleoso, no repara en eso. Se inclina sobre mí y me besa la frente con cuidado. Deja sus labios gordos, tibios y levemente húmedos reposando sobre mi piel, que hierve. No solo no le doy asco sino que me dice que me quiere mucho, que voy a estar bien. Siento su olor a hombre, tinto, tabaco y almizcle, y me siento segura. Su perfume me envuelve y me protege.

—¿Querés que te haga unos mimos?

Me dice que le haga más lugar y se acuesta al lado mío. Quiere que me sienta bien, cuidarme y curarme con sus propias manos. En mi habitación hace mucho calor y se saca la remera. Cuando me levanta el pijama azul de ositos y desliza su palma a lo largo de mi columna, siento el vello rígido y sedoso de su pecho rozando contra mi piel. Me habla bajito, para no alterar el silencio.

—¿Así está bien?

—Sí.

Sus dedos gordos y suaves arrastran las gotas de sudor por mi piel y las llevan a recorrer nuevos lugares. Como buen conquistador, la expansión del territorio es inminente. Pronto, la mano se abre paso hacia la llanura de mi pecho que todavía es más cóncavo que convexo. ¿Me va a regañar? ¿Está mal lo que estoy haciendo? Pero yo no estoy haciendo nada, estoy quieta y tratando de dormir. Lo que siento es mucha vergüenza y temo el rechazo..., pero lejos de detenerse, su mano acoge. Abro la boca sin querer y se me escapa una señal de placer que me sorprende a mí misma más que a él. Nunca me había sentido así. Nunca me había sentido tan cuidada, tan mimada, tan amada, tan deseada. Cierro los ojos muerta de vergüenza y miedo, pero papi ahora me abraza entera y me besa el cuello. Pega su cuerpo entero contra el mío y lo siento. Siento eso que no conozco pero intuyo, y lo siento ahora entre mis piernas.

Nicolas Cage gemía muy fuerte al teléfono y la respiración se le entrecortaba. Me distraía. Me pregunté cuánto hacía que estábamos tocándonos, miré la pantalla, iban doce minutos. ¿Cuánto tiempo más podía durar la llamada? No podía tenerlo cuarenta, cuarenta y cinco minutos al teléfono, esperándome a que acabara. Él parecía estar a punto de rebosar. Intenté volver a mi historia, repetí ese primer roce entre los muslos en *loop*, pero no logré concentrarme. No me quedó otra que empezar a fingir. Las mujeres que dicen que nunca fingieron un orgasmo mienten, o aprendieron lo que es el amor propio antes de la adolescencia, cosa que es virtualmente imposible. Mi ritmo aceleró el suyo y «acabamos» a la vez. Nos reímos apenas, suspiramos, y nos quedamos en silencio. Corté el teléfono antes de que lo hiciera él.

Pensé que nunca habíamos estado tan cerca como esa noche que nos encontrábamos a 760 kilómetros de distancia. Admiré la duración total de la llamada, me apoyé el teléfono en la concha y me la empecé a fregar. Ahora sí, sin distracciones ni testigos, podría quizá entregarme al placer.

12

Mi papá nunca me tocó, no al menos en el lugar explícito donde un padre no debiera tocar a su hija. El delirio febril —mezclado con una avivada sexualidad precoz e incomprendida— tomó indicios de realidad y los ancló con fantasía. Algo en esa primera noche de cuidado cuerpo a cuerpo me marcó la piel. Reemplazar a cualquier hombre que me toque por la figura paternal me permite excitarme y llegar al orgasmo.

También me permite irme a otro lado.

Sentirme un monstruo. Quedarme sola.

Unos días antes de volverme a Nueva York, cuando todavía estaba en Buenos Aires filmando, mi mamá vino a mi casa sin aviso y con su diario íntimo bajo el brazo. Estaba nerviosa; había estado llorando. Hacía una semana había empezado terapia por primera vez en su vida. Mi papá le era infiel. Pero fue ella la que asumió la culpa y la responsabilidad —de perdonarlo, y de arreglar lo que había fallado.

Se paseó de una punta a la otra del living, hasta que logró decirme que me quería leer algo. Algo de su diario íntimo. Le dije que no, que no lo creía necesario, que seguramente eso tuviera más que ver con ella que conmigo, que lo hablara en terapia o con alguna amiga. Pero mi mamá nunca había tenido amigas —la única era mi madrina y no se veían por fuera de las familias— y siempre había pasado por alto mis deseos; no iba a escucharlos ahora, menos en ese estado que la declaraba el centro del universo.

Largó un discurso que había macerado, sin saberlo, durante años, y, también, el llanto. Me dijo:

Que no es que no estuviera contenta o no me hubiera querido.

Que me habían buscado.

Que había tenido mucho miedo de perderme durante el embarazo.

Que estaba muy triste y perdida y pensó que cuando yo naciera la iba a hacer feliz.

Que eso no pasó.

Que cuando nací siguió teniendo miedo.

Que no sabía qué hacer conmigo.

Que no soportaba escucharme llorar.

Que no podía hacerse cargo de mí.

Que yo la ponía muy nerviosa.

Que me quería.

No dije nada. Me leyó una escena en la que me dejaba en la cuna llorando, cerraba la puerta del cuarto y se iba a otra parte de la casa para no escucharme. Leyó varios fragmentos más de su diario (a pesar de mi insistencia en que no lo hiciera) que pintaban más o menos lo mismo: una chica de veintitrés años que había seguido las instrucciones de la vida a la perfección y, sin embargo, se desconocía en la pieza que había armado. Se excusó diciendo que mi papá tampoco ayudaba. Que en ese momento estaba muy mal con sus fobias, y que la única vez que me había dejado bajo su cuidado y se había ido a lo de mi madrina para poder dormir unas horas, mi papá me había dejado sola en el departamento y había salido en taxi a buscarla.

De golpe mirándola me pareció verme y sentí terror frente al espejo. Reconocí la angustia y algo más. Era el mecanismo de tirarle mis sentimientos en la cara a un otro esperando que se hiciera cargo por mí.

Apoyó el diario sobre la mesa de centro y siguió llorando como una nena. Haciendo pucheros, mirando hacia arriba buscando consuelo, beboteándose. Yo me quedé parada a cierta distancia; no dije ni hice nada. Dijo que había renunciado a todo: su tiempo libre, el sueño, carrera, cuerpo, juventud, deseo. Y que lo había hecho porque amaba a mi papá y que cómo podía hacerle esto ahora que tenía más de cincuenta años, que se iba a quedar sin nada.

Me pregunté infinitas veces si siempre fui así, si nací así, triste. No tengo recuerdos concretos de haberme sentido, lo que se dice, feliz, más que como una cosa nebulosa que en cuanto me acerco buscando nitidez se difumina; es desplazada por mi mera presencia. Leí que la manera en que entablamos vínculos con otros se define durante los primeros seis meses de vida, en base a cómo es el apego con la persona que cumple el rol principal de cuidado. Quizá yo no busco ser feliz sino sufrir de maneras que me resulten familiares.

Es probable que de esas dos escenas, mi sistema nervioso haya sacado la loca idea de que estirar el sufrimiento lo más posible y buscar desesperadamente el afecto de quienes no pueden dármelo es lo que comúnmente la gente llama amor.

El 21 de diciembre de 2012 se terminó el mundo, al menos el mundo tal cual yo lo conocía. Algo había cambiado cuando amanecí. No había lugar para la duda o las especulaciones, solo hechos y me estaban consumiendo desde temprano. Nicolas Cage y yo habíamos tenido sexo por teléfono. Imaginé que en nuestro próximo encuentro salíamos a caminar y le estampaba un beso en el momento menos esperado. Él con la cara entregada pero el discurso vacilante preguntaba: «¿Qué estás haciendo?». Y yo le respondía: «¡Estoy siendo *fucking* honesta!». Y aparecía Seth Rogen de la nada y gritaba *Fuck yeah!* mientras alzaba la mano en forma de puño. Lo que seguía después era una sesión de besuqueo furioso en una calle tranquila. Me avergoncé del pensamiento y lo juzgué estúpido. Me dije a mí misma que ese ni siquiera era el estilo con el que yo representaría mi propia vida en el cine si tuviera que hacerlo, que haría algo más *cool*.

Nicolas Cage me mandó una foto de un cucurucho de menta granizada (mi favorito) adelante de un cartel de neón que decía *Cake time* a las 1.31 p. m. Después me preguntó cómo había dormido, y me dijo que acababa de ver a un tipo igual a Ryan Gosling y que había pensado en mí.

La noche anterior me había embarazado de ilusión. Y ahora que tenía esa otra vida adentro que cuidar (mi futuro) ya no temía por la mía propia. Con coraje y renovada esperanza, llamé a mi agente.

—Innovative Artists, por favor aguarde...

¡La música en espera era otra esa mañana! Sonó «Wouldn't it be nice» de los Beach Boys, que tarareé de camino al baño para cepillarme los dientes.

—Innovative Artists.

—¡Hola, buen día! Podría hablar con el despacho de Jamie Baldw

—Por favor, aguarde.

...

—Hola, habla Christin.

—Hola, Christin, ¿cómo estás?

—¿Quién habla?

—¡Martha!

—Disculpe, *Martha* ¿qué?

Había hablado cien veces con Lasecretariademiagente y la había visto al menos diez. Igual, le dije mi nombre y apellido. Tuve que decirle también que era cliente de Miagente.

...

—*Martha*. Hola.

—¡Hola, Jamie! ¿Cómo estás? Perdón que te moleste, pero quería saber si habíamos recibido algo de feedback del *callba*

—¿Cuál?

Le recordé que había hecho el segundo *callback* para una película de Warner tres días atrás.

—Ah, sí, por supuesto. No va a seguir avanzando, querida. Lo siento mucho.

—Ah... —¿Cómo no me había llamado para avisarme? ¿Cómo podía ser tan irrelevante para ella algo que a mí me podía llegar a cambiar la vida?—. *Okay*... Y, sa —el nudo en la garganta atrapó la voz. Con esfuerzo, tragué saliva, y las palabras se soltaron por fin, machucadas—: perdón. ¿Sabemos por qué? ¿Dijeron algo?

—Van a avanzar en otra dirección. Hiciste un buen trabajo, son tus fans. ¡Ah! ¡Marta! Marta..., claro, Marta, sí, ¡acá estás! *Okay*. Casi lo olvido. —Se rio—. Perdón, es que Christin me cambia el orden de las llamadas todo el tiempo, necesito una nueva asistente. Es imposible conseguir a alguien competente en esta ciudad. Lo siento, iba a llamarte ayer, en fin, no importa. ¡Aquí estás ahora! Oíme, me han contactado desde *Empire*

—¿¿Sí?? ¿Hay novedades del estreno?

—No, lo lamento mucho, pero llamaron para informarnos que te han sacado del corte final.

—¿Qué? —Se me cayó el alma, y el cepillo de dientes, a la pileta del baño. El shock me enmudeció. Me agarró taquicardia y tuve que sentarme en el suelo, aturdida.

—¿Me escuchás? Tuvieron que cortar mucho de la historia paralela del personaje de Ryan, porque no les dio bien en los grupos de testeo. Así que tu escena quedó fuera del corte final. De todos modos tienen que invitarte a la premier, y vas a cobrar regalías. El director pidió tu teléfono, quería llamar personalmente para, a ver, aguardame, tengo otra llamada importante, ¿te llamo luego?

Grité de rabia y me quedé acostada en el suelo. Estaba muy cansada. ¿Cómo no fingía un poco más de cuidado y me tenía al teléfono más de un minuto? ¿Cómo se atrevía a decírmelo así, casi en un olvido? ¿Cómo podía seguir estando tan cerca y tan lejos a la vez? ¿POR QUÉ? ¿Y cómo iba a hacer para decírselo a Nicolas Cage? Iba a pensar que había actuado mal, que era una perdedora. Al pensar en él, igual, algo esbozó una sonrisa. Con la mandíbula temblando, me dije que no iba a arruinarme el día, que la industria era una mierda, que ellos eran una mierda, y que se podían ir todos bien a la mierda. Que la vida no pasaba por ahí. Pero ¿por dónde pasaba la vida? No importaba, yo iba a bailar y perder el día flotando. Iba a masturbarme veinte veces si hacía falta. Iba a dormir doce horas más. Iba a no pensar en nada más que en mi futura vida con Nicolas Cage.

Me llevé una caja de cereales, un paquete familiar de caramelos y una Coca-Cola a la cama, y me volví a meter debajo de las sábanas. Puse la discografía completa de Unabandafamosa de fondo. Su presencia, aunque digital, me regulaba. Pero había dormido once horas y media. No había forma de que me pudiera volver a dormir. Entonces me acordé del souvenir que me había llevado del baño de la casa de Nicolas Cage meses atrás. Eran trece píldoras de veinte miligramos de zolpidem cada una. Después de una breve búsqueda en Google, me puse media pastilla en la boca, tomé un trago de Coca-Cola de la botella y me entregué al placer. Me concentré en su cara y nuestro futuro y mi plan era masturbarme, pero con James Bong vibrando distraído sobre la pelvis, rápidamente viajé al pasado. En concreto al día de mi cumpleaños número siete. Imaginé que Nicolas Cage estaba invitado también. Llegaba disfrazado de astronauta, y se unía a la ronda de teléfono estropeado que jugamos con los Siemens de línea que habían dejado clientes de mis papás en reparación.

Es el único cumpleaños que recuerdo, ahora, con detalle. 1995 siempre va a ser «el año en que fuimos pobres». Mi papá viene de una familia muy humilde que se mudó de Córdoba al conurbano, tiene seis hermanos, y empezó a trabajar a los siete, en una verdulería. A principios de los noventa, con todos sus ahorros y junto con mi mamá y mis padrinos, fundó una pequeña empresa que rápidamente le fue bien. Para cuando empecé el jardín, ya éramos de clase media argentina. Vivíamos en un departamento de tres ambientes. Después, con esfuerzo, me mandaron a un colegio privado. Pero ese año Estados Unidos comenzó una fuerte subida de su tasa de interés, los capitales especulativos nos abandonaron y la crisis corrió a rienda suelta. Mis papás tuvieron que vender el auto y empezaron a llevarme en colectivo a la escuela.

Un fin de semana por medio, teníamos a disposición la Fiat Torino de la empresa. Noté cambios en las compras del súper, en los productos que faltaban en la heladera, en las caras de mis padres. Pero, como de costumbre, no dije nada. Hasta que se acercó mi cumpleaños. Me dijeron que íbamos a festejarlo en la oficina. Y le pregunté a mi papá si éramos pobres. Se empezó a reír con una agresividad ingobernable. Sus ojos inyectados de sangre, las gotas de saliva se disparaban como misiles desde su boca hacia mí. Me quise alejar por miedo, y no lo hice, por miedo. Después, me preguntó si era estúpida y me llevó a mi habitación de la oreja.

Al día siguiente, me despertó dos horas antes y me dijo que me apurara, que íbamos a pasar por un lugar antes de ir a la escuela. Me subió a un taxi y lo hizo detenerse en la entrada de la Villa 31. Me dijo: «Mirá bien. Eso son pobres. ¿Entendés, Marta? ¿Entendés la diferencia?». Lo hizo en un tono de enojo mal disfrazado. Me distraje mirando los buses, que entraban y salían de un gran edificio cercano, y me pregunté adónde iría toda esa gente.

La combinación exacta de esperanza e incertidumbre hizo que la motivación por tener un vínculo romántico con Nicolas Cage se intensificara día a día. No me interesaba besar o coger, me parecía bien que no engañara a la novia conmigo. Lo nuestro era Felices por siempre; sernos fieles, en la prosperidad y en la adversidad, en la salud y en la enfermedad, y así amarnos y respetarnos todos los días de nuestras vidas hasta que la muerte nos separe. Y para eso, nos convenía un comienzo limpio.

Así que, esta vez, me enclaustré en la espera. Los hombres afirman su lugar en la demanda, pero las mujeres, sabía muy bien, ganamos decencia en la espera. Por suerte fui parte de la última generación que se crio esperando: los dibujitos de las seis, reencontrarme con el chico de la colonia al año siguiente, mi canción preferida en la radio. En los noventa no había lugar para la urgencia. Mis papás, en un único rasgo peronista, me hincaron la cultura del trabajo de hormiga, de la paciencia y del sacrificio; la del matrimonio. Claro que igual tuvieron que renegar muchísimo conmigo. Desde chica fui ansiosa y adopté el abandono como una forma de negar la derrota. Por derrota me refiero a no sobresalir con excelencia inmediata. Me la pasé de actividad extracurricular en actividad extracurricular: cuando algo no me salía bien —no se daba según mis expectativas astronómicas— me iba a otro lado. Pero de golpe, veinticinco años y ocho mil quinientos kilómetros después, sostener me pareció un lugar deseable. Era hora de demostrarle al mundo —¿a mis padres?— que yo era paciente, fuerte, que yo no me daba por vencida.

Perdí el interés por todo lo que no fuera él. El solo hecho de responder mensajes de texto me requería un nivel de energía del que no disponía últimamente. Dejé de participar en reuniones sociales. Cuanto más rodeada de gente estaba, más sola me sentía. Salía de mi casa, sí, salíamos de casa, Ramón y yo, y disfrutábamos de hacer una serie de actividades que podíamos hacer sin tener que interactuar demasiado con otros. Íbamos al parque, nos sentábamos al sol, me hacía una mani-pedi, pasábamos la tarde en Sephora, en el río, hurgando vintage; caminábamos sin fin, sin fin.

La última vez que vi a mi grupo de amigas fue en el Central Park, para el cumpleaños de Lafuturaexmodeloquesecasaríaconunmillonariodeherencia. Fue una tarde linda, agradable; todas habíamos ido vestidas con algo floreado; la escena parecía una película de Sofia Coppola. Tomamos té, comí *carrot cake*, chocolates y algunas galletas veganas. Pero a medida que fueron pasando los cuartos de hora, el vacío volvió a asomarse y mis amigas se tornaron insoportables. No lograba interesarme en sus conversaciones, todo —excepto mi amor por Nicolas Cage— me resultaba falso. Mi personalidad vibrante pesaba cuarenta y nueve kilos y no era más que otra de las farsas que alguien, a duras penas, lograba sostener. Pensé en cómo siempre era la primera a la que acudían cuando estaban tristes, en cómo me la pasaba alentando, aconsejando y alegrando a la mayoría de la gente que me rodeaba. En cómo todos subestimaban mi dolor y en cómo yo daba la performance de mi vida interpretando el papel de una chica que estaba *okay* para no parecer dramática. Pero no lo estaba. No estaba *okay*. Algo en mi cara debe haber cambiado, porque noté cómo Lafuturaexmodeloquesecasaríaconunmillonariodeherencia se interrumpía a sí misma mientras hablaba para dedicarme miradas con boquita dura, una y otra vez. Le di el gusto y le pregunté:

—¿Qué pasa?

—Nada —dijo Lafuturaexmodeloquesecasaríaconunmillonariodeherencia.

—Dale, ¿qué pasa? ¿Por qué me mirás así?

—Es que no estás prestándome atención.

—¿Cómo que no? Sí. Si estoy callada.

—Sí, Marta ese es el problema. Perdón, pero alguien te lo tiene que decir. A veces te ponés imposible... ¡nos mirás con una cara! Vos sabés que yo te adoro, que todas te queremos, pero a veces es difícil estar con vos.

¿Difícil estar conmigo? Ella porque no tenía que escuchar su descargo de responsabilidad radial sobre quinoa. ¿Con qué cara la miraba? ¿Cara de superada? Es posible. Sentía que mi angustia existencial me daba cierta superioridad. O total. Si ellas no se sentían como yo al vivir en el mundo era porque no estaban lo suficientemente despiertas. Las había anestesiado la vida moderna. Mis sentimientos eran más distinguidos, profundos e intensos; mi sensibilidad, agresiva. No oculté la ofensa. Es más, la exageré. Y me dispuse a pelear, a los gritos si hacía falta. Nunca estaba de más descargar un poco de la violencia reprimida que me hacía temblar el pecho y sacaba el aire.

—BUA. PERRRDÓN. Perdón por no interesarme demasiado en las arañitas que le salieron a la *model* rusa por estar de pie ocho horas haciendo *fittings* de Calvin Klein. NO. LA. CONOZCO. ¡NO ME INTERESA! Y sorry si no me engancho hablando de distintas formas de cocinar salmón para que sea más liviano ¡¡¡¡MIENTRAS TENGO LA BOCA LLENA DE UNA TORTA QUE DE HECHO ESTOY DISFRUTANDO MUCHÍSIMO!!!! ¿De dónde es?

Lafuturaexmodeloquesecasaríaconunmillonariodeherencia dijo, de corrido y al borde del llanto:

—Es de Sugar Sweet Sunshine Bakery no me hables así es mi cumpleaños...

De golpe yo era el monstruo. Le tiré un perdón seco, esperando que todo terminara ahí. Pero no, ella tuvo que seguir.

—Te lo digo porque te quiero, Marta. ¡Cambiá la cara! No se te murió nadie..., te lo digo, mirá, con *todo* el amor y el dolor del mundo, porque ojalá que no te pase nunca. Yo perdí a mi papá, yo *sé* lo que es ese dolor que te cala los huesos..., que te falte el aire, que la persona más importante de tu vida no esté... Te vas a arrepentir de haber vivido todos estos años sufriendo así por nada. ¡Tenés *todo* para ser feliz! —Tuvo que usar los dedos para contar—: Sos linda, tenés una familia que te quiere, vivís en *New York*, ¡te va bárbaro como actriz! Ani, mi amiga, soñó toda la vida con ser actriz, estudió ahí, ¿cómo se llama? ¿La UNA?, ¿y sabés dónde trabaja? En AY NOT DEAD trabaja. Perdón pero a veces siento que es como si no quisieras estar bien... ¡Pensá en toda la gente que está peor que vos, en Argentina!

La depresión era un pijama que me quedaba cómodo, del que podía cambiarme cuando quisiera. Todos esos años, mi depresión no había sido más que una cuestión de mera voluntad. Sentí una rabia tan grande que quise pegarle. O escupirla al menos. Grité: «¡Ramón!» y le dije: «Nos vamos».

Pateé a casa sintiendo que en lugar de venas tenía un circuito de Scalextric por el que corrían cochecitos de plomo a toda velocidad, a punto de salir disparados. «Podría ser peor» significaba una sola cosa: acá no podés hablar de eso.

Que Lafuturaexmodeloquesecasaríaconunmillonariodeherencia fuera reduccionista no me sorprendía pero me enojaba igual. Me enojaba porque sin quererlo —seguro hasta con buena voluntad— al reducir mi experiencia humana de esa forma, lo único que hacía era exacerbar mi angustia, mi sensación de vacío y soledad. Lo que me pasaba no solo no era comprendido sino que no era aceptado, así que tenía que fingir estar bien todo el tiempo, o callarme.

Las quería. Claro que las quería. Eran mis amigas y se hacían presentes de mil maneras para mí, mil maneras valiosas que no podían medirse en temas de conversación o cierta sensibilidad compartida. Pero, en el fondo, las consideraba superficiales y estúpidas igual. Últimamente las *odiaba*. El odio era, quizá, la expresión de la envidia profunda que me generaban. En su estupidez y superficialidad, eran mucho más felices que yo. Lafuturaexmodeloquesecasaríaconunmillonariodeherencia no tenía la necesidad de ser extraordinaria, brillante, culta. Se sentía libre de ser común. No pretendía complacer estándares imposibles, más que los de belleza, claro, con los cuales había sido agraciada desde su nacimiento. Pero más allá de eso, era una persona ordinaria, que no sentía una obligación constante de generar admiración. Hablaba del fin de su carrera de modelo como algo inevitable, sin demasiada preocupación, imaginando días plácidos con su futuro marido en Ibiza; quizá, algún día, hasta podrían vivir en París. Tal vez estudiara diseño de indumentaria, o de interiores, ya vería. O quizá no hiciera nada, eso tampoco le sonaba nada mal.

Para cuando llegué, la positividad tóxica de Lafuturaexmodeloquesecasaríaconunmillonariodeherencia me dejaba inválida. Prendí la luz y no pasó nada «Pero la connncha de mi hermana» me puteé en voz alta por haber olvidado de pagar la factura, y derrotada arrastré los pies hasta la cama. Me dejé caer boca abajo. Ramón ladraba eufórico pidiendo qué; pero a pesar de estar sofocándome contra el colchón, sentí la incapacidad física de darme la vuelta.

Mis amigas se habían parado sobre mi cabeza. Las *cheerleaders* del bienestar hacían una coreografía agresiva: saltaban y caían con tanta gracia como fuerza, haciendo retumbar las frases que gritaban a coro; la culpa, un arabesco que me tenía en el borde de la náusea; sus brazos agitándose de un lado a otro señalizaban la ruta de emergencia en pleno vuelo, pero de mi cabeza no había salida. Los puños y sonrisas estirados más que darme fuerza parecían darme la bienvenida a un nuevo régimen fascista. Inevitablemente, mis padres.

El hartazgo de las tres de la mañana cuando yo moría por décima vez al mes. El enojo por «hacer» lo que hacía, por atravesar lo que estaba atravesando. Pensé que yo también me hubiese dado la vuelta la cara de un cachetazo aquella vez. Las otras quizá también. ¿Cómo podía estar así, sufrir así, si solo tenía quince años? Si nada, absolutamente nada grave, había ocurrido en mi vida; si mis desgracias eran pequeñas y hasta graciosas. Entonces, sufrí al cuadrado. Sufrí porque sentí que mi sufrimiento no era lo suficientemente válido. Sufrí porque había gente que sufría más y por cosas más reales que yo, y eso me volvía estúpida. Sufrí, porque, aunque fuera una estúpida me dolía igual. Sufrí porque estaba sufriendo. Sufrí porque por mi culpa sufrían los que me querían. Sufrí porque me creí incapaz de dejar de hacerlo.

Supe que lo mejor era desaparecer hasta que dejara de sufrir. Fue en ese momento que me dispuse a hibernar.

Me aíslo por completo, me exilio de mi propio exilio.

Abro y cierro los ojos, como paréntesis.

13

De ese tiempo, los días desaparecieron dejando solo notas en una agenda vieja. Una sin uso, de 2006, que no sé de dónde la saqué. Las entradas no se corresponden con los días, ni los meses; las transcribo tal como las encontré. Entiendo que no todas son del mismo momento: hay cambios de letra, de birome, de intensidad. Para reponer lo que no recuerdo, hice esta selección:

Domingo
Trato la angustia como la gripe
duermo para sentirme mejor.

Sábado
Elijo virtualidad y fantasía frente a todo lo demás.

Sábado, más tarde
(Excepto actividades que puedan ganarme el afecto de Nicolas Cage o que involucren su presencia).

Miércoles
Los días se vuelven cortos, aunque pasen cada vez más lentos. Están aletargados, como mi cuerpo. Me cuesta salir del refugio de la cama, me pregunto por qué, para qué.

Domingo
El invierno desata toda su inclemencia.

Lunes
La nieve tapa la mugre. De lejos, todo es hermoso.

Lunes, después
Fango helado. Un espejo roto en cada esquina.
Las huellas del afuera en el sillón.
Hoy no vimos ninguna ardilla.
¿Comprar botitas para Ramón?

Jueves
Puedo estirar los días y transformarlos en semanas hasta que me toque dar alguna prueba de vida.

Viernes
Lo que más hago es nada. Me instalo en la dinámica desequilibrada hombre-mujer y espero, como una drogadicta, el momento en el que Nicolas Cage tenga tiempo y ganas de verme. Como al sueño todavía no lo puedo vivir, me dispongo a seguir soñándolo.

Lunes
Un mensaje de texto de mi mamá:
«Marta, estás? Necesito hablarte es importante».
Le digo que estoy en un casting. Que la llamo ni bien termino.
No estoy en un casting y no voy a llamarla.

Miércoles
Me estacioné en la depresión del colchón
tomó la forma de mi cuerpo en solo dos años.
La noche empieza a las cuatro de la tarde.
O el día?

Jueves
Duermo tanto que me cuesta dormir.
Dicen que los perros suelen reflejar las personalidades de sus dueños. Le doy un hueso a Ramón, y se pasea por la casa con el hueso en la boca como quien espera una mala noticia, sin rumbo y sin detenerse. Mueve la cola y llora a la vez, sin soltarlo. De a ratos para y jadea ansioso.

Jueves (después)
El perro es el único otro animal que muere de tristeza.

Viernes
Si empezaste mal el día y ves que no termina, tomás Cafiaspirina.
Si te duele la panza, zapán, pancita, la respuesta es Buscapina.
Si comiste de más, Uvasal.

Alikal para las noches que disfrutás el doble y los días que querés volver a ser una diclofenac para el dolor muscular laxantes para el sexo anal o escena en bolas betametasona para la picazón amoxicilina para zafar del dentista unos meses más ansiolíticos para viajar en avión ir a un *callback* entrevista cita con alguien que me gusta lo suficiente cuando el empleado de una multinacional me maltrata cuando las cosas no salen exactamente como me las imaginé cuando mi cuerpo hace algo que no espero.
¿Desde cuándo para poder con el día tengo que automedicarme?
Por suerte es algo que nos atraviesa a todos y que nadie cuestiona o juzga demasiado. Un efecto secundario de la vida que llevamos, o a la que fuimos llevados. De no tenerlo tan naturalizado, seguramente sufriría por esto también. Pero no. Ahí están las pastillas de Nicolas Cage brillando como quien se va antes de tiempo. Zolpidem 260 miligramos. Son trece comprimidos ranurados. Tomando 1/3 de Ambien por día (según internet la mínima dosis efectiva) tengo garantizados 39 días más de sueño. Si lo intercalo con benzos, podría llegar a acariciar los cien.

Martes
Lo que busco es la aniquilación total del tiempo y el pensamiento; despertar al instante de haberme dormido solo que días más tarde; sobrevivir en una especie de coma farmacológico autoinducido.
Las pesadillas solo necesitan de mí para desplegarse.

Cuando sueño despierta, hago lo que quiero. Pero cuando el sueño no es en vigilia, se vuelve en mi contra y me sume en una desesperación todavía más profunda.

Miércoles
Las polillas se alimentan de las lágrimas de los pájaros dormidos.

Jueves
Es de mañana, muy temprano. Mi inconsciente no me da descanso. Prefiero abrir los ojos demasiado pronto a soñar lo que viene después.

Viernes
Se atrasan los relojes.
El invierno dura seis meses.
La vida en su mínima expresión.

Domingo
Ni siquiera en sueños consigo estar con Nicolas Cage. La mayoría de las veces, la distancia es física: él de pie en una tarima sobre el mar a cientos de metros de la costa, una gran pared de cemento en la orilla, yo del otro lado; él hablando un idioma que desconozco, yo acostada en la cama teniendo parálisis del sueño adentro de una habitación cerrada con llave; él a lo lejos, cuando llego a su encuentro, es mi mamá.

Viernes
Estaba cruzando la calle y al saltar un charco quedé

suspendida en el aire. Un detalle mínimo que me despertó, sin despertarme. Pienso en ir a buscarlo. Mi deseo es orden y aparezco en un departamento vacío con paredes blancas y suelos de madera clara. Las ventanas no tienen cortinas y el polvo brilla suspendido en el aire como purpurina. El atardecer dispara rayos sanguíneos que se delinean perfectos y atraviesan el living. No hay muebles, a excepción de una pequeña banqueta de madera junto a la puerta de la cocina y un cuadro. Me paro a mirarlo:

Es un paisaje plácido y simétrico. En el centro, una pareja posa abrazada adentro de una piscina infinita. Si los miro de cerca, son monstruosos.

El sonido de la cadena del baño me devuelve al ambiente y, al darme la vuelta, descubro a Nicolas Cage descalzo, de jean claro y remera blanca, caminando hacia donde me encuentro. Me repito de manera obsesiva y compulsiva que es un sueño lúcido y no me voy a despertar. Se para frente a mí y me mira como esperando que le diga qué hacer, como si él también fuera consciente de que el sueño es mío. Con la mano izquierda tomo la suya, y con la derecha le acaricio suavecito los labios.

Su piel agrietada por el invierno, una versión microscópica de mi sonido preferido al recorrerla: crujen hojas secas.

Nos acostamos en el suelo y reímos. Nicolas Cage gira el cuerpo hacia mí, recuesta la cabeza en su palma con la gracia de una sirena y me observa unos momentos. Después, sin mediar palabra, me besa.

Viernes, más tarde
Cuando Nicolas Cage me besa, sabe mal.
Con la fuerza de voluntad concentrada en el ceño, desabrocho sus pantalones y le agarro la pija. Cuando abro los ojos, casi me despierta el susto.
—*OMG! And I don't mean Oh My God, I mean Oversized Male Genitalia!*
La pija de Nicolas Cage es la pija perfecta, solo que no lo es. Es rosa, suave y gorda, pero con una cabeza elefántica que crece indómita ante mi mirada boquiabierta. Digo:
—Supongo que estoy enamorada de tu cabeza.
Le beso la frente con la ternura con la que deseo ser besada. Me repito que es un sueño y que si puedo volar, también puedo coger. Lo hacemos primero despacio, después fuerte, después más fuerte y más rápido, y por último, despacito otra vez. Estoy empapada. Tan así que borré el límite entre el mundo y mi cuerpo. No sé dónde empiezo ni dónde termino. Nicolas Cage flota en flujo, saliva y sudor. De a poco dejo el control y me entrego; floto yo también, en una calima de ensueño, y me escucho a mí misma a lo lejos, pidiéndole que me acabe en la boca.
Acabo. Acabo en el sueño y en la realidad creo que también porque tengo las piernas espásmicas y mi boca descansa abierta sobre la almohada. Agarro el teléfono, voy a preguntarle a él qué está haciendo. Son las 3.07 a. m., y dos minutos antes, a las 3.05, recibo una foto de su ojo abierto en primerísimo primer plano. Compartimos el sueño varias noches seguidas. Tomo la señal y otro tercio de pastilla de la mesita de noche, me doy una

palmadita en la mejilla, cierro los ojos y me dispongo a dormir. Casi feliz.

Miércoles

Me despierto con el deseo en carne viva y la concha también. Me volvió a brotar el eczema. De día es silencioso, abajo de la ropa me olvido de su existencia. Pero en cuanto me duermo, pide a gritos mis manos, que lo rascan con la urgencia frenética de un perro hurgando en la arena. No ejerzo control, no tengo límite; puedo arrancarme la piel, hacerme sangrar. El despertar, incluso el dolor o las infecciones, no son suficientes para detener la compulsión de rascado. Corro al baño y abro la canilla de la bañera. Quizá la presión del agua fría me aquiete. Pero no. Me paro semidesnuda y con los ojos cerrados frente a la heladera abierta, me apoyo un pote de *Cookies and Cream* de Ben & Jerry's directo en la vagina. Ya probé todas las cremas con corticoides de venta libre. Ya dormí con guantes y manos atadas. Lo único que calma la picazón, al menos hasta el siguiente despertar, es masturbarme. Voy por James Bong, lo estaciono a máxima velocidad, y sin pensar en nada espero a que llegue otro orgasmo meramente físico que me devuelva al sueño.

Miércoles, después

El cuerpo siempre termina por rendirse al estímulo. Liam Neeson y Owen Wilson se parecen más allá de su sonoridad.

Lunes
Otra vez el asco.
Su olor es una mezcla de lejía y sal; su sabor, inexacto, más que sabor, una sensación: la de chupar una pila; su esencia es un veneno duro e impenetrable que me corroe la lengua.

Miércoles
Hay algo fijo en la obsesión, una constante, un ancla.

Viernes
Una madre acomoda a su bebé en el cochecito y se van.
Una pareja se abraza y se pierden en el camión de basura las ramas secas del invierno.
Florecieron los cerezos.

Sábado
Intimar es necesario, pero también insuficiente.
Desde que me dejé de ver con un chabón igual a Nicolas Cage que no era Nicolas Cage no me besé, abracé ni rocé con nadie, a excepción de Linda, la masajista del spa tai, cuyo tacto tan decidido como cuidadoso me hace llorar.

Lunes (¿después de un masaje?)
Si mi cuerpo pierde el contacto con sus manos durante más de cuatro segundos, sobreviene una sensación de irrealidad. Cuando no la siento, pego una sacudida hípnica y manoteo la camilla con boca de pescado.
Cuando me toca siento algo parecido al amor y lloro en silencio. Cuando termina nuestra hora, Linda me aprieta

la mano mirándome a los ojos como diciendo «Lo siento».

Jueves
La vereda teñida de rosa.
Los cerezos tristes otra vez.

Sábado
En las conversaciones en persona está clarísimo cuánto puede y debe durar un silencio. En la virtualidad no.
¿La no respuesta es el nuevo no?
Puedo soportar el rechazo. No puedo con lo que no sé.

Jueves
Soy adicta al instante previo.

Jueves, después
Acabo de volver. Todo igual. Su amigo el de la peli lo pasó a buscar y me trajeron a casa en auto me tuve que sentar encima de él tensión tensión tensión no me animé a decirle nada soy una pelotuda.

Sábado
Quiero borrarme por completo y no me animo. Tomo zolpidem la dosis mínima, tomo vino, marco la botella. Si tomo zolpidem no tomo clona. Si tomo vino espero seis horas para los benzos o tomo solo un cuarto.
¿Por qué no puedo ser una drogadicta? ¿O tener un desorden alimenticio? ¿O alguna enfermedad más de verdad?

Repito lo que soy, lo que conozco. Estirar el malestar, el alivio breve de su presencia, la vergüenza del después, el enojo, el aburrimiento, la agitación del cuerpo diciendo dale, vamos otra vez, pidiéndome más, pidiéndome su adrenalina para sentirse vivo.

Lunes
Necesito empezar a planear la próxima cita antes de que se me agote la anterior.

Sábado
No tengo apetito sexual o, en realidad, tengo un apetito extremo. Tan extremo que, si no le pongo un límite concreto, la voracidad se define insaciable. La única solución es matarlo antes de que me mate a mí; el método, la inanición.

Jueves
En las cuatro o cinco horas diarias de vigilia, además de masturbarme y comer, leo horóscopos. El suyo y el mío. El de nuestros ascendentes. Leo en distintas páginas y plataformas hasta encontrar uno que nos acople. Busco señales de los astros que me confirmen que vamos a terminar juntos. Pago por nuestras cartas natales y revoluciones solares online. Después pago extra por nuestra numerología.

Viernes
Quise hacer un viaje astral y no llegué ni a la esquina. Si bien no son tan efectivos como la combinación de

Ambien y vino, los ejercicios de *The Llewellyn Practical Guide to Astral Projection* logran gravitar al sueño. Los incorporo a la rutina.

Martes
La adversidad intensifica mis sentimientos. Los días en que no hablamos son los días en que más pienso en él. Son días que le dedico enteros.
Cuando recibo un mensaje suyo, en mi cuarto sale el sol. Después, puedo permitirme ocupar la cabeza en otra cosa, a modo de premio. Paso de la cama al living y veo especiales de crimen en Investigation Discovery, maratones de *Acumuladores compulsivos*, *1000 maneras de morir* o *Mi extraña obsesión.*

Jueves
Obtengo un diploma en lingüística.
Analizo frenéticamente el sentido de cada palabra, signo de puntuación, emoji. Agoto todo significado posible para todos sus comportamientos.
Entiendo que le cuesta mentir, o que le resulta más fácil mentirse a sí mismo que a los demás.

Domingo
Dijo que mañana viene a la ciudad.

Lunes
Nos vemos otra vez pero nada cambia. Siempre se las arregla para que nos encontremos de día y entre semana. En espacios públicos, lejos de la intimidad de los lugares

propios y del alcohol. Lejos de todo lo que pueda acercarnos demasiado.
Me lastimé la mano pegándole a la pared.

Lunes, después
Cosas que hice mal:
–Usar medias con la cara de Ryan Gosling y preguntarle si su belleza lo intimida.
–¿El chiste sobre las coles de Bruselas y el sexo anal fue demasiado?
–No decirle nada otra vez.

Lunes, más tarde
Sospecho que al verme así, se convence de que no hay nada intrínsecamente malo en el encuentro, que si está a la vista de todos, es porque no hay nada que ocultar.
¿A su novia qué le dice?
¿Ahorrar información es una forma de no mentir ni decir la verdad?

Lunes
Prepararme para encontrarme con él es lo más parecido a un impulso vital. No importa cómo puedan llegar a terminar las cosas o cuándo. Siempre estoy alerta, siempre pendiente, siempre lista, *Siempre Libre*.
Necesito que el futuro exista solo para poder vivir anticipándolo.

Martes
Su pelo, su manera de mirarme siempre entretenido.

Su Chevy del 64, amarillo pastel, avanzando por la autopista. El efecto que tiene en todos los demás.

Domingo
El calendario se aleja del último encuentro y mis síntomas vuelven a empeorar. Cólicos, me voy por el baño. Mi cerebro es gelatina. También me tiemblan y sudan las manos. Una especie de resaca, una especie de pánico escénico. Las drogas te llevan a donde querés ir, pero no te permiten quedarte jamás. Y volver a la realidad nunca es volver a la realidad. Es como ese casillero en el Juego de la Oca que te manda dos para atrás.

Miércoles (dos semanas después)
Resumo otra semana en 20 minutos y salgo corriendo a su encuentro una vez más. Soy desproporcionadamente feliz.
El aire fresco me golpea la cara y me derriba.
Envidio el edificio que se queda acá, que no sale corriendo atrás de nadie.

Miércoles, después
Cuando llego, lo miro como me mira mi perro cada vez que vuelvo a casa. Desde abajo. Espero una caricia, algún gesto de amor que funcione como recompensa por el tiempo de ausencia en el que no hice otra cosa más que dormir, dejar pasar el tiempo y esperarlo.
Nicolas Cage es metadona.
Si un instante pudiera durar para siempre.

Nos despedimos. Se rompe el hechizo. Me siento frustrada, violenta y estúpida.

Viernes

Paréntesis inútil, se abre con intención y la pierde en la mitad, o antes; se extiende y se va por la trama.

Me olvido de dónde vengo o adónde voy.

Tiempo pausado. Como si no hubiera pasado. Pero nuestro pasado se acumula y el tiempo pasa.

Domingo

¿Cuánto tiempo llevo así, en este estado, entre un sueño y otro?

Quizá pasó una década entera. Un *déjà vu* interminable durante el que no pasa nada en mi vida, o sí, pero en una paralela, una en la que no me hago presente, una que no me puedo apropiar.

Si estamos presentes y ausentes a la vez, la fantasía es sostenible.

Y si quiero, puedo sostenerla *in aeternum*. O eso creo.

14

Me desperté a la tarde con el timbre. La vecina de al lado me pedía, con violenta amabilidad, si podía sacar mis cajas del pasillo. A mi derecha conté nueve de diversos tamaños; tres acampaban en su felpudo. Del otro lado, una mamushka de cajas vacías alta como yo.

Una revista *Playboy* de los años setenta. Tres cuadritos *paint-by-number* vintage ya pintados. Un bigote postizo. Una primera edición de *Absences*. Un kit de destilación profesional. Un bikini tejido con ganchillo tamaño muñeca que, asumí, compré pensando que era *life-size*. Veinticuatro rollos de papel higiénico. Una litografía original de Peter Max que me hizo chequear la cuenta del banco. Abrí la última caja sin demasiado entusiasmo y encontré una pistola de balines que tampoco recordaba haber comprado. Descargada, le disparé a Ramón y actué una risa para nadie. Le dije «Vamos a pasear» pero me distrajo un mensaje de texto.

Cuando Elguitarristadeunabandafamosa me invitó a ver a otra banda famosa en Terminal 5, no dudé en aceptar. Ah. Sí. Accidentalmente, meses atrás, me había hecho amiga de

Elguitarristadeunabandafamosa. Y, por accidentalmente, me refiero a que el destino y la casualidad son hermanos siameses, y forzarlos, mi especialidad. El amigo de una amiga de una amiga mía de Buenos Aires me había contactado buscando alojamiento para los meses que iba a pasar en Nueva York grabando su próximo disco. Disco que, *serendipitosamente*, producía Elguitarristadeunabandafamosa. Así que lo conocí de casualidad la noche en que salí a su encuentro.

Quizá fue mi luna en Cáncer, quizá mi necesidad desesperada por forzar intimidad con extraños contándoles historias hiperpersonales de mi infancia —con las que no conecto realmente— para que puedan sentir que me conocen y desarrollar apego y apertura emocional, sin el riesgo de perder mi sensación de control, pero a los quince minutos de conocerme, ya me había confesado que estaba enamorado de la ex de un amigo suyo. Y yo supe, sin saber ni necesitar la información que llegaría después, que se trataba de la ex de Nicolas Cage. Le devolví el gesto contándole mi historia de amor prohibido y aunque ninguno de los dos llegó a develar jamás el nombre de su protagonista, inauguramos una «amistad» de hermosos perdedores esa misma noche.

Elguitarristadeunabandafamosa era como la sombra de Nicolas Cage, igual en forma, vacío de contenido, y estaba siempre un paso atrás. Los dos sabíamos lo que era gravitar alrededor de alguien mejor que nosotros, y éramos conscientes de cómo eso nos mantenía en órbita y nos hacía brillar de rebote. Sentía pena por él y lo consideraba un idiota por creer que podía llegar a enamorar a la ex de Nicolas Cage; por siquiera creer que tenía posibilidades de cogérsela. Disminuyéndolo a él me sentía mejor respecto de mí misma y mis huidas hacia adelante.

Con el poder de las pulseras verde fluorescente entramos, sin demora y sin escala, al VIP. Como en un sueño, decenas de cuerpos me pasaron por al lado sin que pudiera retener un solo rasgo, hasta que le vi la cara inequívoca a la realidad: Rebecca Owens caminaba hacia mí, con la vista clavada en mí y un leve gesto de asco. Me olvidé de respirar. Mi cabeza aprovechó el shock y giró por *motu proprio* para seguirla. Deshice el movimiento lo más rápido que pude, boqueando por aire, y me di a Nicolas Cage de lleno en la cara.

—¡Marta! ¡Hola!

Esta vez, no parecía sorprendido de verme, realmente lo estaba. La vida —o mi obstinación— le había tirado un balde de pintura blanca en la cabeza. Después se le desbordó una sonrisa que le devolvió un poco de color a la cara. Me abrazó, torpe. Tardé en reconocer si era él o yo quien temblaba. Temblábamos los dos, pero por distintas razones. Yo siempre estaba nerviosa al borde de verlo y, ahora, el inesperado-esperado encuentro no me había dado tiempo a autorregularme. Además, hacía meses que fantaseaba con la escena en que nos cruzábamos estando él con su novia y con sus posibles reacciones: ¿se haría el boludo? ¿Me saludaría de lejos y fingiría demencia? ¿Cuánta distancia pondría? ¿Me cuidaría con «Ella es Marta» o me fulminaría con «Una amiga»? Todas mis preguntas estaban por encontrar definición. La razón de sus nervios era, creía, la misma, solo que exactamente opuesta.

—Hola —le respondí todavía en shock.

—¡Bienvenida...! ¡Bienvenida a Terminal 5! —dijo Nicolas

Cage tomando prestadas las manos de un presentador de circo, excesivamente fresco, mientras sus ojos escaneaban por moros en mi costa.

—Ah, *wow*. ¿Esta es la bienvenida oficial? ¡Gracias!

Elguitarristadeunabandafamosa caminaba varios metros adelante y lo hubiera perdido de vista de no haber sido porque su cabeza flotaba treinta centímetros por encima de las demás. Ellos dos no habían parado a saludarse.

—¿Cómo estás, bien? —me preguntó.

—Jaaah...

—¿Qué? —dijo confundido.

—¡Me acabás de robar mi línea en la vida real!

—¿Cómo? —dijo aún más perdido.

—Se supone que vos preguntás «¿Cómo estás?» y soy yo la que tiene que responder «Bien» o como sea que estoy, Nicolas...

Nos reímos nerviosos los dos, él ocultándolo peor.

—Tenés razón, perdón. Empecemos de nuevo. Yyyyy... ¡Acción! ¿Cómo estás?

—Bien... Y vos, ¿cómo estás, bien?

Nos reímos otra vez.

—Estoy bien, ¡gracias por recordármelo! —Nicolas Cage sonrió, se puso fucsia y bajó la mirada—. Ehmm... Estaba yendo a buscar algo de beber, ahí vengo...

—Dale..., ahí nos cruzamos —dije tan casualmente.

Me dio un beso torpe en la mejilla y se fue.

Elguitarristadeunabandafamosa me hablaba pero yo solo movía la cabeza al ritmo de la música que sonaba de fondo y me reía al azar de a ratitos. Con la mirada, recorría el lugar al acecho. Agarré el teléfono para verificar mi estado general en cuanto vi que Nicolas Cage y Rebecca Owens entraban al VIP con tragos en mano, y rescaté un mensaje de texto —o en realidad dos— que Nicolas Cage me había dejado once minutos atrás.

Bienvenida... a Jurassic Park.

Y nueve minutos después...

¡Bienvenida a Miami!

Escribí *Welcome to the jungle. Watch it bring you to your sha-n-n-n-n-n-n-n knees, knees. I wanna watch you bleed*, busqué sus ojos y, cuando los encontré, pulsé enviar sosteniéndolos con los míos. Cuando bajó la mano a su bolsillo, hice lo mismo, guardé el teléfono sonriéndole, y después le di la espalda.

El *allure* de Rebecca Owens lo invadía todo. Flotaba en el aire y se camuflaba en el humo artificial con olor a cumpleañito para expoliarme. Adentro de mí todo se sacudía. Ese remolino en el pecho, que muchas veces llamé violencia, es en realidad la luz de un metro avanzando entre estaciones, exhibiendo los cimientos, las cloacas, dispersando las ratas. Podría llegar a ser, también, un nuevo día entrando a casa por todas las ventanas. Sí, yo claramente sabía que Nicolas Cage tenía novia. Sabía y no sabía. No sabía en el sentido de que sabía, pero de alguna manera había logrado no incorporar ese conocimiento a la imagen total de quién era él.

Me paré estratégicamente en un lugar en el que mi vista se dirigía al escenario pero hacía foco en ellos dos, a cinco personas de distancia. Rebecca Owens tenía puesto un pantalón de jean de corte recto y tiro bajo que en ese momento no estaba de moda, una remera lisa de algodón azul marino un talle más grande —arremangada—, *loafers* de cuero del mismo color con un reborde de piel y un clásico Chanel 2.55. Llevaba una cadenita de oro con una medalla chica —probablemente de la Virgen— que le colgaba cuatro dedos por encima de las tetas. No estaba maquillada. Sofisticada y cara sin gastar un centavo: cuanto más plata ganás, más cosas te dan gratis. Su hermosura era agotadora. Parecía una de esas actrices míticas de la era dorada de Hollywood, cuya reputación es tan estoica como su apariencia. Le iba a ser tan fácil convertirse en actriz cuando se cansara de modelar. No iba a tener que hacer más que quedarse mirando a la nada, fumando un cigarrillo tal como lo hacía ahora, con la cara vacía de expresión, para que los sentimientos y pensamientos más profundos llegaran desde afuera y se posaran en su cara perfecta.

Lo que más me molestaba era que parecía feliz. Me imaginé cómo sería un día en sus zapatos, en esos mismos Gucci que llevaba puestos; después, sumé otros e imaginé una semana, un mes; la guirnalda de días despejados que era su vida. Una vida tan liviana como su cuerpo, cuyo único exabrupto eran los dos globos que tenía por tetas que elevaban su silueta y la hacían flotar por encima del resto de los mortales. De no ser por el brazo de Nicolas Cage que la anclaba a tierra, hubiera salido volando. Esas tetas. Mis pensamientos, un boomerang que volvía a ellas una y otra vez. No llevaba corpiño y el roce constante con el algodón lavado mantenía sus pezones alerta. Pude sentir en mi propia carne la misma fricción y saborear la noción de que los suyos estaban apenitas agrietados. Visualicé su areola y acampé ahí; en su rugosidad, en esa piel algo más oscura y áspera; en sus protuberancias de distintos tamaños cuya ubicación no respondía a ningún patrón identificable. Me perdí recorriéndola con la lengua, haciendo círculos en el aire adentro de mi propia boca. La imperfección de su textura me confortó tanto que sentí que me dormía de pie, apoyada en el pecho de un ángel. Entonces volvió la modelo de Victoria's Secret, con su aureola y alas de plástico, vistiendo ropa carísima que, aunque fuera horrible y digna de mi mamá, le quedaba bien. Volví a su cara con odio y asco pero al llegar, la vi besándole la mejilla a Nicolas Cage, y yo también quise un beso rubio y francés; yo también quise ser coronada por su afecto.

Rebecca Owens era Sol de frente. En su mirada no había rastro de tristeza. Tenía el brillo —en los ojos y en la piel toda— de quien todavía no perdió la inocencia. De quien nunca se preguntó: «¿Qué sentido tiene todo?». Sus ojos verdes, una laguna dulce, contenida, y tan diáfana y poco profunda que permitía verle el fondo. Tanteé por mi espejito de maquillaje sin abrir demasiado ni sacar nada de la cartera, y disimulada comparé mi cara con la suya. Después, miré a Nicolas Cage. Eran de esas parejas que más que pareja parecen hermanos. El parecido físico era siniestro, y sin embargo supe que entre ella y él había un abismo. Y era en ese abismo donde nosotros dos nos habíamos encontrado. La gente triste se reconoce entre sí. Como animales de la misma especie, nos desenmascaramos la mirada. Podemos pasar años perfeccionando las respuestas y engañar a casi todo el mundo, excepto a ese otro que también miró de frente a la angustia.

El desasosiego antiguo, estructural, se nos nota hasta en la mejor sonrisa, como a la Mona Lisa, y había sido eso mismo lo que yo había reconocido sin saberlo en Nicolas Cage en el momento en el que lo vi por primera vez. Me regocijé pensando que a ella, lo peor todavía le estaba por llegar.

Corrí un poquito de puntillas tratando de que el eco no delatara mi apuro. Escuché el vaivén de la puerta, su cartera cayendo al suelo y, con el pestillo cerrándose, entré al baño. Diría que me miré en el espejo y con el dedo fingí corregir un rimmel que no estaba corrido, pero en realidad miré a través de él, y supe a cuál de los tres cubículos tenía que entrar.

Me levanté la pollera y bajé la bombacha más de lo necesario pero teniendo cuidado de que no llegara a tocar el suelo. Era una bombacha nueva que me había llegado por correo en algún momento, de corte y algodón franceses, blancas con un diminuto corazón rojo bordado a mano. Decidí estrenarlas sabiendo que iba a cruzarme a Nicolas Cage, imaginando su boca primero mordiéndolas y después corriéndolas a un costado con los dientes, como perro que escarba para hacer propio un hueso. Merecían ser vistas, sobre todo por su novia. Forcé un pis que por suerte no tardó demasiado en salir, y al terminar, exageré un ruido haciendo girar el dispensador de papel higiénico para después golpear la pared de su cubículo al ritmo de «Tapa ta-pi-ta». Hubo un silencio eterno en el que mi corazón carreteó como avión en pista, hasta que, desde el otro lado, me respondió con dos golpecitos. Tardé un par de segundos más en hablar y ella me ganó de mano.

—*Oui?*

—¡Hola! Ehm... *Sorry!* Ahm... ¿Te puedo pedir algo de papel? No queda acá.

—De hecho —su acento era francés, pero no tan francés como me lo había imaginado—, acá tampoco hay..., pero tengo pañuelos de papel en mi cartera, a ver...

—Dale, gracias.

Hubo un silencio que no tardé en llenar. Le dije que en los boliches era siempre lo mismo, que nunca había papel, y que el suelo estaba siempre sucio y mojado, esperando que desviara la mirada hacia ahí. Como no dijo nada, insistí.

—Me muero si la bombacha toca el piso.

Se rio con la risa que me caracteriza. Me reí yo, más fuerte.

—Vos también te reís como un cerdito, qué gracioso —dijo en un tono vacío de gracia, mientras estiraba la mano hacia mi cubículo, ofreciéndome un paquete de Kleenex.

Cuando lo agarré, no lo soltó enseguida. Por un momento estuvimos, como E.T. y Elliot, tocándonos sin tocarnos, unidas, pero separadas por una distancia inconmensurable. Vi que tenía tatuada en la muñeca la inicial de Nicolas Cage.

—¿Es una inicial? —solté.

Sacó la mano de un latigazo, como si la hubiera descubierto robando. Vi, sin ver, cómo la llevaba a su panza y la tapaba con la izquierda, defensiva. Insistí.

—Amo los tatuajes.

—Sí, es una letra.

—¿Por quién? —fui rápida en asumir, y más rápida en querer comprobar. Ese tatuaje no lo había visto en ninguna foto.

—Mi mamá —dijo seca.

—¡Hermoso! ¿Cómo se llama?

Sopló una risa y tardó en responder.

—Nicola.

Ahora tardé yo. Me pregunté si Nicolas Cage también tendría un tatuaje que yo desconocía, si el nombre de ella le habría marcado la piel, y sentí cómo una sombra se arrastraba por mi cara hasta cubrirla entera.

—Qué lindo nomb

—¿De dónde sos? Tenés acento —me interrumpió.

Me molestó que se diera cuenta tan rápido de que no pertenecía a Nueva York. Vi un cardumen de dólares enmohecidos en una cloaca, camino del río.

—Sí. Vos también —le remarqué, y seguí—, de Argentina. ¿Vos?

Repitió *Arshentina*, corrigiéndome la pronunciación. Me dijo que era de París, como si decir de Francia no fuera lo suficientemente francés. Salió por fin del baño, dejó correr el agua, pero no se fue. No quería que viera quién era su interlocutora, así que me quedé haciendo ruido con la cartera, como buscando toallitas o algo.

—Ahí te devuelvo los pañuelos, perdón, ¡gracias!

Vi sus pies parados frente a mi puerta y me imaginé su cara, aunque ya la conocía de memoria. Algo de tenerla tan cerca y saber tanto de ella —de su vello púbico, sus habilidades culinarias, su falta de palabras y elocuencia en las peleas, por nombrar algunas— sin que ella supiera absolutamente nada de mí, de mi existencia y procedencia, de mi influencia como satélite en su vida, me excitó. Fui una vez más invisible, solo que esta vez lo creí un superpoder.

—Te las regalo —me dijo y se fue, no sin antes lanzar—: Me había fijado en tus zapatos en el VIP. Muy buenos.

15

Cuando me desperté pensé que habían entrado a robar. Toda la ropa estaba en el suelo; los cajones del escritorio boca abajo. Al salir al living, lo encontré minado por pequeñas montañitas de cosas cuyo criterio no me fue evidente de inmediato. Conté cinco contenedores de *take out* con restos de comida a lo ancho del departamento mientras caminaba grogui, con un florero de defensa propia en la mano, hacia el baño, donde el panorama era igual de desolador. La única garantía en contra de la irrupción de un extraño era Ramón echado panza arriba, que me miraba impávido desde el sillón.

Me sentía muy débil, pero sobre todo, triste, así que abracé una botella de litro de Gatorade en la cama y cerré los ojos una vez más. ¿Cómo se hace para desterrar una imagen que sitió la cabeza? ¿Cómo se deshace un recuerdo? Quería volver atrás y no haberlos visto juntos jamás; quería dormir hasta que hubieran pasado diez años.

Me sobresaltó la llamada del teléfono desde la mesita de noche y me desayuné con cinco llamadas perdidas de Miagente, dos mensajes de voz, ciento cuatro mensajes de texto sin responder, el paquete de pañuelos de papel de Rebecca Owens y un vial de zolpidem a nombre de alguien que no reconocí. Sentí la piel de gallina ascender por mi cuerpo, acorralándome en mí misma. Revisé, con un solo ojo abierto y la mano izquierda controlando un pulso descontrolado, los últimos mensajes que había enviado. La buena noticia fue que a Nicolas Cage no le había escrito; la mala, que no era sábado sino *martes*.

Encontré el video menos de dos minutos después. Había sido enviado el lunes a las 4.04 a. m. por Elguitarristadeunabandafamosa a mi teléfono, que lo guardó automáticamente en la galería. La duración era de dos minutos treinta y siete, y el peso, incalculable: Rebecca Owens y yo cantábamos a dueto «Mr. Jones» subidas a la mesa de un karaoke en Koreatown.

De a poco, y con fuerza a la vez, como granizo, fueron golpeándome distintos flashes de la noche del recital. El momento exacto en que no fuimos presentadas. Alcohol. Un choque de puños con Nicolas Cage. Más alcohol. Ellos dos yéndose juntos. Las calles de Midtown. Lower East Side. Chinatown. Una fiesta en un sótano. Un beso y un vómito en casa ajena. El saqueo de un botiquín. Un *after* donde me dormí acostada en el suelo, acunada por las voces de desconocidos que peinaban líneas. El despertar. La droga de la amnesia para borrar el dolor. Fundir a negro. Repetir.

Hurgando en los bolsillos de carteras y pantalones, en el tacho de basura y en mi teléfono, logré mapear parte de los últimos tres días, pero era como si no hubiera sido yo. Me veía en el video, en las conversaciones enteras que mantuve por mensaje de texto, en los mails de trabajo que respondí con meses de demora, pero no me reconocía. Según Google, lo que pasaba tenía nombre propio: *Ambien blackout* o parasomnia. Alguien había tomado mi cuerpo. Había salido de compras. Había abastecido la heladera. Y había sacado un pasaje de vuelta a Argentina para el siguiente mes.

Me miré al espejo. Mi piel, más que blanca, se había afinado al punto de devenir en velo. Las venas, pequeños hematomas y arañitas me hicieron pensar en un paisaje triste en tonos lila de Monet. Mis ojos estaban vacíos de expresión y hundidos en un surco tan oscuro que quise limpiar como restos de maquillaje. Pero fue la fina capa de caspa sobre mi pijama lo que se reveló un síntoma demasiado literal de que me caía a pedazos de una manera muy poco atractiva.

Supe que tenía que empezar algo o terminarlo todo. Que la realidad, aunque fuera rubia y flaca, había aplastado finalmente a la fantasía.

Qué hacés?

Estoy en la playa, me vine hace un par de días..., en este momento estoy tomando té con mi gato.

Nicolas Cage había adoptado un gato al volver de su último viaje.

Vamos a tomar algo más tarde?

Escribió. Borró. Volvió a escribir y borrar. Finalmente dijo:

Creo que realmente necesito estar en la playa...

Me siento raro.

¿Qué tenía la playa que yo no tuviera? ¿Qué del mar le resultaba más atractivo que yo? ¿Su movimiento o su constancia? Ni que hubiera estado en el Caribe. La playa donde vivía era una mierda, estaba llena de mierda, era peor que la peor playa de mierda de Mar del Plata a las cinco de la tarde en pleno enero, e iba a seguir estando ahí al día siguiente. Yo no.

Okay.

Voy para ahí.

¿Vas a «subalquilar»?

No, en serio.

Quiero tomar un té con vos y charlar.

Guenn, quizá hoy no C A el mejor día

Tengo una reunión a las 4.30

El resto de la conversación se me cayó de las manos para *avalancharse* sobre él. Mis dedos, más rápidos que un impulso.

Siempre tan ocupado él

Te voy a tener que castigar

Me estoy cansando

😞

Voy a empezar a sextearte

Esa es LA receta para el desastre

Estás rogando que lo haga

Le mandé a Nicolas Cage una foto de las tetas de un hombre gordo y peludo tocándose los pezones.

Qué hago si lo ve mi novia??? Estás loca?!?

SÍÍÍÍÍÍÍÍÍ CLARAMENTE ESTOY LOCA!!!!!!!!
Qué te hacés el sorprendido

Le mandé a Nicolás Cage una foto de la pija de Ramón. No sabía bien qué estaba haciendo o para qué, solo sentía una ira tremenda y actuaba en consecuencia sin ser capaz de imponer ningún tipo de autoridad o límite sobre mí misma.

Wooooah
Marta!!!!

Mandame una foto de tu pija ya

Jajaja

Me mandó una foto de una hiena embalsamada.

Que ganas de agarrarte la hiena con la mano

Le mandé una foto de mi mano sosteniendo un peso invisible. El enamoramiento me había relegado a un lugar pasivo, del que solo pude salir como un animal enjaulado. Ser agresivamente sexual me daba cierta sensación de control. La única forma de no sentir que quedaba expuesta era exponerme del todo. Mostrarme activa en mi deseo me protegía sentimentalmente.

Nicolas Cage tardó cuarenta minutos en responder.

Hey
Me acaban de llamar que surgió un tema
con los papeles del auto y tengo que correr
a la ciudad para firmar unas cosas
Quizá un tecito más tarde?

16

A las 5.51 p. m., mientras caminaba hacia Pick Me Up, recibí un mensaje de texto de Nicolas Cage.

> Estoy en el negocio de antigüedades.
> Al lado de nuestro café.

Pero antes de llegar a la esquina de la Avenue A y la 9th Street, se habían sucedido unas cinco horas, cuyo contenido no quisiera olvidar.

Lo primero que hice fue armar una playlist. Aproximé los tiempos y puse las mejores canciones —«Your Love Is King», «Wicked Game» y «Je t'aime moi non plus»— en orden cinco, seis y siete porque calculé que iba a ser por ahí cuando empezáramos a desvestirnos. Sabía que esa noche iba a ser un hito, un lugar emblemático al que volvería, una y otra vez, para visitar el monumento a nuestra historia. Tenía en mis manos la rara oportunidad de concebir un momento perfecto. Diseñarlo con tanto detalle como me fuera posible desde el vamos, y así ahorrarme la necesidad de engalanarlo después, en la memoria. El escenario sería mi departamento, eso estaba definido. Mi cuarto quedaría a oscuras, con las cortinas levantadas. La luz que entraba de la calle le iba a permitir ver lo suficiente como para encontrar mis tetas sin dejarlo descubrir la celulitis. De esa forma también, yo tenía más posibilidades de relajarme, quizá.

Probé varias combinaciones de luces en el living y decidí, a pesar de mi paranoia, dejar prendidas las lucecitas de Navidad que colgaban alrededor del espejo de pie. Acepté que las probabilidades de que llegáramos y empezáramos a coger directamente en ese ambiente eran más altas que las de que hubiera un cortocircuito en mi ausencia y se prendiera fuego todo.

Después, fui a Victoria's Secret. Pero Rebecca Owens se hizo presente mucho antes de llegar. Sus ojos arriba de la boca oscura del metro, me siguieron al bajar las escaleras desde una publicidad de Dior. En Broadway, volvió a aparecer en la vidriera de Sephora. Pintaba la ciudad, me recordaba que le pertenecía.

Busqué la que a su novia le quedaba tan bien, puse unas veintisiete bombachas más en el canasto de compras y me metí al probador. El procedimiento ya lo había hecho decenas de veces. Dejaba lo mío en el suelo, en un rincón: zapatillas, medias, ropa, cartera, celular. Lo único que conservaba propio era la bombacha, porque en el local te dan unas tangas desechables de hospital para usar debajo que te transforman en desgracia. Primero me iba a probar todo e iba a ir separando en tres perchas distintas: lo que me iba a llevar, lo que necesitaba revisión, lo que iba a dejar. De esta primera selección, después iba a agarrar dos o tres bombachas de las que sí y las iba a poner en el canasto de compras. La segunda ronda iba a empezar volviéndome a poner otra de las que me iba a llevar, después les iba a arrancar la etiqueta con el código de barras y las iba a esconder atrás del espejo o abajo de la alfombra del probador. Esa bombacha ya me las dejaba puestas. Después me probaba una de las que necesitaba volver a juzgar encima y, si me gustaba, repetía el procedimiento anterior; si no, me la sacaba y la ponía en la percha de lo que iba a dejar. Y así con todo el resto. Me hizo bien pasar el tiempo de esa manera, confinada a un espacio levemente iluminado, repitiendo el acto mecánico de vestirme y desvestirme. Juzgándome en el espejo, entré en un trance meditativo: los pensamientos llegaban y se iban, mi mente suspendida. Un aquí y ahora entramado de encaje, terciopelo, seda y algodón.

Cuando terminé, me dirigí a la caja con un cinturón de castidad de doce capas de fibra hilada debajo del pantalón y pagué lo que quise.

Jamás me siguieron los pasos en un local por miedo a que haya entrado a robar; nunca me miran con desconfianza. Mi piel es el manto de la Virgen. Robar me hacía sentir poderosa, sí, levantar y mirar y tocar los productos, fingir que iba a comprarlos, salir con un botín escondido en mi cuerpo. Probaba que yo era más inteligente que ellos, aunque para este punto, ya ni sabía con quién me estaba comparando. Pero el acto era más que pura rebeldía, de hecho, no lo sentía como tal. Solo hacía lo que quería sabiendo que podía eludir las consecuencias. No era tampoco una postura política, ir contra el sistema ni aprovecharme de él. No lo consideraba un riesgo, no me ponía nerviosa, no sentía adrenalina. No sentía nada al respecto. No pensaba nada al respecto. Ni siquiera quería las doce bombachas. Simplemente iba y lo hacía. Entraba a los locales sin que nadie me prestara atención, y salía igual, solo que con cosas nuevas. Quizá, robaba para comprobar que era invisible.

Invoqué a las diosas. Las Spice, Britney, Carly Simons, Roxette, The Cranberries, Shakira, Natalie Imbruglia, 4 Non Blondes, Shania Twain. Bailé hasta el baño, agarré la cera para microondas y canté hacia la cocina. Me sentía como una niña, y pronto me iba a ver como tal. Quería estar impoluta, limpia, parecer más muñeca que humana. Igual la concha no iba a depilármela a cero porque estaba derrotada. O porque Nicolas Cage tenía un fetiche con eso. Me depilé las piernas, axilas y bigote mientras cabeceaba al ritmo de *Zooooombie, zombie, zoombie, hey, hey, hey, hey, ohhhhhh, dou, dou, dou, douuuu* y la cagué. La cagué mal y me quemé el labio superior y arriba de él. *Y bueno* no importaba. Nada parecía realmente importarme a esas alturas. Salté a la ducha cantando «Sometimes» como si fuera el himno a la felicidad y preparé un baño de inmersión. Las diosas formaron un círculo y agarradas de las manos, me bañaron en su poder femenino.

Salí envuelta en un toallón blanco y bailé y canté «Una loba en el armario tiene ganas de salir auuuuuu», terminé la canción gateando sobre la cama y alborotando el pelo. Después me dejé caer boca arriba, agitada. Estaba cantándole «Kiss me» a Ramón cuando el instinto pavloviano me dijo que esta vez tampoco iba a suceder. Que Nicolas Cage iba a encontrar alguna excusa para poner distancia y que, incluso si su próximo mensaje llegaba, él en cambio no iba a hacerlo. Empecé a lloriquear y quejarme en voz alta «por quéééééé *fuuuuck* qué mierda soy una mieeeerdaaaaaaaaa» un poco actuando para quién, un poco de verdad.

Supe, como siempre lo sabía todo, que Nicolas Cage iba a esquivar la bala una vez más y, literalmente, tiré la toalla. Me quedé desnuda en la cama, mirando el techo. No quería ser la chica que está esperando en la puerta hecha una muñeca cuando la dejan plantada, así que decidí no hacer nada. Lo que te mata no es el sufrimiento sino luchar contra él. Y había luchado tanto por este momento que me había quedado sin energía alguna para cambiarme. Estaba exhausta, harta hasta de mi propio hartazgo, y los minutos tardaban horas en transcurrir. Cada hora que pasaba, yo estaba más cerca de ponerle un fin a la situación en mi cabeza, y más lejos, de hecho, de prepararme para salir a su encuentro y hacerlo.

A las 5.24 p. m. Nicolas Cage me dijo que ya estaba en Manhattan y que podía pasar a buscarme o encontrarme directo en nuestro café. Esta vez, solo me tomó cuatro minutos vestirme y salir del departamento.

—¿Encontraste algo interesante?

—La verdad que no...

Ahí estaba yo una vez más, riéndome sin razón. Dijo que había estado pensando que quizá podíamos tomar «una bebida alcohólica en vez de café», y lo dijo con *sassy voice.* Quise imitar su *swag* pero cuando abrí la boca solo me salió un *Okay*. Me sentí aliviada.

Pasamos por la vidriera de Cloak & Dagger y Nicolas Cage me dijo que siempre que pasaba por ahí pensaba: «A

Marta le encantaría este local». Asentí. Dijo con una *sassy voice* que había googleado un *Kwel bar* en su iPhone mientras me esperaba, pero que necesitaba chequear la dirección porque no se acordaba si quedaba en la 7th Street o la 8th.

—¿Qué preferís, *hot dogs* o galletitas? —pregunté.

Nicolas Cage se dio la vuelta para mirarme frunciendo el ceño y entonces vio los dos cuadros en la vidriera de la galería de arte frente a la que nos habíamos detenido. Un *hot dog* y una *chocolate chip cookie.* Incluso estando como estaba y sintiéndome como me sentía, no podía evitar querer impresionarlo con mi espontaneidad. Tenía que justificar mi existencia siendo espectacular.

—*Hot dogs* —dijo.

Después dijo que era mentira. Que en realidad prefería comer galletitas, pero que el *hot dog* le resultaba más atractivo como objeto.

—No me malinterpretes, pero amo una buena salchicha —dije con *sassy voice.*

Durante media cuadra, Nicolas Cage caminó comparando distintos tipos de salchichas. Sentí que me miraba la quemadura del labio así que lo interrumpí.

—¡Ah! Me olvidé de avisarte. Vine con un amigo.

Se dio la vuelta buscando a alguien detrás, sorprendido, como si eso hubiera sido posible. Cuando me volvió a mirar, señalé la quemadura.

—Nic, él es Adolf. Adolf, Nic.

—Un gusto conocerte, Adolf —me ofreció un apretón de manos.

—Dice que el placer es suyo.

—¿Qué te pasó?

—La buena noticia es que no es herpes, así que igual podemos compartir «un trago».

—Ah, está bien, igual a mí no me molesta compartir herpes.

—Me gustan las ETS —dije—. O sea, no. No me gustan las ETS, me gustan sus nombres. No sé, Clamidia me parece un nombre espectacular para un bebé ponele.

—¡Sin duda, Marta! ¡Sífilis es un rebuén nombre también!

—No es broma, ¿no le pondrías Gonorrea a tu hija si no fuera una enfermedad de transmisión sexual?

—Probablemente, sí, está en mi lista. Hablando en serio, una vez conocí a dos hermanas que se llamaban *Fluorine* y *Chlorine.* En Honolulu.

—¿De verdad? ¿Y Chlorine era una perra absoluta? —dije jugando con las palabras *bitch* y *bleach.*

—Era una broma. —Nos reímos—. Dale, ¿qué te pasó?

Me sentí expuesta y no le pude responder.

—¿Te quemaste?

—Sí. Perdón.

Se rio y me dijo: «Creo que es acá». Levanté la mirada y encontré un *hot dog* gigante colgando sobre mi cabeza que decía «Comeme».

—¿Es broma...?

—¡Te lo juro! Qué raro, ¿no? Pero en serio. Es acá. Esta es la dirección. Creo que el bar está escondido adentro.

Llegamos, irónicamente, a Crif Dogs. Según Yelp, «Un lugar único, ubicado en un subsuelo, de ambiente claustrofóbico y gran curaduría musical, donde se pueden comer los mejores *hot dogs* fritos de la ciudad que son un *guilty pleasure.* Además, cuenta con un bar clandestino, escondido detrás de una cabina telefónica, llamado Por favor, no lo digas». La vida, más que sonreírme, se me cagaba de risa en la cara.

Nicolas Cage entró a la cabina telefónica e intentó hacer «la llamada». Me miró y dijo algo que no entendí. Abrió la puerta y, mientras apretaba todos los números del teclado a la vez de manera infantil, dijo: «Creo que no funciona».

—¿Le podés preguntar a la señora de los *hot dogs* si el bar ya está abierto?

—Sí, puedo. Tengo la capacidad física de hacerlo.

La señora me preguntó si teníamos reserva y le dije «No». Dijo que abrían a las 6 p. m. y que iban a empezar a dejar entrar a la gente en cualquier momento. También dijo que era *First come, first serve*, señaló a un grupito de gente de pie a un costado del mostrador, y agregó que esas «otras parejas» estaban antes que nosotros. Me repetí a mí misma «otras parejas» y me colgué mirándolas hasta que vi a Nicolas Cage de pie junto a mí otra vez. Le comuniqué el mensaje de la señora, me preguntó si me molestaba esperar y le dije que no. Nos sentamos en una máquina de Pac Man que también funcionaba como mesa.

—Ponete el dedo adentro de la oreja y movelo para arriba y para abajo.

—*O-kay*... —me dijo haciéndolo, confiado y extrañado a la vez.

—Ahora mirá la pantalla.

—¡¡¡¿CÓMO?¡¡¡ *WO!* ¿De dónde sacaste eso?

—De alguna película, supongo. No sé.

Vimos cómo la última pareja entraba a la cabina de teléfono, pero no los vimos salir. Nicolas Cage dijo que creía que era nuestro turno.

—¿Estás lista?

—Sí. ¿Estás nervioso?

—Sí. ¿Estás nerviosa?

—Sí.

—Después de usted...

Abrió la puerta y me dejó pasar. Sentí cómo sus ojos me quemaban el culo y escuché su voz:

—¿Son de terciopelo tus pantalones?

¿Era lo nuestro un *déjà vu* interminable? Di otro paso más, media vuelta y le dije «Sí». Silencio. Nicolas Cage entró a la cabina y cerró la puerta. Nos separaban tan solo veintisiete centímetros.

—Podés tocar... —dije mirándolo a los ojos.

—¿Adentro de una cabina telefónica?

—Sí.

Cuando se acercó —aunque hubiera jurado que eso era imposible—, sentí cómo mi espalda se apoyaba en la pared. Me miró a los ojos y acercó su mano en cámara lenta. Y por «cámara lenta» no me refiero a que percibí el tiempo transcurrir más lento, me refiero a que de hecho separó el brazo del cuerpo, alzó la mano y apoyó la palma entera en la parte más alta de mi muslo derecho de manera extremadamente lenta. Lo primero en entrar en contacto fue la punta de sus cuatro dedos. Le tomó al menos tres segundos más aterrizar la palma completa y, en ese momento exacto, la pared detrás de mí se movió, transformándose en puerta hacia un bar ruidoso y el primerísimo primer plano de una *hostess* que nos decía a los gritos:

—¡¡¡¡Hola!!!! ¿En qué los puedo ayudar? ¿Tienen reserva?

Nos sobresaltamos, sonrojamos, reímos e hicimos movimientos injustificados mientras tratábamos de hilar varias palabras a la vez sin ningún sentido. Nicolas Cage se había caído encima de mí cuando perdí el equilibrio. La *hostess* no se rio y dijo que si no teníamos reserva podíamos sentarnos en la barra. Elegí sentarnos en el extremo más alejado. Nos sacamos los abrigos. Abajo, Nicolas Cage llevaba puesta una remera negra con una inscripción en verde fluorescente que decía «BillaBong!». Lo miré, le sonreí, y me devolvió la sonrisa acusando recibo de mi acuse de recibo. Fue un momento dulce, casi tan dulce como la noción de él eligiendo llevar esa remera inspirado en una conversación que habíamos tenido más temprano.

En la pared colgaba la cabeza de un conejo embalsamado usando anteojos Ray-Ban Aviator. Nicolas Cage se rio cuando se lo señalé y dijo que era igual a «el chabón de *Purple Mag*» —una revista de moda—. Repitió que era «Igual». Dos tragos después íbamos a googlear a Olivier Zahm en el iPhone de Nicolas Cage y reírnos por un minuto de corrido mientras intercalábamos miradas entre el teléfono y la pared.

Él se pidió un trago con mezcal, jengibre y limón, y sugirió que yo probara el que tenía whisky infusionado en *bacon*. Me pedí uno con mantequilla de maní.

Hablamos del chabón que sonaba en la radio cuyo nombre no me acuerdo, creo que era Travis algo, que había ido a la universidad con Nicolas Cage.

—¿Viste el video que te mandé? —pregunté.

—Ya lo había visto...

—Estás mintiendo ¡y no solo porque te acabás de tocar la nariz! ¡Es imposible que lo hubieras visto antes porque te lo mandé el día que salió, Nicolas!

Se rio.

—Okaaaay, ¡perdón! No, no lo vi ¡y me niego a verlo! Perdón. Pero tengo algo personal con él, no lo soporto. —Se rio otra vez—. Hablando de videoclips... Estoy bastante excitado porque estuve hablando con diferentes directores sobre nuestro próximo corte y hay ideas geniales dando vueltas. Me encanta ser parte del proceso. ¿Viste el de «Birthday Song»?

—Mhmm... no sé, creo que no...

Nicolas Cage empezó a cantar y rapear con las manos, ridículo y hermoso.

—*They ask me what I do, and who I do it for, and how I come up with this shit up in the studio, all I want for my birthday is a big booty hoe, all I want for my birthday is a big booty h*

—Ahhhh, ¡sí! ¡Escuché esa canción!

El barman apoyó los tragos en la barra. Los agarramos, nos miramos a los ojos, y brindamos.

—Tenemos que hacer el brindis de mi familia —dije.

—¿Cómo es?

—Es algo así como..., tenemos que chocar los vasos después de cada oración, vos seguime, ¿listo?

—¡Listo!

—Cuando no nos conocíamos, bebíamos —dije ofreciéndole el vaso, y brindamos—. Ahora que nos conocemos, ¡bebemos! —Volvimos a brindar—. Pues bebamos ¡hasta que no nos conozcamos!

Chocamos los vasos una tercera vez, tomamos un trago largo y volvimos a reír.

—Entonces, ¿viste el video o no?

—Ah, no, creo que no, o sea, no.

—*Okay*, necesitás verlo *ahora*.

Nicolas Cage agarró su iPhone, buscó el video en YouTube y me lo dio.

—Me la paso diciéndole a mi novia que todo lo que quiero para mi cumple es una *big booty hoe* —dijo con *sassy voice*—, pero a ella no le parece gracioso.

—¿Esa era tu novia? ¿La chica rubia en el recital?

—Sí..., está teñida igual... —Se rio—. ¿Te dije lo que dijo sobre vos?

—¿De mí? ¿No...? ¿Cuándo?

—El otro día, cuando nos encontramos... —*Okay*, estaba sucediendo. Íbamos a hablar de su novia y de nosotros. Se acercaba mi momento—. Después de que te saludé, fui a buscar algo para beber, y ella me preguntó: «¿Le voy a tener que pegar una piña en la cara a esa chica?» —Nicolas Cage se rio y yo sentí un falso sentido de orgullo. Que ella estuviera al tanto de nuestro vínculo me hacía existir de otra manera—. Le dije que no y le pregunté por qué lo decía, y me dijo que había podido sentir la tensión sexual que había entre nosotros..., que era innegable que algo pasaba...

Quizá no era tan estúpida después de todo.

—¿En serio? ¿Y qué le dijiste? —le pregunté directa.

—Le dije: «¿¿¿¿Teeensióón sexuaaaaaaal???? Naaaaaaah». —Se rio. Pero yo no lo seguí.

—Claro, y seguro se lo dijiste en ese mismo tono como para que no sospechara absolutamente nada, ¿no, Nicolas? —le dijen't.

Fue él quien siguió hablando después de mi silencio inexpresivo.

—No sé, me pareció bastante increíble que alguien dijera eso después de vernos interactuar por menos de medio minuto... Cómo pudo sentir... —«¿Qué? ¿Cómo pudo sentir qué, Nicolas?»—. ¿Buena intuición, quizá?

—Eso no es intuición, es una observación fáctica, pero *whatever* —no dije y le pregunté sin demasiado ánimo—: ¿Te parece? Es linda... ¿Es modelo?

¿Cuánto tiempo más iba a seguir jugando el juego que prometía matarme? El orgullo se había desvanecido tan rápido como había llegado, y lejos de la cosquilla de estar por cumplir mi sueño, me sentía otra vez angustiada y muy cansada.

—Sí —respondió.

Me pareció divisar la agresividad a lo lejos, y me le acerqué.

—Qué gracioso.

—¿Qué cosa? —Por primera vez me miró con rechazo—. ¿Me vas a estigmatizar con toda la bola del rockero y la modelo?

Me reí violenta y dije:

—¡Vos solito te lo acabás de hacer! —Me reí una risa entera—. No... Es solo que... —Nada. Esta vez, no se me ocurrió nada para decir—. Tenés razón. Perdón. Quizá asocio... ¿el exceso de belleza con la estupidez? No sé por qué, porque... porque soy una estúpida por eso..., o sea, no, pará, no estoy diciendo que yo también sea..., al contrario —chasqueé—, no tengo nada en contra de las modelos, me parece increíble que puedan vivir de haber nacido, y seguramente me da envidia no poder hacer lo mismo... Me da rabia sentir la obligación de... de probar que... que..., ay, no sé. No sé ni sé qué estoy diciendo, perdón.

¿Que mi existencia está justificada más allá de mis tetas? Nicolas Cage me miró ¿desilusionado? o con pena, y bajó la mirada.

—Sí... No sé, Rebecca fue a la universidad, no es que solo le importa eso...

Era la primera vez que la nombraba.

—¡Obvio! ¡No! ¡Me imagino! O sea, jamás pensé que fuera estúpida —me reí con obviedad—, no quise decir eso. Por supuesto que no vas a estar de novio con alguien estúpido o superficial...

Me contó algunas cosas sobre Rebecca Owens que yo ya sabía —que había dejado la universidad porque la habían «descubierto», pero que había estudiado cine y quería dedicarse a eso en cuanto tuviera un poco de tiempo—, sin mirarme a los ojos y hablando rápido, como para poder sacárselo de encima y cambiar de tema. Nos salvó la *hostess*, que se acercó para pedirnos si podíamos movernos un poco más hacia la izquierda, así podía sentar a «otra pareja» al lado nuestro. Me reí por dentro, no sin ironía frente a la noción de alguien catalogándonos como pareja por segunda vez en la noche. Me temblaba apenas el labio pero Nicolas Cage no se percató. De ninguna de las dos cosas. Nos movimos.

Aprovechó la oportunidad para pedir una segunda ronda de tragos y cambiar de tema.

—¡Parece una bandera! —dijimos a la vez cuando el *bartender* apoyó la bebida de Nicolas Cage en la barra.

—¡México!

—¡Italia!

Dijimos a la vez, otra vez, y nos reímos, aliviados de haber aliviado la tensión.

—Bueno, de hecho es azul, no verde, así que los dos somos pésimos.

—Heyyyyyy, ¡yo soy bastante bueno para la geografía, eh!

Con poco éxito, Nicolas Cage empezó una demostración de cuán bueno era, nombrando diferentes países y sus capitales. Nos reímos cada vez que se equivocaba, aunque yo no tenía ni idea y buscaba pistas en su cara que indicaran cuándo inventaba y cuándo no. Hablar de algo tan mundano como países y capitales me irritó. Sentí que de eso podía hablar con cualquier persona, que estábamos perdiendo el tiempo. Quería que habláramos de nuestros sentimientos, de nuestro amor, que usáramos doble sentido, que habláramos de nuestras angustias. Sin embargo, no podía parar de fingir.

Cada vez que nos reíamos, nos empujábamos el uno al otro, apenas, con cariño. Aunque mis empujones iban *in crescendo* y de a poco se tornaban cada vez más violentos. Sentí, esa noche por primera vez, que la barrera física entre nuestros cuerpos había desaparecido. Nicolas Cage tocaba también, sin querer, a la chica hindú de «la otra pareja» que tenía sentada al lado. Ella se giraba y lo miraba mal hasta la tercera vez, que fue cuando lo reconoció. Después de un par de veces más, los cuatro pusimos sobre la mesa el contacto constante y nos reímos. Había muy poco lugar en la barra. Nicolas Cage y yo nos íbamos acercando cada vez más.

—Me dijiste que elegiste antropología de orientación en la universidad, ¿no? —le pregunté.

—No, astronomía, ¿por?

—*Fuck.* Por nada entonces...

—¿Por qué? Dale, decime.

—¿Viste alguna vez *Mi extraña obsesión*? —«Por qué le estoy hablando de esto sos idiota Marta habíamos empezado a hablar de nosotros, de la tensión sexual, de Rebecca».

—Pude haberlo hecho..., eso no significa que vaya a admitirlo.

Me reí.

—Bueno, ayer vi un capítulo sobre una mujer que es adicta a los enemas de café —«¿En serio? ¿En serio te es más fácil hablar de enemas que de lo que te pasa?»; me aclaré la garganta—. Y me hizo pensar en las cosas que la gente se mete en el ano..., no sé, escuché sobre gente que toma ácido así, que se lo meten ahí. Gente que se mete cocaína también, ¿puede ser?

—¿Por qué me preguntás a mí? Yo nunca tomé cocaína.

—Salí de acá.

—*Por el culo* —dijo con *sassy voice*—. Bueno, la probé, obvio. Pero no me gusta. Es como que... la cocaína está en eeeeeeeeste extremo de las drogas —dijo estirando su derecho izquierdo y señalando hacia el otro extremo de la barra, el lado en el que estaba la pareja hindú—, y lo que me gusta a mí está en este extremo de la barra.

—¿Y qué sería lo que está en este extremo de las drogas? —pregunté apoyando el brazo en la barra.

—Bueno, ¡técnicamente estás vos!

Me reí, pero tuve ganas de llorar.

—«Voy a hacer que los colores bailen alrededor tuyo sin poner ningún ácido bajo tu lengua. Soy un pésimo arquitecto porque construí todo alrededor tuyo» —recité.

—Me gustaría ser un rascacielos..., si puedo elegir...

—¿Sabés para qué serías muy bueno?

—¿Qué?

—Esgrima.

—¿Esgrima? ¿Por?

—Porque sos excelente esquivando todas las que te tiro —y en vez de seguir, reculé—. Y tenés buen *timing* para la comedia. Hay que ser rápido y espontáneo en la esgrima. Era una cita eso. Lo que te dije antes. Creo que lo saqué de una película. No me acuerdo de cuál. Muchas veces hago eso. Repetir frases que escuché en películas como si se me hubiesen ocurrido a mí.

—Te perdono.

—Bueno. Lo que estaba tratando de decir es... ¿qué estaba tratando de decir?

—¿Algo sobre ser cocainómano? Quiero decir, ¿algo sobre *Mi extraña obsesión*?

—Ah, sí. Bueno, estaba esta mujer que era adicta a los enemas de café, y me acordé que había leído en algún lugar que las brujas se ponían distintas hierbas en el culo, y que por eso se las representa con una escoba, porque es lo que usaban para empujarse las hierbas adentro. No sé, pensé que quizá sabías algo de eso.

Nicolas Cage se rio.

—No..., nunca lo había escuchado, pero tiene sentido. La escoba puede tener un sentido literal, como decís, el elemento utilizado para insertarse hierbas en el ano... y también puede tener un sentido metafórico, porque las hierbas las hacían «volar».

—Una vez le metí el brazo en el ano a una vaca. Hasta el hombro.

—*Okay*. ¿Podrías explicar?

—Fui de camping con el colegio. A Bragado. Un lugar,

por ahí. En Argentina. Era un viaje de estudios en realidad, creo. No me acuerdo mucho la verdad. Solo me acuerdo de este día que fuimos a un campo a aprender las «tareas del campo». Y una de esas tareas aparentemente es *fist-fuckear* a las vacas. Fuera de todo chiste, fue increíble. Me dieron un guante de plástico larguísimo que me cubría el brazo entero. Y la vaca estaba embarazada, y yo lo que tenía que hacer era meter toda la mano adentro hasta llegar a palpar al ternero. Sentí los huesitos y cómo se movía. Fue rarísimo. Y tan hermoso, sentir cómo me apretaba todo ese calorcito. Y bueno, te imaginarás lo que pasó mientras tenía el brazo adentro, y cómo lo saqué.

—Es lo más asqueroso y hermoso que escuché en mi vida. ¿Qué brazo usaste?

—Este —dije levantando el brazo izquierdo—. Usé este porque es más largo.

—¿Más largo que el derecho?

—Sí... ¿nunca te diste cuenta?

—¿No...?

Estiré los brazos hacia él, pero estiré el derecho apenas más.

—*Wow!* ¡De lejos parecés completamente normal! —Se rio.

—Todos... También tengo una pierna bastante más larga —dije.

—Salí...

—¡En serio! ¡No puedo creer que nunca te diste cuenta!

—Probalo.

—Obvio.

Me paré, y truqué el largo de mi pierna izquierda elevándola sutilmente hacia la cavidad de la cadera. Me miró estupefacto de verdad, y lo dejé creerlo por unos segundos para después disfrutar aún más de acariciarle la cabeza mientras sonreía mirándolo, incrédula, como si fuera un niño.

—¡Me hiciste caer! ¡Siempre me hacés caer...! ¿Y qué más hiciste?

—¿Adentro de la vaca?

—¡Sí! ¡Y en el campo!

—Otra de las actividades era matar un pollo. Decapitarlo. Pero yo no lo hice. Lo hizo un chico que me gustaba. Fue bastante impresionante, el pollo seguía gritando una vez que la cabeza estaba separada del cuerpo... Pero sí ayudé a desplumarlo. Había que meterlo en un balde con agua caliente para que se aflojaran las plumas e ir arrancándoselas. Me impresionó bastante, la verdad. Hacerle eso a un animal que hacía menos de dos minutos estaba vivo y corriendo por el campo. Mhm... ¿también corrí un cerdo? ¡Ah, sí! Corrí un cerdo y lo estampé. ¿Se dice así? Cuando le ponés el gancho en la trompa —Nicolas Cage dijo que sí—. Bueno, eso, en realidad a mí me hicieron correrlo adentro de la pocilga y atraparlo, y una vez que yo lo tenía atrapado entraba el chabón del campo, todo forzudo y le agujereaba la nariz con una especie de abrochadora. Nunca me voy a olvidar del grito del cerdo...

—¡Dios Santo! Qué viaje infernal. Especialmente para los animales ¡¡pará!! ¿¿¿De ahí salió el GIF??? ¿De ese viaje?

Hablaba de mi avatar de Twitter, el que le había mostrado siglos atrás, la primera vez que fui a su casa.

—¡Sí! Buena memoria.

—Bueno..., convengamos que la cabra tenía razones para golpearte. ¿Qué edad tenías?

—No sé... Creo que fue tipo en segundo año del secundario, así que... ¿Catorce?

—*Wow.* ¿Y tu amigo *mató* al pollo?

—Lo mató bien muerto. ¡Sí! ¡Te dije! El pollo seguía gritando estando ya decapitado. Fue traumático.

—Está mal. Es loco porque pienso que amo a los animales y jamás sería capaz de matar a uno, y sin embargo hace unos años fui de caza... No cacé nada. Disparé y fallé. Pero igual..., la caza es un deporte raro.

—Creo que no es considerado deporte si uno de los dos equipos no sabe que está jugando. Imaginate a los Knicks jugando contra Miami Heat y los chabones tipo «Pará un seguuundo... KE CARAJO ¿Qué están haciendo con esa pelota? ¿Por qué corre*ohhhhmygoooood*?».

Nicolas Cage se rio hasta las lágrimas y yo también las sentí bajar.

—No se me acaba de ocurrir. Es un chiste de Seinfeld...

—No te preocupes, estoy seguro de que él se lo robó a algún otro comediante menos conocido.

Me reí cansada.

—Sí... seguro.

Supe que si no decía algo concreto íbamos a seguir así por siempre, así que le dije:

—Cerrá los ojos.

Nicolas Cage me miró girando su cabeza a un tres cuartos perfil y entrecerrando los ojos con intención, después obedeció. Le hice señas a la chica hindú y moviendo los labios le dije que era su oportunidad de venganza. Me miró con cara de «Estás loca», pero la animé en silencio, estiré mi brazo para alcanzar el suyo y lo apoyé en el brazo de Nicolas

Cage. Lo acarició por unos segundos. Me empecé a reír a falta de otra acción, Nicolas Cage abrió los ojos y se empezó a reír también. Me miró entretenido y colorado, pidiéndome una explicación. La chica ya miraba para otro lado y, con la cara escondida en el hombro de su pareja, se reía también. Le dije a Nicolas Cage que no había sido yo quien lo había tocado y no me creyó hasta que se giró y los vio a ellos. Entonces me dio un pequeño empujón, se mordió los labios y se rio cada vez más fuerte.

Nicolas Cage fue al baño y al instante se me cayó la máscara. Llevábamos tres tragos cada uno; pedí un cuarto haciéndole jurar silencio al barman. Estaba perfectamente entonada, y sin embargo sentía la urgencia de seguir bebiendo. Me emborracho por una de dos razones: lidiar con el pasado o afrontar el futuro. Era ahora o nunca. Siempre es ahora o nunca. Y muchas veces confundo la angustia galopante con una llamada a la acción, como si en vez de quedarme a atravesarla y escucharla, debiera salir corriendo a hacer algo que me saque de ese estado. Así que, mientras el barman mezclaba un trago de más, me levanté y troté hasta la puerta del baño donde esperé a Nicolas Cage. ¿Quizá incomodarlo a él me hiciera sentir menos incómoda a mí? Acorralarlo como una presa me excitaba y devolvía a un lugar seguro. Cuando abrió la puerta se chocó conmigo. No supe qué hacer porque tampoco sabía bien qué quería lograr. Últimamente intentaba espantarlo con la intención de que se quedara. Así que esperé a que reaccionara él, como para seguirlo. Nicolas Cage se rio cohibido e intentó pasar por mi derecha, pero yo me corrí para el mismo lado. Parecía una de esas escenas románticas accidentales donde dos personajes se conocen en la calle, solo que de accidental no había nada. Al ritmo de «Uoooh uohh» hicimos tres intentos hasta que logró librarse de mí y se fue riendo.

—¿Vos pediste otro trago? —preguntó Nicolas Cage cuando volví.

—No. Yo no —dije mientras lo agarraba y sorbía la pajita.

Se rio y miró mi mano.

—¿Quizá deberíamos comer algo? Estoy un poco borracho, pará, ¿qué es eso?

—Eso es mi mano.

—Me refiero a las uñas. No. No puede ser. Pará. Pará. Pará... ¿Son...? —dijo mientras me agarraba los dedos.

Le hice *fuck you* bien en la cara.

—¡Los Bee Geeeees!

—*Jeez louiiiiise*, Marta....

—Nicolas... —dije escondiendo la mano entre las piernas. Los dos reímos tirando la cabeza para atrás y, al dar el latigazo hacia adelante, terminamos con las bocas a menos de cuatro dedos de distancia. Nos miramos a los ojos y nos quedamos así, en silencio. Sentí una palpitación y sonreí asustada. Me devolvió la sonrisa separando levemente los labios y sentí su aliento caliente acariciándome la cara. Olía bien y se sentía mejor. Nos reímos nerviosos y cobardes. Dejamos pasar la oportunidad.

—Me gusta tu pulsera también... —dijo agarrándome la mano de vuelta, de entre las piernas.

—Gracias... Tenés el pelo relargo... —le dije atreviéndome a tocarlo despacio.

Nicolas Cage dijo que mi pelo estaba relargo también, y me lo tocó, también. Nos sonreímos con los ojos. Le pregunté si me lo dejaba así o si me lo cortaba más. Me contempló y bajó la mirada siguiendo el camino del pelo, pero se frenó en mi pecho. Se dio cuenta de que me había dado cuenta de que había hecho una escala en mis tetas, sonrió, se puso fucsia y bajó la mirada. Nuestras piernas se tocaban por abajo de la barra con total naturalidad y ahora mi mano descansaba en su muslo. Dijo que así estaba más que bien. Que le gustaba mucho.

Salimos de Please Don't Tell y doblamos a la izquierda en la Avenue A. Contestó al teléfono cuando pasábamos por Pick Me Up y esto no es un recurso literario sino una mera descripción de los hechos. Era el arquitecto de Nicolas Cage que llamaba para consultar sobre unos materiales y me daba la oportunidad de dirigirlo tácitamente hacia mi departamento. Colgó el teléfono cuando llegamos a la 14th Street y me preguntó con sospecha y sonrisa hacia dónde nos dirigíamos.

—Me estás acompañando a mi casa —le dije.

—¿Lo estoy? —dijo con *sassy voice.*

—Sí, ¡sé un caballero, Nicolas!

—¡*Okay*, *okay*, por supuesto! Puedo tomar un taxi en tu calle.

Al pasar por Stuyvesant Town me dijo que tenía muy presente la primera vez que habíamos caminado por ahí, que le había parecido hermoso. Pensé en cómo a pesar de caminarlo todos los días, yo también solo era capaz de traer a la memoria esa vez, una y otra vez.

Cruzamos la 20th Street y Nicolas Cage dijo que debería tomar un taxi ahí. Le dije que no, que no iba a hacer eso, que tenía que acompañarme hasta la puerta de mi casa. Sentí la urgencia de agregar algún chiste más, pero simplemente no pude. Mi determinación se había vuelto agresiva. Se rio nervioso. Supe que sabía que yo iba a pedirle que subiera a mi departamento y que él debía evitarlo, pero estaba decidida a lograrlo de una manera u otra. Al final, llegamos a la puerta de mi edificio.

—Bueno... ¡Acá estamos! —dijo Nicolas Cage.

Le clavé una mirada mortal y sonreí. Creo que me vi siniestra.

—¡La pasé rebién...! ¡Deberíamos volver a *hanguear* pronto! —siguió.

Sostuve la mirada, pero guardé la sonrisa. Abrió los brazos, invitándome a otro de nuestros abrazos, pero no le correspondí esta vez. Disparé:

—¿No vas a subir?

Se puso fucsia, bajó la mirada y con una sonrisa avergonzada dijo:

—No...

—¿En serio? —dije sin subir el tono hacia la curiosidad, sino con una voz grave que salió directo de mis entrañas y que prácticamente omitió el signo de interrogación.

—No... Yo... No... —dijo sin levantar la mirada del suelo ni dejar de reír.

Tarde o temprano, siempre llega el momento en el que se necesita de una acción dramática. La acción es lo que en definitiva le permite a la historia avanzar —o retroceder—, ponerse en movimiento. Supe que había alcanzado el punto en el que las cosas ya no podían seguir sucediéndose por sí mismas, y que dependía de mí impulsar la trama hacia un final o nuestro comienzo. Lo que quería, en realidad, no era un final, sino una confirmación.

—Bueno... —exhalé fuerte para después poder tomar la bocanada de aire más grande posible, una que pudiera empujar las palabras que ya esperaban en fila y obligarlas, de una vez por todas, a salir. Los dos escuchamos el silencio antes de la tormenta—. Fue lindo conocerte.

Sus ojos saltaron sorprendidos y asustados.

—¿Qué? ¿Qué querés decir?

—Quiero decir —necesité otro poco de aire— que esta es la última vez que nos vemos.

Sus cejas fueron rápidas para amontonarse en el centro de la frente.

—¿¿Qué?? ¿¿Por qué??

—Ay, Nicolas... Vos sabés por qué.

La adrenalina puso en marcha mi cuerpo, preparándolo para luchar o huir. Escuché el golpeteo violento de mi corazón, cerré los ojos mirando al cielo por última vez y, con la convicción de un terrorista suicida, me inmolé.

—No puedo seguir haciendo esto... Es una mentira —había levantado el tono, sin querer.

—¿Qué cosa es una mentira?

—¡Todo! Vos. Yo. Nosotros. Nosotros NO SOMOS AMIGOS. Nunca fuimos amigos. Yo... Yo no puedo seguir así, no puedo más, no soy tan buena actriz. No puedo seguir fingiendo.

Y no sé si en un arranque de locura o lucidez, le dije:

—O subís y me cogés por nueve horas seguidas, o no hablamos nunca más.

Le explotaron los ojos. No era así como había imaginado

que sería comunicarse de manera sana con otro. Pero ¿acaso había dicho lo que en realidad quería por primera vez? Tomó aire, se mordió los labios y, con una cara severamente conflictuada, se miró los pies.

Un vecino, con el que me había cruzado múltiples veces pero con quien jamás había intercambiado palabra, se detuvo a saludarme con un beso en la mejilla cuando volvía de pasear al perro. Fue el último gesto cínico que iba a permitirle a Nueva York. Me sentí humillada. Estaba determinada a exprimirle a Nicolas Cage hasta el último sentimiento y entregarle los míos. Pero estar de pie frente al edificio, con dos guardias de seguridad que no nos sacaban la vista de encima, y gente caminando e interrumpiendo, no era lo que había imaginado. Si iba a ser la última vez, necesitaba que por lo menos fuera memorable. Y el escenario estaba preparado arriba. Le dije que tenía que hacer pis y que habláramos en mi departamento. Se mordió los labios y frunció el ceño a la vez. Supo que iba a ser cada vez más difícil mantener los límites, y yo contaba con lo mismo, por eso seguía empujándolos. Me reí.

—No vamos a hacer nada que no quieras. No te voy a violar —le dije con voz de chabón.

Se rio medio de verdad, medio incómodo. Entramos al ascensor y mientras se cerraban las puertas, observó la cámara de seguridad que había y después me dirigió una mirada que advirtió: «Cuidado con lo que hacés, nos están mirando».

—Ah, no, lo lamento —chasqueé la lengua—, no funciona la cámara. Se rompió con el tornado....

—Ah...

Volvió a mirar para abajo, con la sonrisa tímida y ojitos brillantes que tanto lo caracterizaban.

—¿Sabés qué quise hacer siempre en este ascensor? —le pregunté, y me miró desde abajo.

—¿Qué?

Chequeé de reojo la pantalla, esperé un segundo, a que el cuatro se convirtiera en cinco, entonces lo acorralé en la esquina y le hablé a centímetros de la cara.

—Besarte.

Las puertas se abrieron y salí del ascensor. Tardó varios segundos en seguirme, como si de alguna manera se sintiera más seguro quedándose ahí, como si haciendo eso lograra no burlar la distancia que con tanto esfuerzo había impuesto entre nosotros. Sentirlo tan nervioso y pasivo me levantaba la pija y me daba seguridad, me ayudaba a seguir adelante. El amor, así como me lo contaron, poco tenía de romántico y mucho de espanto e irracional. Yo era un caballero luchando contra dragones y espinas de dos metros en el medio del bosque; a estas alturas, no había lugar para las sutilezas.

Entramos a mi departamento. Tal como lo había dejado, estaba completamente a oscuras excepto por las luces navideñas de color que tintineaban tan festivas como disonantes. A mi cuerpo le resultó un exceso y atinó a encender la luz, pero mi cabeza le dijo que no, que teníamos que mantenernos acorde al plan. Me dije *Okay*, y fui al baño a limpiarme los dientes, enjuagarme la concha y humectarla con un poquito de aceite de coco, porque había ido varias veces a hacer pis en el bar, y si íbamos a coger quería tener buen olor y sabor.

—¡Tu perro huele a restaurante chino! —dijo mientras la lengua de Ramón se filtraba en su risa.

—¡Gracias, Nicolas!

Nos reímos.

—No es necesariamente algo malo. Amo la comida china.

Quise explicarle que le había dado una píldora de aceite de pescado para que mejorara la calidad de su piel, pero en cambio le dije:

—Es injusto que mi perro pueda besarte y yo no.

La puta madre. ¿Qué estaba haciendo? Nicolas Cage se rio incómodo y dijo que él también tenía que ir al baño. Vi sus pensamientos chocándose unos contra otros cuando volvió. No quería ser irrespetuoso y quedarse quieto, como esperando hacer un trámite, pero parecía asustado y no quería sentarse demasiado cerca de mí tampoco. Intentó instalarse en el brazo del sillón, pero era demasiado fino y le costó mantener el equilibrio. Volvió a levantarse fingiendo interés en alzar a Ramón y finalmente se sentó al lado mío.

Había ensayado la conversación final con Nicolas Cage miles de veces, pero fue como si mis sentimientos y mis palabras estuvieran jugando al escondite ahora que la cuenta final había comenzado. Me di cuenta de que, en mis ensayos, siempre era yo la que hablaba, que jamás había tenido en cuenta sus sentimientos o posibles respuestas. Él no necesitaba hablar porque yo llenaba sus espacios vacíos. Esa fue la primera diferencia que encontré con la realidad. Para empezar, fue Nicolas Cage el que más habló.

—Perdón... Realmente no sé qué hacer... o decir... Yo... Yo realmente no sé nada en absoluto en este momento. Es solo que..., perdón... No es que yo... haya estado tratando de..., perdón si te hice creer algo que no era.

—Ay, no —lo interrumpí—. No. Nicolas, dale, o sea, los amigos no se masturban por teléfono.

Tomó aire, apretó la mandíbula y asintió.

—Tenés razón... Perdoname...

Se quedó mirándose las manos por unos segundos. Sus ojos fijos, y sin embargo podía verlo moverse de una punta a otra en su mente, tratando de escapar o de encontrarse, no sé. Siguió hablando, no a mí, sino a sus manos.

—Es como que... desde que te conocí, te sentí como una fuerza enorme y excitante y... ¡traté! Pero no puedo sacar la cabeza de ahí... No sé, puede parecer tonto, pero hasta tus mensajes de texto me excitan. ¡Me pongo estúpido y no sé qué hacer! Y pasaron las cosas más raras entre nosotros. Nos volvíamos a encontrar una y otra vez a pesar de las distancias que pusimos a propósito o no...

—Ya sé... El año pasado, cuando no me respondiste ese último mail, supe que tenía que dejarlo ir... Pero... Cuando tenía seis o siete años, estábamos de vacaciones y mi papá pescó una raya..., una raya de ocho kilos..., eso es tipo...

—¿El tamaño de Ramón?

—¡Exactamente como Ramón! Solo que con una cola venenosa..., y había otro pescador al lado de él, que aparentemente era testigo de la lucha de mi papá para sacar a la bestia del mar... Y mi papá no tenía ni la más puta idea de qué hacer, nunca había visto un pez así, no fuera de un acuario al menos, y no es del tipo que lee los carteles informativos, de cualquier forma. La cuestión es que estaba a punto de agarrarla por la cola, obviamente, para manipularla y sacarle el anzuelo, cuando el otro tipo le pegó un grito para frenarlo... y después se le acercó y le dijo: «Si no conoces el *catch** es mejor dejarlo ir, no sea que el veneno te deje duro al pie del

* *Catch* en inglés significa pesca y truco.

mar». Y eso me quedó grabado para siempre. No solo la cara de vergüenza de mi papá y su posterior enojo conmigo porque lo había distraído, sino la noción de que a veces... a veces no se trata tanto de agarrar, sino de dejar ir. Y entendí que realmente no nos conocíamos demasiado y que bueno..., tenía que olvidarme...

—Sí... pero después nos volvimos a encontrar. Y *fuck!* Tuvimos todos estos momentos de libro, de película que... me parecen surreales... ¡Nunca me había pasado algo así! No sé..., obviamente jamás conecté con mi novia de la forma que conecto con vos..., o de hecho... con nadie... —Nicolas Cage suspiró y se quedó callado unos segundos con el ceño fruncido—. Compartimos el mismo..., no sé qué es, pero nunca tuve una conexión así con nadie...

Me quedé en silencio regocijándome en el hecho de que por fin hablábamos de amor y de nuestros sentimientos, que era lo único que realmente me interesaba. Toda charla sobre el mundo había quedado afuera, junto al mundo. Estábamos Nicolas Cage, mis sentimientos, futuro y yo, solos, por fin, en una habitación sin ventanas.

—La conexión no llega con el tiempo, no es como las arrugas o la celulitis. Si no conectás con alguien, el hecho de que te quedes más tiempo con esa persona no va a cambiarlo —quise quejarme, pero en cambio pregunté—: ¿Sos feliz?

—Supongo que... No sé, no, no soy, tipo, cien por cien feliz, pero sé que nunca lo voy a ser

¿Cómo que no? ¿La fama tampoco iba a ser suficiente?

—Nada es nunca lo que parece, Marta. Siempre falta algo, siempre terminás por ver alguna pequeña grieta hasta en la superficie más plana y más brillante... Yo soy un desastre..., siempre disonante... Y hablo con vos, y te veo, y después me sumo en una depresión tremenda y me pregunto: «¿Qué carajo estoy haciendo?». Y sí..., a veces... a veces me pregunto qué pasaría si en vez de estar en la relación en la que estoy, no debería estar tratando de construir una relación con vos...

Usó las palabras «Relación» y «Vos» en la misma oración. Estaba diciendo todo lo que siempre había querido escuchar, estaba respondiendo todas las preguntas que había querido hacerle y, sin embargo, sus palabras me entraban por un oído y me abandonaban inmediatamente por el otro. Me sentía vacía y ausente. Como si ya me hubiera rendido. Como si supiera, en el fondo, que igual nunca me iban a corresponder.

Quería volver a Please Don't Tell y no haberle dicho nada en absoluto, no estar metida hasta las tetas en este río que inevitablemente me empujaba a la deriva. Quería volver al pasado o saltar al futuro. Estar en cualquier lugar menos en el que estaba. Quería seguir soñando, imaginando, viviendo en mi propia fantasía porque, ahora entendía, eso era mucho más fácil. La realidad era el último lugar en el que quería estar. Quería cerrar los ojos, apoyar la cabeza en su hombro y escuchar el latido de su corazón para siempre. No quería sentir el correr del tiempo, no quería escuchar ni una sola palabra más porque eso significa tener cada vez menos palabras por venir, y no resistía estar ni un segundo más cerca del final. Pero Nicolas Cage siguió hablando, a pesar de mí:

—A veces desearía haberte conocido antes..., a veces incluso desearía no haberte conocido en absoluto y... perdón, perdón por sentirme así, pero... siento mucho que las cosas sean diferentes a como podrían haber sido —dijo.

—Las cosas siempre son diferentes a lo que podrían haber sido.

—Es cierto... y eso es lo deprimente... Estoy... estoy muy confundido y me da miedo... No sé... Ni siquiera te conozco tanto tanto todavía, ¿no?

—¡Es que vos tampoco me dejás acercarme!... cada vez que nos vemos se siente como la primera vez

—¡¡Y es increíble!! —interrumpió desafinando, con un excite infantil que no encajaba en el momento.

—Sí, sí... *es* increíble..., pero también se siente como si fuera la última vez que nos vamos a ver.

La gente va al cine, a restaurantes, al parque, pero nosotros cada vez que nos veíamos íbamos al crematorio.

—No avanzamos ni retrocedemos y... no sé..., siento que..., no sé cómo decir esto sin sonar como una imbécil...

—No sonás como una imbécil...

Por primera vez sentí la necesidad de hablar mi idioma materno, ser yo, expresarme entera.

—Lo que quiero decir es que me acercás lo suficiente como para gustarme..., pero a la vez me mantenés a una distancia prudencial donde tampoco puedo dejar de hacerlo. Nunca pude ver nada feo de vos, o aburrirme, o cansarme, o siquiera sentir el derecho a hacerte un reclamo.

Quise hacerle un reclamo en ese momento, pero cuando abrí la boca, me salieron flores:

—Todo me gusta de vos.

—Yo siento lo mismo..., y eso es lo que lo hace tan especial..., cada vez es tan nueva y excitante y sin embargo... familiar. Pero tenés razón... y lo siento..., no sé... —Bajó la mirada una vez más y se quedó callado.

Con la casa a oscuras, los fantasmas se animaron a salir. La atmósfera se tornó cada vez más densa. Quise convencerme de que estábamos en una película romántica, que estábamos a segundos del beso que todos esperaban, de las sábanas húmedas y la noche eterna, pero la verdad es que cada vez parecía más una de terror. O peor, una película finlandesa, con un tiempo extraño, incómodo, en la que no entendés realmente qué está pasando. Sobre todo quería que se terminara, que se definiera para un lado u otro. Pero atravesar las cosas, ahora me daba cuenta, era lo que no toleraba. En mi vida siempre había apurado los resultados, buscado una definición, aunque trágica o no conveniente, con tal de no atravesar el conflicto, de no detenerme a escucharme, o escuchar a los otros. ¿Por eso me ocupaba tanto en saber qué querían los demás conmigo? ¿Por eso es que la idea de la muerte me obsesionaba tanto? ¿Porque es algo definitivo que viene a interrumpir cualquier proceso? ¿Es la muerte acaso como el vértigo, no tanto el miedo a la altura sino el deseo de saltar?

—Perdón..., me siento raro..., no quiero ser así, no me gusta ser así... —Nicolás Cage bajó la mirada una vez más.

Hacía rato que un halo de tristeza, desesperación y derrota teñía el aire y, de golpe, me pregunté si se desprendía de él o de mí.

Quizá era de los dos, nuestro «interés en común», pero ahora que estábamos confinados a un mismo espacio, a habitar una habitación, en una casa, su angustia y la mía juntas se volvían insoportables.

Otro relámpago iluminó la habitación y, dos segundos después, afuera empezó a llover de revancha.

—Mi novia vuelve a la ciudad en una hora..., eso lo hace todo más difícil. Te vio y me hizo jurarle que no pasaba nada entre nosotros, y siento que no puedo romper esa promesa, si hay algo que tenemos entre nosotros es esa confian

—No —lo corté en seco—. No, Nicolas. Obviamente no quiero intervenir, ni arruinar una relación, pero tampoco puedo seguir mintiéndome a mí misma. Es superinjusto, ¿sabés? Porque después vos volvés a tu casa y siempre hay alguien, y a mí todo lo que me espera es más y más espera, y es como que... ¡siento que me distraés de mi vida! Y o sos un mentiroso o sos un cobarde..., no sé, quizá esto no es más que un mimo al ego para vos, algo que te hace sentir bien respecto de vos mismo, y a veces siento que cuando te aburrís un poco de tu vida, venís a buscarme a mí.

—¡No! ¡No es así para nada! No hice esto por mi ego..., no te estoy mintiendo, yo de verdad estoy..., yo... no lo hice a propósito... —Nicolas Cage sostuvo la mirada en sus manos durante varios segundos de silencio—. No sé..., quizá tengas razón..., quizá encontré en vos lo que me falta en mi relación y eso no es justo con vos para nada...

—Claramente no. ¿Sabés lo que me pasa? Es patético, pero en todo este tiempo no logré conocer a nadie más. Empecé a salir con un chico, el año pasado, y era lo más y de golpe reapareciste vos y... ¡y me desconcentraste! No sé. Perdón. O sea, claramente no estoy bien si decido poner mi vida en pausa por otra persona pero te juro que no sé por qué hago eso, solo sé que está mal y que así no puedo seguir y que me duele mucho. Perdón, no te estoy culpando a vos..., o sea ya sé que soy yo la que elige un iPhone por sobre una persona real.

—¡¡Yo también soy real!! ¡Y yo también siento que vos me distraés a mí! No puedo parar de pensar en esto porque —exhaló fuerte y, por supuesto, dejó la frase inconclusa para siempre—... Pero no sé. Marta... —Me miró con un amor tan maternal que sentí terror. Después, habló igual—: Todas las vacaciones terminan. Siempre. ¿Te digo algo? Los primeros cuatro meses con ella fueron increíbles... porque siempre los primeros cuatro meses son increíbles. Después, empezaron las peleas y los problemitas.

Me distraje pensando en mi cacharro de la infancia, el que usábamos con mi abuela para hacer palomitas, y yo me lo había traído desde Argentina. Pensé en la pequeña lava que se desata con el hervor de un huevo. En cómo recién cuando apago el fuego y el agua se aquieta, se vuelve visible el fondo, con sus abolladuras y magullones.

—Entiendo que las relaciones se tratan un poco de eso también, ¿no? —Nicolas Cage seguía hablando—. No es que tenga que ser todo fácil —«¿Cómo qué no? ¿Por qué no?»—, el amor es una responsabilidad, se trata del compañerismo, de poder atravesar y acompañar al otro cuando las cosas no son perfectas. Y obvio que es difícil y que muchas veces es más fácil mirar para otro lado. Yo lo hago todo el tiempo. Me cuesta mucho comprometerme emocionalmente, la mayoría de las veces no logro ni comprometerme con lo que siento..., vivo negándome las cosas... *Okay*. Sí. Es cierto. No soy cien por cien feliz con ella, pero empiezo a sospechar que nunca lo voy a ser... ¡con nada! A veces me siento feliz, pero me dura poco, la mayoría del tiempo me siento vacío y desinteresado... Pero me estoy poniendo grande, y todo el tiempo me pregunto: ¿cuándo me voy a dejar de joder? Cuándo voy a empezar a..., no sé. ¿No debería ser esta mi relación definitiva? ¿No es hora de realmente empezar a pensar en formar una familia si eso es lo que quiero? Porque si no, ¿cuándo mierda va a pasar eso? —Quise gritarle que Rebecca Owens tenía diecinueve años, pero solo exhalé fuerte y apreté aún más la mandíbula—. No quiero sentir que sigo perdiendo el tiempo, ¿entendés? No puedo empezar de cero una y otra vez. ¿Y qué te pensás que va a pasar con nosotros dentro de unos meses?

Al igual que la tormenta en el medio de la noche, sus palabras iluminaron con la furia destructiva de un rayo, haciendo visible, y en mayor detalle, todas las cosas que me había negado a ver. A él como persona, para empezar.

—Quizá una vida en el purgatorio sea mejor que una vida en el infierno... —dijo como si estuviera leyendo—. Las emociones muy fuertes me asustan y me dejan paralizado, y no me puedo comprometer a eso porque sé que voy a terminar sufriendo...

—Así que yo soy un tsunami y vos todo lo que necesitás es una costa bien calma —le dije imitando su tono solemne.

Volvió a bajar la mirada y se quedó en silencio, otra vez. Me resultó mediocre y me despertó un enojo tremendo, pero asentí y me quedé callada también. Pensé que era un cobarde, o quizá llamarlo cobarde sea la media verdad que me resulta más fácil de digerir. Lo que sentí de verdad era que no me amaba lo suficiente. Que si sus sentimientos por mí eran tan grandes como los hacía sonar con palabras, no hubiera habido dudas. ¿Cómo podía ser el amor cualquier otra cosa que no saber qué mierda estabas haciendo y sin embargo no poder dejar de hacerlo? ¿Acaso el amor no era una lucha que te dejaba al borde de la muerte para después cubrirte con su manto eterno?

Me pareció ver a alguien débil sentado al lado mío y pensé, por primera vez, que quizá él también terminara por desilusionarme, porque yo me negaba a aceptar cualquier cosa que no fuera un amor que me enloqueciera. Un amor que se plantara por encima de todo el resto de las cosas, un amor protagonista que me permitiera abandonar todo el resto de las cosas para abocarme cien por cien a él. Un amor que me elevara por encima de la vida mundana del trabajo, un amor que me hiciera conocer el sacrificio y me recompensara con el Felices por siempre. ¿Quién era este chabón?

En la oscuridad de la noche, Nicolas Cage ya no era Nicolas Cage. Cuanto más de cerca lo miraba, más se desfiguraba, como cuando sos chico y tu papá te lee un cuento de buenas noches y, en cuanto apaga la luz, todos los monstruos saltan de la página a su cara. Sus rasgos parecían exagerados, hasta monstruosos. Afiné la vista, tratando de disipar las sombras y buscando la cara que yo tanto conocía. Afuera cayó un rayo que hizo temblar el edificio y que, por un breve instante, lo iluminó completo, grabando en mi memoria su imagen como en una foto con flash.

No había vuelto a verlo de noche después de aquella en que nos conocimos. A la mañana, su cara conservaba la inocencia del sueño, todavía no se habían despertado los fantasmas. Sus mejillas, un cachetazo de vitalidad, del rosa exacto que busca una actriz al palmeárselas antes de una toma. Pero con el correr de las horas, su cara se había ido surcando. ¿Y sus ojos claros? ¿Siempre había tenido los ojos así de lúgubres, oscuros, negros? Ahora en su mirada más que brillo había cansancio, un cansancio que le ensombrecía la cara con dudas. Pude ver que tenía los poros dilatados, en la frente, mejillas y nariz. Esta última, minada de puntos negros. En su pera y bigote irrumpían pequeños cardos de cuatro colores: rubio, castaño, gris y colorado. Esa mañana había omitido pasarse la maquinita. Las arrugas se asomaban al costado de los ojos, donde la piel se le había ido afinando, y su surco nasogeniano de golpe tenía nombre propio.

Bajé la mirada y cerré los ojos. Evoqué la última conversación en la que nos habíamos metido la lengua hasta la garganta y me estacioné ahí.

We should *ketchup*!
(¡Deberíamos ponernos al día!)
Eso fue un error de escritura

Yeah, let's *fry* to hang later
(Sí, tratemos de *hanguear* más tarde)

Yeah, hopefully it'll *pan* out
(Yeah, con suerte podremos lograrlo)

Kk, keep me *pastried*
(*Okay*, andá avisándome)

I'm so *juiced* to *seed* you again
(Estoy ansioso por volver a verte)

I feel very *au gratin* to be your *fried*
(Qué alegría ser parte de tu vida)

You're an *eggcellent* human *bean*
(Sos un humano excelente)

Ohhhh *Stoooove* it!
(Awwwww paraaa)
You're *butter*!
(Vos sos mejor!)

I'm so *peas*'d to have *meat* you
(Estoy tan feliz de haberte conocido)

This is getting out of hand... *lettuce* give it a rest
(Esto se nos está yendo de las manos...
quizá haya que darle un descanso)

It was *parfait*, but yes...
(Fue perfecto, pero sí...)

It's *oven* now
(Se terminó)
Te puedo confesar algo?

Sure

Maybe this is *pudding* myself out there too much...
But I'm rather *fondue*
(Quizá me esté exponiendo demasiado...
pero me encantás)

Jaja
You can't be *beet*!
(Sos insuperable)

Oh... no, *trout* me, I'm no *goose*
(Ay, no, creeme, no soy buenas noticias)
Okay, *okay*, paro.

Shallot it be true?
I'll *taco* to you later!
(Será cierto? Hablamos más tarde!)

Sounds *gouda*!
(Genial!)

Lo volví a mirar. Nicolas Cage seguía quieto, mudo y vencido. ¿Por qué me decía todas estas cosas? ¿Por qué estaba arruinando el momento? Eso no era lo que se suponía que tenía que decir. Ese no era el Nicolas Cage del que yo me había enamorado. Pensé que quizá me gustaba más mi versión de él que él.

La mayoría de la gente, en algún momento entre los veinticinco y los cuarenta años, se resigna. La gran mayoría de la gente que conozco está en pareja con su segunda opción, y la mitad de ellos lo niega. Conlleva menos riesgo. Eligen un baño de inmersión mientras siguen soñando con el océano. Porque es casi improbable ahogarse en una bañera y solo lleva unos quince minutos vaciarla.

—Cuando cumplí seis años mi papá me escribió una carta. Y ¿sabés lo que decía? —le dije.

—¿Qué?

—Que el hombre está dispuesto a renunciar a todo menos a su propio sufrimiento...

—¿Tu papá es Buda?

—No..., pero es gordo... y pretencioso.

La risa llegó para aliviarnos de nosotros mismos.

—Es triste pero es cierto. Cuando más viva me siento es cuando la estoy pasando como el culo...

—Sí... No le recomiendo a la gente conseguir lo que quiere, después no sabés qué hacer...

¿Acaso su amor tampoco iba a ser suficiente? Abrió la boca para hablar un par de veces, pero no parecía encontrar las palabras. Finalmente dijo:

—Perdón... Quizá yo también soy así y lo siento... Te juro que sí quiero ser feliz, que eso es lo único que quiero...

¿Nicolas Cage me había estado usando a mí también? ¿Acaso Nicolas Cage me necesitaba? No sabía cómo me sentía respecto de que me necesitara. Me daba un poco de miedo. Yo necesitaba demasiado de él como para poder permitirle necesitarme. Él era consciente de que, de volverse real, se repetiría la historia, la que había vivido con su novia, con su ex, y la anterior también, porque *esa* era una forma de vivir.

Juraba que amaba a los perros, pero llegado el momento, terminó adoptando un gato, y eso hablaba mucho de él y del tipo de amor que estaba dispuesto a dar y recibir; cómodo con un amor de bajo mantenimiento. Somos los animales que amamos. Los perros forman familias, son felices con lo que tienen, agradecen una y otra vez el mismo gesto de amor. Esperan verte llegar y lloran de soledad. Los felinos son cazadores solitarios y salvajes. El amor que dan es más distante; cuando quieren, se acarician contra vos. Los gatos no están domesticados: están en cautiverio. Y Nicolas Cage era un gato. Uno de casa, no callejero, que exigía el cuidado del hogar, y desde la comodidad de una buena porción de amor y calor diaria, se quedaba junto a la ventana y esperaba agazapado por el siguiente sentimiento al que se pudiera lanzar.

Nicolas Cage era un yonqui emocional.

Su necesidad, más parecida a la mía de lo que había imaginado jamás. Verlo tan claro me enfureció, quise agarrarlo por los hombros y sacudirlo. Estaba tan enojada y desilusionada que necesité gritarle a la cara que era un idiota.

—Yo lo sé, Nic, te creo. Lo siento. Y veo cómo luchás por eso.

¿Quizá los perros simplemente sean codependientes?

Me pregunté por qué era tan compasiva con él, por qué le tenía la paciencia que no me podía tener a mí misma. Era con él como hubiera querido que fueran conmigo, maternal y amante. ¿Qué culpa tenía si yo había depositado lo que necesitaba del mundo entero en él? Era lógico que no pudiera estar a la altura.

—Nic... Escuchame, no soy una *psycho* —no fue una gran idea empezar así, pero seguí igual—. No te estoy diciendo: Che, casémonos mañana y tengamos bebitos.

—¡Pero yo sí quiero eso!

—¡Pero escuchame! ¡Ni siquiera nos dimos un beso todavía, la puta que me parió! Perdón... No, no puedo prometerte que todo vaya a ser rosas, tenés razón, seguramente haya mucho de *guns** también.

—Eso me aterra.

* Guns and Roses.

—Perdón, no me quiero hacer la graciosa ahora, pero a veces no puedo parar de actuar.

—Que digas eso también me da miedo.

—¡Bienvenido a la vida, Nicolas! ¡La vida es una mierda y todos nos vamos a morir! No sé qué querés que te diga, no, no te puedo prometer la seguridad que necesitás, nadie puede. Lo que sí te puedo decir es que ahora estoy acá, y que me puedo morir mañana, en dos, o cincuenta y cinco años, y no quisiera arrepentirme de ni siquiera haberlo intentado. Prefiero arrepentirme de lo que sí, y quedar como una estúpida, como lo estoy haciendo ahora.

—No sos una estúpida..., yo soy un estúpido...

—Los dos somos unos estúpidos, está bien...

Me sonrió y me miró con ojos tan brillantes que podían llorar. Apoyé la espalda en el sillón y él me siguió. Nos miramos y mordimos los labios a la vez.

—¿Te puedo dar un beso? —le pregunté con una voz tan contenida que me vibró la garganta entera.

Cruzó los brazos sobre el corazón y se mordió el labio. Sonrió, se puso fucsia y bajó la mirada, una vez más. Miró hacia abajo otro poco. Siempre pensé que el gesto característico de Nicolas Cage era el resultado de su timidez extrema. Pero al ver su mirada fija en el suelo por tanto tiempo, entendí que la realidad rara vez es lo que pensamos que es. Nicolas Cage miraba al suelo como quien hizo algo mal. Me di cuenta de que esa era su penitencia cada vez que nos veíamos, una forma en la que se enseñaba a sí mismo a no mirarme de la manera en que acababa de hacerlo.

—Este silencio es el sí más precioso que escuché en la vida...

Me miró y sonrió. Nuestras cabezas hicieron contacto en el extremo superior, nuestras caras miraban al frente, como dos amantes que contemplan la calma de un río.

—¿En serio? —susurró y se mordió el labio.

Me separé apenas y le dije «Sí» mirándolo. Volvió a bajar la mirada.

—Yo... Yo... Creo que no deberías hacerlo... ¿Por favor?

Le besé la mejilla. Justo en el pómulo, en realidad, y descansé los labios ahí por unos cuatro segundos. Después bajé hasta la comisura de su boca y lo volví a besar. Sentí que el alma me volvía al cuerpo, o que se iba de él.

No se movió para nada, cerró los ojos y se mordió el labio. El olor a su piel lechosa era más dulce de lo que me había imaginado jamás. Nos quedamos así, inmóviles, por *diez* segundos. De hecho, más que quedarme en el beso, me puse a contar, hasta que la noción de él no girando los siete grados necesarios para que sus labios enteros encontraran los míos fue tan tan dolorosa, que tuve que soltar.

Podría decir que era como si nuestras pieles estuvieran unidas por velcro, o que al separarnos sentí que su piel arrancaba la mía, que era la cinta pegada en una fotografía hacía más de quince años, pero me costó separarme de esa ilusión más de lo que podría describir jamás. ¿Cómo era esto de que no todo dependiera de mí? ¿Cómo era posible que no hubiera podido controlar el resultado de la noche? Me tragué las lágrimas y dije:

—Chau, Nic...

—Yo... Perdón..., perdoname...

—Me siento tan estúpida... Era obvio...

—No... ¡No! *Yo* me siento estúpido... No sé, es como que

me muero porque pase todo en este momento... y... y quisiera... No sé, te juro, quisiera que esto fuera una película, ¿sabés? Quisiera estar en una película de Woody Allen.

—Tipo... ¿*Annie's hole*? Repodemos hacer el agujero de Annie... —necesité ser graciosa porque supe que si paraba aunque fuera un segundo, me iba a quebrar. Se rio.

—¡En serio te digo!

—Yo también te digo en serio... Ojalá fuera un chiste.

Nos reímos los dos, nos miramos, mordimos los labios, y bajamos la mirada.

—De verdad... Amaría que esto fuera una película de Woody Allen, o de Lynch..., y podríamos hacer todo tipo de locuras y no habría consecuencias. Pero ese tipo de amor es..., la película no va a terminar acá, y todo esto que deseo va a traer un montón de dolor y culpa y otros sentimientos horribles, y lo único que va a hacer es que las cosas empeoren todavía más...

Nicolas Cage tenía razón, lo bueno de las películas es que las consecuencias duran, como máximo, noventa minutos. En la vida real, tomamos decisiones en cuatro segundos y pagamos las consecuencias por el resto de nuestra vida. Bajó la mirada y no dijo más nada. No quería mentirme, pero tampoco podía admitir toda la verdad.

Entendí que se iba a quedar pegado al silencio como el pelo de gato a su ropa negra, y supe que era momento de sacármelo de encima, así que como lo hubiera hecho una mala actriz, me levanté, caminé hasta la puerta, y le dije:

—Creo que deberías irte ahora... Fue muy lindo conocerte.

Nicolas Cage se levantó, y me abrazó demasiado fuerte y por demasiado tiempo.

—Bueno... Nos vemos pronto... —dijo.

—No, no. No. En serio, no puedo. No quiero más cafés, ni mensajes de texto, ni nada. No puedo más.

—¿Estás segura? Tipo... ¿nunca, nunca más? —preguntó con la voz de un niño desamparado.

—Nicolas. No puedo ser tu amiga. No puedo ser tu amiga porque cada vez que nos vemos quiero saltar encima tuyo, ¿podés entenderlo...? ¿Vos podés ser mi amigo? ¿Vos realmente podés ser mi amigo?

Se quedó compungido y volvió a callar.

—Entonces sí, estoy segura.

—Soy un imbécil... Quisiera poder escribir todo lo que siento y pienso en este momento. Siento que no pude expresarme bien y me siento muy estúpido, la verdad.

—Bueno... Me gustaría leerte. No quiero que desaparezcas...

Ya sé, le dije a la vez que no volviera a hablarme y que no desapareciera.

—Jamás te haría algo así, sería muy estúpido. Gracias... gracias, Marta, por animarte a hablar, soy un cagón, y yo jamás hubiera dicho algo al respecto, y en realidad me parece increíble que podamos saber lo que nos pasa con el otro... Me muero por tener algo con vos..., siempre lo quise..., pero no así. Empezar así sería empezar con el pie izquierdo. Realmente necesito hacerme cargo de mi relación y de mi vida primero...

Se me ocurrió entonces que al final lo que todos buscamos es estar en pareja, solo que a veces no en la que estamos.

Abrí la puerta. Nos miramos por más tiempo que todo el

tiempo que nos habíamos mirado antes combinado. Hubo un silencio largo, el tipo de silencio que se vuelve necesario justo antes de cualquier final. Dijo *Chau*... y no quise ni pude mirarlo.

Cerré la puerta y apoyé la cabeza. Escuché las poleas del ascensor en movimiento, la puerta abriendo y cerrándose, sin que suene ninguna alarma. Los siguientes quince segundos fueron los más largos de mi vida, o al menos eso quise. Contuve la respiración, no a propósito pero tampoco completamente sin querer, sintiendo cómo se tensionaba, de a poco, la piel alrededor de mi caja torácica, esperando que el tiempo la imitara. Que mi aparente quietud detuviera al mundo entero. Esperé, con los ojos abiertos, pero viendo nada, que llegara ese último momento de película que teníamos que tener. Podía verlo.

Él corriendo esos pocos metros, el golpe en la puerta, el beso de urgencia forzada.

Pero no podía sentirlo. Supe que Nicolas Cage se había ido como alguien que se va, dejando atrás solo la sensación de haber dejado algo atrás. Se fue. Se fue y no volvió. Entonces escuché los primeros acordes del final. El instante en que empiezan a correr los créditos me cubrió como una manta pesada, de lana, salida de un armario de madera con olor a naftalina, y el polvo de esos años me cerró la garganta. La oscuridad bajo el manto fue total.

Como cuando termina una película y vuelve la realidad, la casa estaba quieta, el tic tac del reloj antiguo colgando en el comedor diario parecía anunciar la detención más que el paso del tiempo.

Lo más terrorífico de los finales, no es tanto el final en sí, sino su condición permanente. No hay vértigo sobre lo que ya terminó. No hay intriga. Ahora, el vacío se abría con su magnitud infinita frente a mí. Y estaba dispuesto a tragarme entera.

17

Inhalé, ahogada, solo para ahogarme una vez más, ahora en mis propias lágrimas. Lloré como si lo hiciera por primera vez en mi vida. Como si fuera a ser la última también. Fui a buscar el porro que había dejado armado para que fumáramos juntos, antes o después de coger, lo prendí y me lo fumé como Camel *crush*. Quedé loquísima, mal, acostada boca arriba en el suelo de la cocina. Empecé a patalear, hice un berrinche para nadie. Mi perro me miraba y me lamía, inquieto. Lloriqueaba. Igual que mis padres, pensé, él tampoco sabía qué hacer con mi angustia.

Estuve llorando una hora entera. Lloré porque una vez más no era suficiente. Porque no me habían elegido. Porque la realidad no me gustaba. Porque se había muerto mi mejor amigo y yo estaba viva y no sabía ser feliz. Porque lo extrañaba. Porque me parecía injusto. Porque las cosas en la vida no siempre tienen un porqué. Porque me sentía muy sola. Porque me daba miedo crecer. Por la celulitis y mi panza que también crecía. Por las estrías. Por la gravedad que cada vez sostenía menos mis tetas. Porque lloraba por cosas más estúpidas que la muerte de mi mejor amigo, aunque por eso seguía llorando también. Por la humillación, a los once, cuando Rodrigo me había levantado la remera adelante de todos. Porque la menstruación recién me había venido a los dieciséis y las chicas me habían excluido durante años. Por las veces que fui la última en ser elegida para los grupos de gimnasia del colegio. Por las caras de desilusión del grupo al que al final me asignaba la profesora. Por las cosas que no me salían bien. Por las que sí. Porque era una tonta. Porque siempre lo había sido. Porque tenía todo lo que todo el mundo decía que se necesitaba para ser feliz, e igual no lo era. Por todas las veces que me sentí invalidada, por las que no me creyeron. Porque reconocer todo lo que me habían dolido las cosas me hacía doler todavía más. Porque mis papás se iban a morir algún día. Porque no soportaba tenerlos cerca pero igual los quería. Porque sabía que ellos me querían a mí aunque no hubieran logrado demostrarlo de la manera en que yo lo necesitaba, porque de una manera u otra no lograba perdonarlos. Porque toda alegría era tan breve como el momento en el que sucedía, por lo efímero, por su incapacidad de llenar los agujeros viejos. Lloraba porque Nicolas Cage no me había podido salvar de todo eso.

¿Ya era hora? ¿Había llegado a la edad en la que tenía que dejar de culpar a mis papás por todo? ¿Qué pasaba si aceptaba que no existía reemplazo, o tal cosa como llenar ese vacío de no haberme sentido amada, más que mirarlo, aceptarlo y seguir adelante? Ya había vivido negando. Ya me había dejado engolfar por la confusión. Ya me había enojado y distanciado. Ya había dolido por años, ya había sentido culpa y tristeza. ¿Y ahora?

Sentí náuseas y el cuerpo hirviendo. Empecé a temblar descontroladamente. Me vino una arcada profunda y corrí al baño, pero solo llegué a arrojar la mitad en el inodoro. Me sentí enferma, y lo estaba. Cada vez que nos veíamos, Nicolas Cage llegaba con síntomas: alergias, *jet-lag*, un resfriado, migraña, resaca, abstinencia, pero hacia el final del encuentro, me despedía rebosante de vitalidad. Yo sobrevivía, y con su presencia me volví cada vez más loca. ¿El amor es eso? ¿Una droga misteriosa que cura a los enfermos y enferma a los que están *okay*?

Me miré al espejo y no lo soporté. Tenía la piel gris, granos, caminos negros surcados por las lágrimas. Y eso era solo la superficie. En ese instante, supe que el problema era yo. Que mis sonrisas habían empezado con los encuentros y terminado ahí también. Ahora que la desesperación remitía, me sentía, sobre todo, cansada. Quería dormir y no tener que lidiar, jamás, con el día de mañana. Quería morir sin tener que pasar por estar muriendo. Deslizarme suavemente en un sueño plácido y eterno. Pensé que nada iba a cambiar demasiado si yo solo flotaba, tan pacífica y poco goremente como me fuera posible, hacia el vacío infinito.

Recorrí el departamento recolectando pastillas de zolpidem y clonazepam. Miré el cóctel en la palma sudada de mi mano. Quise seguir llorando, pero ya no salía más nada. Abrí la canilla del baño y dejé correr el agua. Dije «Mamá» en voz alta. Me miré en el espejo una vez más y me mordí el labio hasta hacerlo sangrar. Tuve mucho miedo.

Abrí la canilla de la bañera y empecé a llenarla con agua

caliente porque no podía dejar de temblar. Me metí, vestida, porque incluso muriendo, no podía desprenderme de la vergüenza de que alguien más viera mi cuerpo desnudo. Pensaba tan rápido que me faltaba el aire y boqueaba desesperada queriendo llegar a la superficie sobre la cual ya estaba parada. Tuve miedo. Mucho miedo. Profundizar da miedo. Me da miedo que las cosas cambien. Miedo de que mi miedo no cambie nunca y quedarme toda la vida así, estacada a una bañera inmóvil, previniendo todo y evitando todo, la vida también. Me gustan los baños de inmersión, pero no puedo hacerme uno porque lo que me gusta me da miedo. Me da miedo poner el tapón en la bañadera, que el agua caliente y los vapores me hagan bajar la presión, desmayarme, morir ahogada. Miedo pensar en cuánto tiempo puede llegar a pasar hasta que alguien se dé cuenta. Miedo de que se muera mi perro. De hambre. Pero más miedo pensar en que se muera ahora, antes que yo. Más que morir, miedo a quedarme sola. «Si me muero no me entero. Si me muero no me entero. Si me muero no me entero», me abrigo con mantras. Tengo tanto miedo a morir que es lo único que deseo. Quiero estar muerta. Morir ahora, para acabar de una vez por todas con todo este asunto. Es la espera lo que mata. La ansiedad de esperar lo inevitable. La ansiedad que genera tener una certeza también. La ansiedad es miedo. Miedo. Pero ¿qué es lo que te da miedo, Marta? Tengo miedo de tener mucho miedo. Miedo de que el miedo me aplaste y de que ese segundo de cerrar los ojos y hacer fuerza para cerrar los oídos también, que no se pueden cerrar, que lo registran todo, dure para siempre. Miedo de seguir esperando el impacto constantemente. Sentirlo inminente. Miedo a mi propio cuerpo adicto al estrés. Miedo de no relajarme ni salir de esta postura nunca. Náuseas. Es el porro. Es el alcohol. Es la cervical. Todos mis músculos tensos preparados para rechazar ese impacto. Contacto. No quiero que me toquen pero quiero que me abracen. ¿Quién? No sé. Me da miedo no poder imaginarme a nadie abrazándome. Tengo miedo. ¿De qué? No sé. Tengo mucho miedo. Pero ¿a qué? No sé. ¿A morir? No. ¿Al sufrimiento previo? No. ¿Al dolor? No. El dolor en sí no me molesta, es el miedo que viene atrás del dolor, es la sombra del dolor, lo que ese dolor puede traer. ¿Qué? ¿Más dolor? No. No sé, tengo miedo. Me da miedo no sentir mi cuerpo. No quiero que me toquen sin que me dé cuenta. No quiero no saber qué pasó. ¿Por qué me dejaron sola y qué fue lo que hicieron con mi cuerpo? Tengo miedo. Quiero que me vengan a buscar. Quiero que me abrace mi mamá, pero como idea.

La llamé en voz alta una y otra vez hasta que me quedé sin fuerzas. Sabía que ahora que estaba a ocho mil quinientos kilómetros de distancia tampoco me iba a escuchar. Estaba tan cansada que por mi mente no cruzó ningún pensamiento más. De golpe, me dejé envolver completamente por el silencio.

Y sentí, por primera vez en muchísimo tiempo, una leve sensación de paz. Después de un rato salí despacio de la bañera y volví a mirarme al espejo y, en un reflejo, sonreí, por las dudas que alguien me estuviera viendo. Fue en ese instante, por fin, y a tiempo, que lo entendí: mi necesidad de ser vista precedía al deseo de desaparecer.

Agarré un clona de los que había dejado sobre la tapa del inodoro, y me lo llevé a la boca, saboreando la calma que me iba a traer. Tiré el resto de las pastillas al inodoro, me dejé caer en el suelo frío y blanco del baño. Apoyando la cara en él, me sentí viva. Supe que era cuestión de minutos hasta que cayera redonda, rendida, y mi cuerpo pudiera descansar, en paz, de mí. Pero también supe que me iba a levantar.

Abrí las notas en mi iPhone y antes de quedarme dormida escribí:

Era jueves a las 2 de la mañana y estaba borracha.

(FIN)

Escribí esta novela entre 2012 y 2013, en inglés. En 2020, después de más de una década en Estados Unidos, volví a vivir a Buenos Aires, y en el vuelo la leí de principio a fin por primera vez. Supe que la forma de soltarla era reescribirla en mi lengua materna. *Cómo me enamoré de Nicolas Cage* es el resultado.

Gracias

a Fabiana Silberstein, por brindar el consejo que quiero y no el que necesito; por haber leído, comentado, corregido y alentado todas y cada una de las versiones de esta novela a lo largo de casi diez años;

a Flor Monfort, por acompañar el proceso de traducción, y sugerir las primeras ediciones que hicieron crecer tanto el texto y a su autora. Por regalarme tu conocimiento, ternura y amistad;

a Magalí Etchebarne, por tu visión, trabajo, paciencia y generosidad;

a todo el equipo de Penguin Random House;

a Diego, por todo eso que sé que no puedo ni imaginar; por tu compañerismo y amor; por brindarte a mi proceso como si fuera tuyo;

a Marcos, Pili, Jor, Vale, Sabri, Ceci y Flor, mi familia neoyorquina, por haber estado ahí durante todos esos años;

a Juana, Vicky, el Turco, Iván, Manolo y Jero por sus lecturas, comentarios y amistad;

a mi papá y a mi mamá por esta vida y mi educación;

al Lexapro;

a Ramón y a Norma.

Y a ese chico, por la historia.

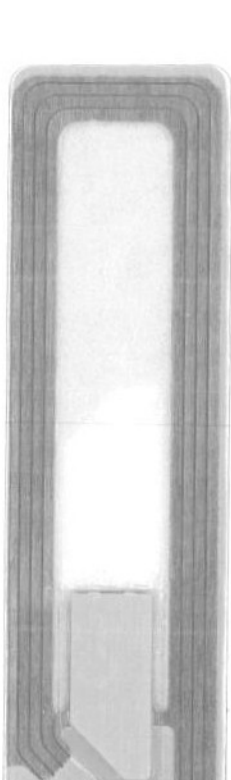